纸上繁花

祝勇 著

作家出版社

目 录

序：文化情怀　冯骥才　001

卷一　烟雨故宫

月下李白　003

宋代风雪　038

一把椅子　061

烟雨故宫　074

纸上繁花　088

冰川一角　186

卷二　大地之书

赣州围屋　199

绍兴戏台　225

婺源笔记　236

古道沙溪　250

大地之书　264

卷三　木质京都

木质京都　313

电报大街　322

小镇莱恩　335

纳帕溪谷　342

附录：祝勇式特质　糖果与秋千　354

注释　357

序：文化情怀

冯骥才

我已经看见，一大群站在五光十色的流行文化中东张西望的作家中，终于有人回过头来瞧一瞧西边天际将灭的晚霞。这晚霞宁静自守，寂寞而孤独。可是你如果扭身走近它——走进它，便会沉浸在它一片异样美丽的金红的霞光里。

这是我对祝勇的感觉。他已经着魔一般陷入了昨天的文化里。这样的人不多。因为一部分文人将其视作历史的残余，全然不屑一顾；一部分文人仅仅把它作为一种写作的素材，写一写而已。祝勇却将它作为一片不能割舍的精神天地；历史的尊严、民间的生命、民族的个性、美的基因和情感的印迹全都深在其中。特别是当农耕社会不可抗拒地走向消亡，祝勇反而来得更加急切和深切。他像面对着垂垂老矣、日渐衰弱的老母，感受着一种生命的相牵。我明白，这一切都来自一种文化的情怀！

他说，他对于这些将要失去的事物，没有生者的优越感，没有陌生人的同情。这是因为，他把它看作养育自己的文化，看作自己的文化母体。文化也是代代相传的生命。他的文化情怀来源于文化关怀。

他虔敬先人的创造，追寻祖辈的精魂，欣赏昔时的生活气质，并用精致的文字勾画出在时间隧道中失散了的画面。但他与"寻根文学"不同的是他更关切文化的本身。我想，不是任何人都会富于这种文化情怀的。可是在当代社会与文明的转型期，历史文化多么渴望这种关怀！

从他的书中，我看到一个年轻的文化人正在一步步走进文化传统的腹地。我也巴望他忽然转过身，伸开双臂，展开胸膛，保卫和呵护他所珍爱的一切。

卷一 烟雨故宫

月下李白

> 山水是他尘世的故乡，
> 明月就是他远方的故乡。
> ——题记

一

唐诗流传最广的一首，应当是《静夜思》："床前明月光，疑是地上霜，举头望明月，低头思故乡。"这诗，似乎不需教，中国人天生会背，连黄口小儿都能背诵如流，好像是先天的遗传。记忆不能遗传，但在我看来，有些文化记忆是可以遗传的。它是，甚至是先验的，它是我们生存的背景与前提，这个前提中，就包括李白的《静夜思》。

在唐朝的某一个晚上，李白将睡未睡之际，看见了床前的月光，一片洁白，犹如天寒之际，落了满地清霜。在月光的提示下，他禁不住抬起头，寻找那光感的来源。在深蓝的夜空中，他看见一轮明月，在兀自发光。蓦地，他想到了远方，想到了远方的人，想到了他遥远的故乡。

月亮跟故乡有什么关系？要在二者之间建立起关系，恐怕要写一篇长长的论文，涉及文化学、心理学、民俗学、历史学等复杂的学科。但对于中国人来说，这样繁琐的论证过程完全不需要，完全可以省略掉，因为二者之间的关系是不言而喻的，是自然而然的。大地无边，人各一方，在遥远的古代，没有电脑，没有手机，只有月亮可以成为共同的媒介。在漆黑而冗长的夜晚，对于不同空间里的人们来说，月亮是他们唯一的焦点，也是他们视线的唯一落点。因此，对于中国人来说，月亮不只是一个布满环形山的荒寂星球，而且是亲人们相遇的地方。一看见月亮，中国人的心里就会涌起某种复杂的情感，既庄重又亲切，既喜悦又忧伤。在每一夜晚，当你遥望着月亮，想念着故乡，以及故乡的亲人，亲人也在望着月亮，想念着你。

这首诗之所以深植在中国人的记忆里，是因为它看上去平淡无奇，实际上触动着人们最深的感情。中华文明是农业文明，而农业文明是建立在血缘基础上的，所以没有哪个民族像我们民族一样重视一个人与另一个人之间的感情。这感情可能是亲情、友情，也可能是爱情；是最普通，又最深沉的情。用今天话说，是"普世价值"。

"静夜思"，实际上是"静夜相思"。

很多年后，苏东坡在密州，想到自己多舛的命途，愈发想念自己的弟弟子由，写下"但愿人长久，千里共婵娟"的著名词句。"婵娟"，就是月亮；"千里共婵娟"，是说他们虽然相隔千里，却仰望着一个相同的月亮，共享着一片相同的月光。月光洒满大地，成为天下人共处的空间。因为有了这样的一个"公共空间"，所有的分离就都不存在了，大家都被容纳在同一片月辉之下、一个相同的空间里。

在月光下，一个人与他生长的土地联系起来。无论一个人身在何方，他都不再是孤独的，所有人将相互照耀与映衬。有月光的日子，就是亲人团圆的节日，就是重返故乡的日子。

苏东坡这首《水调歌头》，可能受到了李白《静夜思》的影响，也可能，那本身就是中国人的本能。

二

《静夜思》只有二十个字，却两次出现明月（当然第一个"明"是动词，第二个"明"是形容词）。二十个字中，有四个字是重复的，重复率高达五分之一。在唐诗中，这很少见，但李白不在乎。他的心里，从来没有那么多的条条框框，羁羁绊绊，只要他想写，他就敢写。所以李白是李白。所以不是李白的成不了李白。

所以清代学者沈德潜在《唐诗别裁集》里评说他的诗："大江无风，波浪自涌；白云从空，随风变灭。此殆天授，非人可及。"[①]

他写诗，潇洒而任性，落拓而不拘，这是他的天性，是老天给他的，别人学不来。

查中华书局《李太白全集》，发现这首诗的版本竟与我记忆里的不同。

诗是这样写的："床前看月光，疑是地上霜。举头望山月，低头思故乡。"[②]

不是"明月光"而是"看月光"，不是"望明月"，而是"望山月"。

中华书局《李太白全集》依据的是清代王琦注本，而我们自小背诵的版本（"明月光"版），出自明代李攀龙《唐诗选》及清代蘅塘退士《唐诗三百首》，应当是这首诗在口口相传的过程中被流传者"修改"过，形成的"约定俗成"的版本。这"约定俗成"里，透露出阅读者的"集体无意识"。

这"集体无意识"是什么？

是节奏感。在古代中国，诗不是用来发表的，而是口口相传的，这就要求诗歌有节奏感。而这节奏感，恰恰来自适当的重复。比如大家耳熟能详的《木兰诗》，就巧妙地运用了重复："将军百战死，壮士十年归。归来见天子，天子坐明堂"，诗中的"归""天子"，都是重复的。不是因词语枯竭，而完全自出蓄意。重复让诗句有了一种铿锵感，像草原上的马蹄声，简洁，明朗，有力。

更主要的原因，我以为是"看"与"望"，强调了人，而忽视了月。在这首诗中，月才是主角，人是配角，是为了引出并凸显月的存在。人看或不看，月都在那里，一直在那里"明"着，亘古如斯。月光是强大的，人是渺小的；月光是永恒的，人生是短暂的。一个"明"字，把读者的目光自然引向了诗的主体——月亮，旗帜鲜明。看到了月亮，中国人就能够超越暂时的孤苦与疼痛，而遁入一种宗教般的静默与永恒。

李白的原诗就这样被修改了。文艺评论家经常说，一个好的作品是由作者和读者共同完成的。历史中的李白不是单打独斗的，在李白背后，潜伏着一个激情无限的巨大群体，由无数热爱李白的无名者组成。他们共同塑造了李白，也造就了李白诗里的月光。

三

其实唐诗一开场，就遭遇了一片浩大的月光，明亮、迷离、恍惚。有点像电影中的黑落黑起，之前是一片黑暗——汉魏六朝，长达三百多年的战争，整个中国陷入一段伸手不见五指的黑暗时代，然后，历史有了一点光感，像蜡烛的光晕，那光亮再一点点放大，画面越来越明亮，越来越清晰，我们看到一大片清澈的江水，悠缓无声地流动着，看到淡淡的山影，驳杂的花树，听到了鸟鸣，还有人影晃动，人声嘈杂。一个万类霜天、生机勃勃的世界，终于回归了它原初的样子。

一首名为《春江花月夜》的鸿篇巨制，为唐诗的盛大演出开了场。尽管写这诗时，张若虚不知道还有王维、李白、高适、杜甫、白居易、李贺、李商隐、杜牧一干人等将接续出场。张若虚很虚——他的身前是一片虚空，身后也是一片虚空，只不过那虚空，很快被接踵而至的诗人们填实了。他们如群星闪耀，照亮"历史的天空"——他们才是真正的"明星"，今天的演员怎么也能叫"明星"？所有的星中，李白是最亮的那颗星——太白星，也称作长庚星，人们更熟悉的名字，是启明星，天亮前最亮的一颗星。李白出生时，他母亲就梦到了长庚星，所以用太白星的名字给他起了名字。这很像传说，像小道消息，但它确确实实地写进了《新唐书》。李白后来由四川进入长安，贺知章仰慕李白之名，到客舍去看他，见他外表清奇，又请他作诗，李白一挥而就，写了那首名垂文学史的《蜀道难》，贺知章读诗，还没读完，就惊叹不已，称李白是"天上谪仙人"，就是天上的仙人下凡到了人间，还解下自己身上佩带的金龟，为李白换酒吃，这事记在唐朝人孟启的《本事诗》里。贺知章去世时，李白痛哭流涕，写下："四明有狂客，风流贺季真。长安一相见，呼我谪仙人。昔好杯中物，翻为松下尘。金龟换酒处，却忆泪沾巾。"[3]所以贺知章不仅"知"文"章"，还"知"李白。

李白是星，是明星，因此，对月亮，他自然不会陌生。他与它是同一维度上的事物，所以对月亮格外有认同感，他们的对话，也自然而然。

所以李白写："花间一壶酒，独酌无相亲。举杯邀明月，对影成三人。"[4]他跟月亮从来就没见外过，把自己当作月亮的朋友，可以一起喝酒。我想起汉字的"朋"字，不就是两个月亮吗？所以，月亮就是他的哥们儿，而且，比哥们儿还哥们儿。李白本身就是宇宙空间中的物体，是"来自星星的你"。

他还写过一首《把酒问月》："青天有月来几时？我今停杯一问之"⑤，意思大致相同，也是和月亮一起喝酒。苏东坡后来写"明月几时有？把酒问青天"，不知是否从李白老师那里偷了灵感。当然，文学创作，大家都是相互启发的，李白《把酒问月》里写"今人不见古时月，今月曾经照古人"，这样的追问，也隐隐可见张若虚"江畔何人初见月？江月何年初照人"⑥的影子。

四

说李白是仙人下凡，我觉得不算夸张。李白出生在碎叶，就是今天吉尔吉斯斯坦首都比什凯克以东、楚河（Chu Rever）流域的托克马克城。有人说李白是"华侨"，"从小生长在国外"⑦，这种说法我不赞同。李白居住的碎叶，当时在大唐王朝的版图之内，是唐代"安西四镇"（龟兹、疏勒、于阗、碎叶）之一，也是中国历代王朝在西部地区设防最远的一座边陲城市，李白是地地道道的唐朝"公民"，确是不可置疑的。碎叶城地处"丝绸之路"两条干线的交汇处，中西商人汇集于此，是东西使者的必经之路，考古学家还在这里发掘出铸有"开元通宝"和"大历通宝"字样的钱币。也就是说，李白是在帝国的边疆出生的，五岁时跟着父亲，沿着天山进入中原。他是从天山来的，在我眼里，那就是从天上来的。

去天山以前，天山对我来说只是一个地理名词。中国不知有多少名山，天山不过是其中之一吧。只有到过天山，才对天山有发言权，才知道那里的天多么高，地多么远。人和大地，和天空，是那么地不成比例。从来不曾有一座山，像天山那样，给我带来如此巨大的空间感。天山山脉横亘于欧亚大陆腹地，是一座连接中国与中亚的国际山脉，连接着中国、哈萨克斯坦、吉尔吉斯斯坦和乌兹别克斯坦四国，全长约两千五百公里，是世界七大山系之一。在天山，像"漫长""巨大"这些概念都要被刷新。我们在天山脚下拍摄，剧组从一个地方向另一个地方转场，有时好几天都不见一个人影。我们开着越野车，在大漠上奔走，只有天山在视线的远处连绵起伏，对我们不离不弃。后来读《王蒙自传》，读到这样的话："到了新疆以后，空间与时间的观念会有所变化，二十世纪六十年代，从自治区首府乌鲁木齐到伊犁，走三天。到喀什，走六天。到和田，走九天。"[8]我会心一笑。王蒙先生计算路程，是以乌鲁木齐为中心的，而我们，有时在新疆西部拍摄完成后（比如拍摄完巴楚县秋天的胡杨林），在乌鲁木齐过路不停，直接赶到东部（比如哈密）拍摄。不知道有多少天,我们的视野里出现的,除了公路,还是公路。我想,在唐代,一个人在丝绸之路上行走,就像掉进了大海,他的眼里是一片空茫,只有天山,自天边曼延过来,可以成为他唯一的参照物。那时的丝绸之路其实不是一条路,而是一片路,天山以北的广阔草原,天山以南的辽阔大漠,那里根本没有路,但又都是路。在旷野上,大漠中,你就撒欢儿走吧。但所有的路,都必须有一个参照物,横亘在大地上的天山,就是最天然、最便捷的参照物,所有人都要循着天山走才不会在大地上迷失。2014年,由中哈吉三国联合申报的丝绸之路"长安—天山廊道路网",被正式列入世界文化遗产名录。所以"丝绸之路"离不开天山,所有在这条路上经过的人,都不可能对天山视而不见。

我应国务院新闻办公室和中央电视台之邀,担任纪录片《天山脚下》总导演。这是我十年来参与创作的唯一一部与故宫无关的纪录片,我之所以答应下来,是因为我对天山怀有巨大的好奇心。事后我才发现,我认识天山的开始,也是我认识李白的开始、我认识故宫博物院收藏的那件《上阳台帖》的开始。没有目睹过天山,就不可能真正走进李白的世界。李白是沿着天山从西域走向中原的,那时他还不是一位大诗人,而只是祖国的花朵,但天山巨大的投影,还是映射进他后来的诗里。弗洛伊德说,一个人的性格,百分之九十

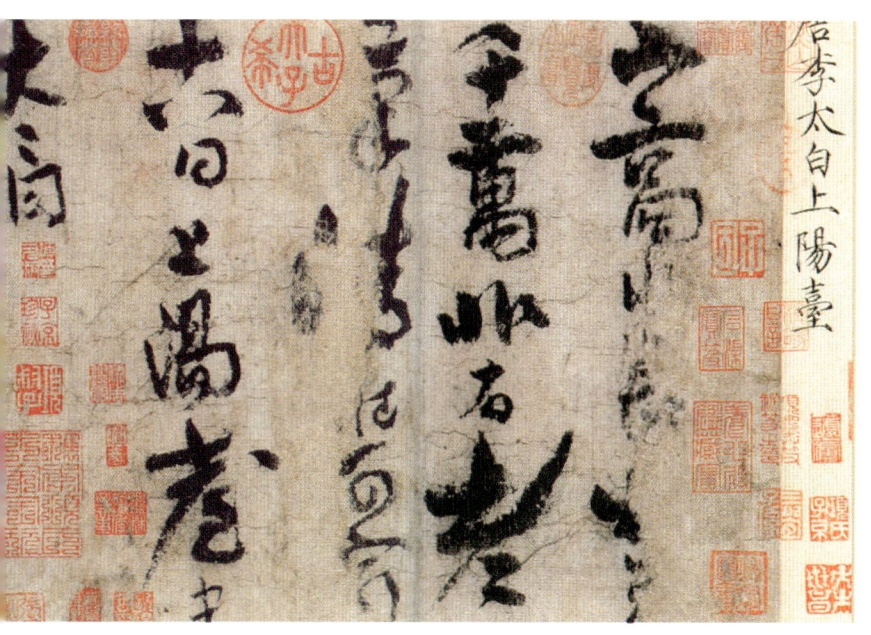

《上阳台帖》局部，[唐]李白，北京故宫博物院藏

是由他五岁以前的经历决定的,而李白与天山相遇,刚好不到五岁。天山为李白后来的诗歌创作提供了一个巨大的空间坐标,也使李白的诗里呈现出中国文学中前所未有的空间感。天山的宁静与浩大,使他的心里注定装不下蝇营狗苟。他的眼神是干净的,崔宗之说他"双眸光照人"[9];他的心,更一尘不染。当他在俗世红尘里现身,他真的像一个仙人,自雪山来到凡间。

成年以后,他再也不曾回过天山,但天山的巨大影像并未从他的心头抹去。很多年后,他这样描述天山:"五月天山雪,无花只有寒。笛中闻折柳,春色未曾看。"[10]

那次行旅给李白留下的最深刻的印象,应该就是天山月了。天山为月亮提供了一个无与伦比的巨型舞台,月出天山,该是多么地庄严和盛大。所以他在《关山月》里写:"明月出天山,苍茫云海间。长风几万里,吹度玉门关。"[11]那月,是以天山为布景,以云海为参照的;那风,是以万里为单位的,连遥远的玉门关,都被裹挟在这长风里。

五

我在《纸上的李白》中强调了李白诗歌的游牧文化背

景，他与中原人杜甫，思维方式注定不同。写这话时，我还想到一件事，就是李白对月亮的热衷，是否与穆斯林文化的影响有关呢？在唐朝，经历了三百多年的战乱与民族融合，加之唐朝实行与少数民族"和亲"政策，使得"华""夷"之别已经淡化，各民族之间的关系越来越紧密。李白诗里不是写了吗：

五陵年少金市东，
银鞍白马度春风。
落花踏尽游何处，
笑入胡姬酒肆中。[12]

李白出生在西域，通晓西域文字，因此才有机会替唐玄宗起草《答蕃书》，使他"干戈不动远人服，一纸贤于百万师"。王瑶先生说："西北一带民族杂处，风俗习惯已在互相影响了"[13]。而他后来旅居的长安城，更是各民族兄弟甚至各国人民共同居住的国际化大都市，他们带来了各自的宗教和文化，其中，就包括穆斯林。

伊斯兰教在公元七世纪中叶自西亚、中东传入中国[14]。穆斯林，就是信仰伊斯兰教的人，意思就是"顺从真主者""实现和平者"。穆斯林在炎热的沙漠上生活，夜晚对他们有着神奇的魅力,而在夜晚的事物中,月亮无疑是最引人注目的。在《古兰经》中,提到月亮的篇章很多,有的篇章干脆就以"月亮"为名。霍达老师的著名小说《穆斯林的葬礼》,主人公的名字就叫新月,小说共十六章(包括序曲和尾声),有九章的名字用了"月"字,分别是:月梦、月冷、月清、月明、月晦、月情、月恋、月落、月魂。在穆罕默德看来,新月代表一种新生力量,从新月到月圆,标志着伊斯兰教功行圆满、光明世界。

这只是一种猜测而已,但可以肯定的是,自从李白在天山见到明月,他与月的情分就注定了。他只有一个妹妹,名字叫月圆;他的一个儿子,名叫明月奴,这显然不是汉人的名字,而且无独有偶,这两个名字都与月亮有关("明月奴"在胡语中是"月光"的意思)。月,无疑在他心底打上了深刻的印记,也在后来的日子里成为他诗歌中最闪亮的徽章。此后几十年,他的创作几乎都被那一片月光所笼罩,月亮几乎成为李白诗歌中"永恒的主题",成了他诗歌乃至生活里的家常便饭,李白不嫌烦,他的诗歌读者,一千三百多年也没烦过,因为他没有自我重复过。他的月,在文字间生长,在岁月里辗转,从那个天文学的月亮里,变成文学的月亮,就像传说中法力无边的月光宝盒,让人惊叹和痴迷。

李白的月亮,既超越了时间("今人不见古时月,今月曾经照古人；古人今人若流水，共看明月皆如此"[15]），又超越了空间（"举头望明月，低头思故乡"）。假如说天山是连接中国与中亚的地理纽带，难道李白的诗，不是连接了不同文明的精神纽带吗？

六

李白不是最早写月的诗人，但李白或应是写月最多的诗人。

我没有统计过李白现存的诗中，有多少写到过月。我可以去统计，但我没有那样做，我觉得那样的统计没有什么意义。文学不是数学，数字有时不那么重要，重要的是我们的直觉。诗歌的影响力不在他的数量，而要看它有多少能抵达我们的心头。乾隆作诗四万多首，一人可敌《全唐诗》，但那些诗，从传播的角度上看，基本上是没有意义的。李白不是这样，李白的诗歌，十不存一，但它们那么强烈地存在着。在那些诗里，月光在每一次诵读中被擦亮，一千多年中，它的光芒没有丝毫折损。那个时代的其他诗人也写过月亮，最著名的，是王昌龄的"秦时明月汉时关"，但不知为什么，月亮成了李白的标识，李白的月亮，在我们心里占的位置很重。

李白写："小时不识月，呼作白玉盘。又疑瑶台镜，飞在青云端。"⑯

这说明他从小就对月亮发生兴趣。我想起当代天才诗人顾城的一首诗：

> 树枝想去撕裂天空
> 但却只戳了几个微小的窟窿
> 它透出了天外的光亮
> 人们把它叫作月亮和星星

这首诗的名字，叫《星月的由来》。顾城写这首诗时，只有十二岁。

这应该是顾城的诗歌处女作了吧，有意思的是，它的内容，同样跟月亮有关。

似乎没有什么事物，比月亮更能启发一个孩子的想象力。

有多少诗人，创作生涯都是从夜晚、从月亮开始。

李白五岁到四川，二十岁开始在四川境内漫游，亚热带中国奇诡的山水植物，培养了他对诗歌的热情。岷江—长江流域奇异的自然景象，落在他的纸页上，变成这样的诗句："犬吠水声中，桃花带露浓"⑰"暮雨向三峡，春江绕双

流"[18]。但给他留下最深印记的,却是峨眉之月:

> 峨眉山月半轮秋,
> 影入平羌江水流。
> 夜发清溪向三峡,
> 思君不见下渝州。[19]

我们今天已然漠视月亮,原因是我们已经习惯了在夜里闭门不出,即使出门,也是去酒吧、餐馆、影院,去热闹的商业中心。我们走在人工的街景里,关闭了与自然相通的孔道,假如不是上元中秋,谁会注意到天上的月亮呢?但古人不是这样,古人不是离自然很近,而是他们就生活在自然当中,他们的举手投足都与自然息息相关,就连他们的爱恨情仇,都要借助自然来表达,像杜甫所说的:"感时花溅泪,恨别鸟惊心。"[20]花与鸟,牵动着他们的泪、他们的心。

古人日出而作、日落而息,但他们同样没有疏离夜晚。古人的"夜生活"是丰富的,只不过古人的"夜生活",是与自然在一起的。比如,古人有时是在夜晚行船的,所以他们能接触到夜晚最神秘、最有魅力的那一部分。"月落乌啼霜满天,江枫渔火对愁眠"[21],这首《枫桥夜泊》,写的就是夜晚,以及夜晚的行船。因为有行,才有泊。有了泊,才得以感受到夜晚的万类霜天。开元十二年(724),二十四岁的李白,就在这样的夜里,舟行在平羌江(即青衣江)上,一路都有月亮相随,尤其夜深时分,月上中天,月影映在江面上,四周是紧簇的山影,它们带来的那种剧场感,在嘈杂纷扰的白天是没有的。因此我们可以理解,当李白夜宿清溪,在第二天早上出发,向三峡行进时,不再有月亮相随(即诗中所说的"思君不见"),他的心里感到的是无尽的怅然。

峨眉是李白漫游世界的开始,也是他认识世界的开始。峨眉山月,犹如天山之月,给李白的心里造成的冲击是强烈的,只不过天山之月是阳刚的,而峨眉山月自带一点阴柔。这正是月的魅力所在,在不同时间、空间里,不同心境下,它的样貌是不同的,正像李白一样,冰炭同炉。也正因如此,李白这语言的魔法师,只凭二十几个汉字,就可以变换出百般心情、万种风流。

到了晚年,峨眉山的月色仍然在他的心底反刍。上元元年(760),李白作《峨眉山月歌送蜀僧晏入中京》,诗中写:

> 我在巴东三峡时,
> 西看明月忆峨眉。
> 月出峨眉照沧海,

与人万里长相随……②

那一年，李白已经六十岁，依旧在困顿中疲于奔命。他的命，只剩下最后三年。他又想到了峨眉山的月亮，想到了江船上那个初识世界、年轻潇洒的自己。唯有月亮，能够跨越空间，又穿越时间，把这"两个"李白，重叠在一起。

七

西域文化的影响，在李白的心中，或有，或无，但我相信，李白的精神世界，像月光一样，有着含纳万物的包容力，所以我们把那月亮称为"万川之月"。但作为诗人，李白热衷于月亮的最重要的原因，应是月光给诗人带来的梦幻感。

白日的世界是写实的、绚灿的、热烈的，这很符合唐代艺术的风格。你看唐代绘画、彩塑、歌舞、书法，哪一种不是五彩绚烂，让人目眩神迷？杜甫说："白日放歌须纵酒"，白天就是用来放歌纵酒的，不用说五陵少年，纵然是贵族女性，也不甘心藏在深宫无人识，而是像唐代画家张萱《虢国夫人游春图》卷（辽宁省博物馆藏）里所画的，被满目春光所迷惑，忍不住要骑马游春，出门哆嗦哆嗦。李白骨子里是奔放的，他的诗歌，像《行路难》《将进酒》，就是慷慨飞扬的，很适合濮存昕这样的演员朗诵，他的书法，像《上阳台帖》，也是飞起来的，那样地纵放自如，那样地快健流畅，那样地蓬勃多姿，那样地意兴阑珊，都是属于白天的。只有白天，才看得见"山高水长"，体会得到"物象千万"。

但飞扬与奔放，那只是李白的一面，甚至只是他的表面，《上阳台帖》，让我想到的是李白的另一面——安静的、优雅的、禅意的，甚至是悲伤的一面。李白不只属于白天，他不只在白日里放歌纵酒，仰天大笑，他更属于夜晚。就像一张负片，把所有的绚丽，都收束在沉郁的黑暗里了。所以，黑是世界上最丰富的色彩，它容纳了所有的色彩。那时的李白，或许才是最真实的李白。所以李白写"手舞石上月，膝横花间琴"[23]；写"长川泻落月，洲渚晓寒凝"[24]；写"箫声咽，秦娥梦断秦楼月"[25]。与白日相比，夜晚的世界是沉静的、梦幻的、沉思的，既真实，又不真实。当年我出版散文集，讲到了张继的《枫桥夜泊》，出版社编辑把"月落乌啼"改成了"月落鸟啼"，我一看就笑了，深更半夜，鸟儿不早就去睡觉了吗？会在夜里啼叫的鸟，恐怕只有猫头鹰了，但"夜猫子进宅，无事不来"，夜猫子就是猫头鹰，中国民间把它视为凶兆，放到《枫桥夜泊》里，有点驴唇不对马嘴吧。也许有人会反驳我，谁说夜里没有鸟鸣呢？王维诗里不是写了吗，"月出惊山鸟，时鸣春涧中"。我想说的是，鸟鸣涧，是因为月亮出现，把山鸟惊醒了，这正说明鸟儿原本是睡着的。夜晚是宁静的，在唐诗里，那静，经常要由某种声籁来反衬，来凸显。鸟鸣也好，乌啼（鸟不能叫"啼"）也罢，不仅没有打破这种宁静，反而加深了这份静寂（"夜半钟声"也是一样）。

在夜晚，月亮是重要的，因为它是夜色中唯一的光源。它改变了世界的形象，让它退去了白日的喧哗、热烈、一览无余，使它变得朴素、淡雅、神秘莫测。我想，夜晚的世界，不是变得更单调，而是变得更丰富。就像宋代山水画，在舍弃了色彩之后，反而显得更立体，也更显示出洁净高华的气质。

我们说李白是伟大的浪漫主义诗人，白日里纵酒放歌的李白是浪漫的，夜色里静观沉思的李白更加浪漫，因为在月光的照耀下，李白笔下的世界呈现出某种特异的、超现实的气质。李白入长安，出现在他面前的长安城是当时世界上最大的都市，但李白写长安，不是写它的红尘滚滚、车水马龙，而是写"长安一片月，万户捣衣声"[20]。他首先让我们看到的不是长安城的壮丽全景（像宋代绘画长卷《清明上河图》那样），而只是城市里的一片月光。月光下的城市，广大而深微。我们看不清它的全貌，只有城市里的捣衣之声，此起彼落，层层叠叠。从张萱的另一件绘画名作《捣练图》卷（美国波士顿美术馆藏）里，我们可以看到唐代女性在砧石上捣衣的场面。但在李白的诗里，她们的情态不是看到，而是听到的，好像是《捣练图》的配音版。月色模糊了我们的视线，却突出了我们的听觉，他让我们在这月色、声音里展开对长安城的想象：长安城终归是一座浩大而永恒之城，长安人的岁月（安史之乱以前）是那么地平实而安妥，美好而充盈，像今天人们经常引用的一句话："现实安稳，岁月静好。"从此起彼落的捣衣之声里，我们听到了它最活跃、沉实，也最持久的心跳。《子夜吴歌》开场，只用十个字，就制造出胜过千言的效果。

  我想起我的朋友冷冰川，发明了一种与众不同的绘画形式：用刀在涂满墨色的卡纸上刻画，刻出的线条是白色的，在黑色的背景下更显触目。过去有人把他的作品归入版画，其实这不是版画，版画是可以反复拓印的，而冷冰川的每一幅"黑白画"都是唯一的，一刀下去，无法修改，是名副其实的落刀无悔。后来评论家李陀先生为它起了一个名字：墨刻。

  冷冰川的"墨刻"，别有一种浪漫的气质，我想这与它是在黑纸上作画有关。纸是黑的，刻出的线条是白的，使得所有的图案都是"颠倒黑白"，就像是照相的底片，更像是夜晚的梦境，因为人们常说，梦是反的。我尤其注意到，冷冰川的许多作品，都画（其实是刻）着一轮弯月，比如《扑蝶》《晚妆之二》《霜夜里的惊醒》《浓睡觉来莺乱语》，有些作品，不仅画中有月，而且直接以月命名，像《满月》《月背》《秋风落月》（均见冷冰川新出版的画集《荡上心》）。这无疑是在突出他绘画的梦幻性质，正如李白笔下的城市、山川与人，都具有某种迷幻的、忧郁的、哲思的气质。尤其那幅《箫声断处》，让我立刻想起李白的那首《忆秦娥》："箫声咽，秦娥梦断秦楼月……"

八

李白是从天山，从一个宏远的时空体系中走来的，走向长安，走向朝廷的政治中心。但政治的空间太狭小，容不下李白，长安城只容得下李林甫、杨国忠、高力士，他们政治野心大，房产面积与他们的政治野心成正比。《旧唐书》说："林甫京城邸第、田园水硙，利尽上腴。城东有薛王别墅，林亭幽邃，甲于都邑，特以赐之，及女乐二部，天下珍玩，前后赐与，不可胜纪。"[20]自我膨胀的他们，把长安城塞得满满的，没有给李白这样的人留下空间。

但李白的心更大，相比之下，长安城又显得太小。李白的心里，装着万里长风、白云沧海，小小长安城，岂入他的法眼？对于朝廷的排挤，李白只能一笑而过。套用时下小品里的话说，就是："讨厌我的人多了，你算老几？"

李白的世界很大，几乎大到无限，朝廷里的蝇营狗苟、阴谋算计，不过是那广大世界里的几粒尘埃而已，在李白的世界里，无足轻重。李白是太白星，是"谪仙人"，他来到人间的路程，是以光年为单位的。

他一生旅程的起点，是遥远的碎叶，之后，他过天山（《关山月》），入蜀地（《别匡山》），上峨眉（《峨眉山月歌》），宿巫山（《宿巫山下》），渡荆门（《渡荆门送别》），望庐山（《望庐山瀑布》），下金陵（《夜下征虏亭》），览姑苏（《苏台览古》），居安陆（《静夜思》），去襄阳（《襄阳歌》），到太原（《太原早秋》），游齐鲁（《游泰山》），入长安（《清平调》），往洛阳（《赠崔侍卿》），别济南（《奉饯高尊师如贵道士传道箓毕归北海》），访扬州（《留别广陵诸公》），玩金陵（《登金陵凤凰台》），赴幽州（《北风行》），返洛阳（《古风》其四十六），至宣城（《独坐敬亭山》），会泾县（《赠汪伦》），登华山（《古风》其十九），隐庐山（《赠王判官时余归隐庐山屏风叠》），败丹阳（《南奔书怀》），囚浔阳（《在浔阳非所寄内》），流夜郎（《南流夜郎寄内》），走江陵（《早发白帝城》），观洞庭（《与夏十二登岳阳楼》），还江夏（《峨眉山月歌送蜀僧晏入中京》），归南昌（《豫章行》），最终客死当涂（《献从叔当涂宰阳冰》）。

他一生的行旅，横贯了天山东西，跨越了长江流域与黄河流域，北抵燕山（"燕山雪花大如席，片片吹落轩辕台"[28]），南达夜郎。大唐帝国的版图，他来来回回，用脚步丈量好几遍。把他的行路旅程加起来，恐怕不一定输给玄奘吧。

关于路程，他说："何处是归程？长亭更短亭。"[29]

十里一长亭，五里一短亭，不知凡几，永无止境。

唐朝的版图有多大，他就能走多远。

九

"举头望明月，低头思故乡"，俯仰之间，李白看见了远方，也想起了故乡。

细究起来，李白并没有真正的故乡。远在天边的碎叶、后来迁居的四川江油，以及他娶妻安家的安陆，其实都不是他的故乡。

《李太白诗集》的集注者、清人王琦说，李白自出蜀之后绝无思亲之句。

不是李白无情，在他的心里，故乡从来都不是地图上的某一个具体的地名，不是风帘翠幕的安乐窝。对于四海为家家万里的李白，流浪，就是他的故乡。李白走到哪里，哪里就是他的故乡。他的故乡很大，大到了跟唐朝的版图一样大，跟天下一样大，跟宇宙一样大。

因此，李白真正的故乡，是那些已经到达，和未曾到达的远方。故乡和远方，在他心里成了两个相等的概念。"举头望明月，低头思故乡"，他是从一个远方走向另一个远方，从一个故乡走向另一个故乡。

假如找一个物质上的标志，那就只有一个事物能够同时代表远方和故乡，那就是天上的一轮明月。

明月是真正的远方，比李白到达的所有地方都远；更是他的故乡，他心灵的寄托，他精神上的乌托邦。

是物质，更是精神。

李白诗里的明月，纯净、圆润、皎洁，在漆黑的夜里，它是万物中最明亮者，辉映千山，也照亮人心，让人心因宇宙自然的奇幻与伟大而变得明亮和通透。

归根结底，月是他的理想国，无论现实多么困厄，那枚理想之月永远悬在他的头上，抬头可见。也只有在那一片月光里，他才能得到真正的自由，就像一个人，在他自己的故乡一样。

他在诗里写：

对酒不觉暝，
落花盈我衣。
醉起步溪月，
鸟还人亦稀。[30]

他又写：

我歌月徘徊，
我舞影零乱。
醒时相交欢，
醉后各分散。[31]

他歌，他舞，他醉，他醒，他徘徊，他撒娇。他与月亮，配合得那么默契，那么相得益彰。

"望明月"，本身就是"思故乡"——那是他的来处，也终将成为他的归宿。

他这一生，始终在跟着月亮走，月亮也跟着他走，彼此间不离不弃。

像他诗里写的:"暮从碧山下,山月随人归。"㉜

他与月亮,永远步调一致。

十

李白并非不识人间烟火,他的诗,也有描述人间的:"络纬秋啼金井阑,微霜凄凄簟色寒。孤灯不明思欲绝,卷帷望月空长叹。"㉝他也有自己的痛苦,但他知道:"大圣犹不遇,小儒安足悲!"㉞像孔子那样的圣人都难以施展抱负,何况他这个平头小百姓了。但天地之大,让他随时可以调整焦距,去面向一个更寥廓深远的穹宇。

这不是李白的消极处,而恰恰是他的积极处。他能够在天地苍穹的背景下,去重新确立自我的价值,完成自我的人格。

唐代是中国诗歌的鼎盛期,这鼎盛,除了我在《纸上的李白》中所说,得自隋唐以前那战乱的三百年中南北文化的大交流以外,还有一个很强大的文化背景,就是佛教在那三百年中传入了中国,在佛教兴盛的压力下,道教文化又在竞争中崛起。这两种宗教话语,都先后超越了生活的具体形骸,而进入了一个形而上的世界,进入了"对于宇宙的本原与人生的依据的形而上的思索"㉟。佛教文化在唐代走向兴盛，如杜牧所说："南朝四百八十寺，多少楼台烟雨中。"㊱道教文化在唐代也受到从皇室到民间的广泛尊崇，包括李白，还有李白的朋友司马承祯，都是道教的狂热拥趸，他们也因此受到皇室的关注。正是这样的文化背景，撑开了唐诗的表达空间，使它能够超越人生具体的悲欢苦乐，进入宇宙的寂寥浩大。

比较典型的例子，是杜甫的《绝句》：

　　两个黄鹂鸣翠柳，
　　一行白鹭上青天。
　　窗含西岭千秋雪，
　　门泊东吴万里船。㊲

镜头从特写（黄鹂、翠柳）开始，一下转向了白鹭、青天，继而又转向千秋雪、万里船，延伸向浩淼无穷的时空。

这样的镜头移动，在李白的诗里也屡见不鲜。你看：

　　故人西辞黄鹤楼，
　　烟花三月下扬州。
　　孤帆远影碧空尽，
　　唯见长江天际流。㊳

他的视线，由具体的人、帆，转向更宽广的长江和更高远的天空。

所有的伤感，都将消融在这无尽的江天之中。

唐诗之美，美在"境"。

这"境"，就是天地之心。

就是《独坐敬亭山》中，独对远山苍穹的那一份专注。

就是"浮四海，横八荒，出宇宙之寥廓，登云天之渺茫"㊴。

读到过一段话，写得好，我觉得可以用来形容李白：

> 在古时，人是那么小，静悄悄的，在山水中。人也是虚的，无我，只剩下几根虚虚的线条。很小、很虚的人，道通天地，就立即变大了，参天地之化育。一个一个，顶天立地，头角峥嵘。虚虚的线条，都变成了铮铮铁骨。㊵

这天地之心，在唐代绘画里很难找出对应的图像。唐代绘画，大多聚焦在具体的人与事，画面色彩浓艳，人影晃动，像《宫乐图》卷、《游骑图》卷、《虢国夫人游春图》卷，固然明媚炫目，然而看久了，不免有壅塞胀腻之感。到宋代，山水画大兴，色彩开始褪淡，画面才开始透气起来，王维、李白诗歌里的这份高旷清逸之"境"，也才在宋代山水画里得以延续，使宋代绘画有了宇宙的广度、哲学的深度，有了超越命运束缚的内在力量。虽然宋画并不直接描绘月亮，但诚如画家韦羲所说，"宋文明的气质如月亮，山水画在月光下进入它最神秘伟大的时期，力与美，悲伤与超然凝为一体。汉文明向内的一面又走到前来，要在一切事物里寻找永恒的意味。永恒是冷的。永恒的月光照耀山水，再亮，也还是黑白的、沉思的。"[41]

芦汀密雪，万壑松风，宋代山水画，让我们领略了自然的伟岸，更让我们从这伟岸中汲取无尽的生机与活力，青春与血气，犹如万物蓬勃，永不衰老。

唐代诗人，与宋代画家，形成了有趣的对话关系。

我把宋画，当作唐诗的隔世回音。

十一

唐代宗广德元年（763）春天，宣城的杜鹃花开了，远在宣州（宣城）当涂县的李白，真的想家了。

他写下《宣城见杜鹃花》：

蜀国曾闻子规鸟,
宣城还见杜鹃花。
一叫一回肠一断,
三春三月忆三巴。⑫

子规鸟、杜鹃花,原本都是四川的标志,却在安徽宣城与它们不期而遇,怎不让他思乡断肠?

这一次,故乡真的远了,远到了他已无法抵达。

冬天来临的时候,在病榻上辗转的李白,写下了他生命中最后一首诗,是关于飞翔的。

诗的名字,叫《临路歌》(一说应为《临终歌》):

大鹏飞兮振八裔,
中天摧兮力不济。
馀风激兮万世,
游扶桑兮挂石袂。
后人得之传此,
仲尼亡兮谁为出涕?⑬

"大鹏飞兮",让我想到《李太白全集》的第一首诗,就是《大鹏赋》。他赋里的大鹏，曾经抟摇直上，雄风万里，如今那大鹏已然死去。从今以后，是否有人像孔子当年痛哭麒麟那样，为大鹏之死而黯然流泪？

如今，在将死之际，李白又想起了大鹏。

《庄子·逍遥游》说："北冥有鱼，其名为鲲。鲲之大，不知其几千里也；化而为鸟，其名为鹏。鹏之背，不知其几千里也。"㊹

以大鹏自喻的李白，终于可以逍遥了。

《临路歌》，是李白对人世的最后告白。

他的道路，至此戛然而止。

在我看来，当涂，其实就是"当途"。

李白死得太窘迫，不仅客死他乡，而且寄人篱下。

在很多人看来，他的死，不能没有诗，没有酒，没有月，那样不合逻辑——不合李白的逻辑，也不合李白拥趸的逻辑，于是，有人杜撰了他醉游江中、入水捉月而死的传说，让他的死，像他的生一样（"白之生，母梦长庚星"），变成一个传奇。

王瑶先生说：水中捉月而死的传说，"从唐末五代就盛行起来了"。这个传说"富于浪漫气息，因为月亮在李白的诗中是一种高尚皎洁的象征，这传说本身就表示了他对于一种高洁理想的追求，也表示了他在后人心目中的印象"㊺。

十二

曾有一个月夜,李白和他的朋友、"饮中八仙"之一的崔宗之溯流过白壁山,在月色中饮酒赏月。那一天,李白身穿宫锦袍坐在船里,"顾瞻笑傲,旁若无人"[46],引来许多吃瓜群众好奇围观,但李白心无旁骛。他的心里,只有月色:

沧江溯流归,
白壁见秋月。
秋月照白壁,
皓如山阴雪。[47]

月光之美,照耀着人之美。

崔宗之也是美的,"玉树临风"这个成语就因他而产生,杜甫曾称他为"潇洒美少年",在《八仙歌》中写他:"举觞白眼望青天,皎如玉树临风前。"[48]

其实杜甫自己也是帅哥,他名字里的"甫"字,就是对男子的美称,何况,杜甫的字,是子美。

他们的美,不只在外表,更在精神。

那一班人,全都符合"五讲四美"。

不美之人,会玷污这样的月色。

李白是月的信徒,月就是他的宗教。甚至连他自己,都要变成明月。他自天上来,终归要回到天上去,就像后世苏东坡所说的那样,"我欲乘风归去",用李白自己的话说,是"欲上青天揽明月"[49]。

李白研究专家李长之先生说:"在李白看,白云明月固然像自己一样是天地间有生命的东西了,但是他自己也何尝不像天地间的一朵白云一样?一轮明月一样?所以他是自己宇宙化,宇宙又自己化了。"[50]

李白的生命中容纳了太多的痛苦,但他的幸福也来得简单,一袭月色,就能将他心中的阴霾一扫而光。

他在人间经历的所有困顿与伤痛,都在月光中得到了补偿。

2018年4月25日至2019年12月5日
原载《中国作家》2020年第9期

宋代风雪

一

想到宋代,首先想起的是一场场大雪,想到宋太祖雪夜访赵普,想到程门立雪,想到林教头风雪山神庙,仿佛宋代,总有着下不完的雪。我写《故宫的古物之美2》,写到《张择端的春天之旅》,开篇就写1126年(靖康元年)的第一场雪。在《宋史》里,那场雪下到了"天地晦冥""盈三尺不止"[51],来自北方的金戈铁马,就是在那个冬天,踏过封冻的汴河,向汴京挺进,并在第二年(靖康二年,公元1127),彻底捣碎了这座"金翠耀目,罗绮飘香"[52]的香艳之城。

张择端的《清明上河图》卷(北京故宫博物院藏),也是从隆冬画起的,枯木寒林中,一队驴子驮炭而行，似乎预示着，今夜有暴风雪。萧瑟的气氛，让宋朝的春天，显得那么遥远和虚幻。

《水浒传》也可以被看作描绘宋代的绘画长卷。《水浒传》里，给我印象最深的文字是关于雪的。文字随着那份寒冷，深入了我的骨髓。《水浒传》里的大雪是这样的："（那时）正是严冬天气，彤云密布，朔风渐起，却早纷纷扬扬卷下一天大雪来。"还写："（林冲）带了钥匙，信步投东。雪地里踏着碎琼乱玉，迤逦背着北风而行。那雪正下得紧。"

大雪，在林冲的世界里纷纷扬扬地落着，好像下了一个世纪，下满了整个宋代，严严实实地，封住了林冲的去路。

林冲身为八十万禁军教头，其实是没有任何实权的底层公务员，说他是"屌丝"，并不冤枉他，所以高衙内这个高干子弟才对他百般迫害。但即使如此，林冲想的还是逆来顺受，打碎牙往肚子里咽，一心想在草料场好好改造，争取早日重返社会，与老婆、家人团聚。只是陆虞候不给他出路，高俅不给他出路，留给他的路只有一条，那就是"反"。逼上梁山，重点在一个"逼"字，没有朝廷逼他，林冲一辈子都上不了梁山。连林冲这样一个怂人都反了，《水浒传》对那个时代的批判，是何等地不留情面。

那才是真正的冷，是盘踞在人心里、永远也焐不热的冷。宋徽宗画《祥龙石图》、画《瑞鹤图》，那"祥""瑞"，那热烈,都被林冲这样一个小角色,轻而易举地颠覆了。

二

宋代的人都没有读过《水浒传》,但一入宋代,中国绘画就呈现出大雪凝寒的气象。像郭熙的《关山春雪图》轴、范宽的《雪山萧寺图》轴、郭忠恕的《雪霁江行图》卷、许道宁的《雪溪渔父图》轴、佚名的《雪涧盘车图》页(以上皆为台北故宫博物院藏),王诜的《渔村小雪图》卷、宋徽宗赵佶的《雪江归棹图》卷、梁师闵的《芦汀密雪图》卷、李迪的《雪树寒禽图》轴等等,都是以雪为主题的名画。雪,突然成了宋代绘画的关键词。以至于到了明代,画家刘俊仍然以一幅描述赵匡胤雪夜访赵普的《雪夜访普图》轴(以上除《雪树寒禽图》轴现藏上海博物馆,其他皆藏北京故宫博物院),向这个朝代致敬。

这在以前的绘画中是不多见的。晋唐绘画,色调明媚而雅丽,万物葱茏,光影婆娑,与绢的质感相吻合,有一种丝滑流动的气质。你看东晋顾恺之《洛神赋图》卷、隋展子虔《游春图》卷、唐无款《宫苑图》卷、五代董源《潇湘图》卷,都是春天,或者夏天,阳光明媚、万物婆娑的样子,南

《雪夜访普图》,[明]刘俊,北京故宫博物院藏

风一二级,刚好可以摇动树枝,让身上的薄衫微微飘起。画中的风景,光感强烈,画中的人物,表情却一律娴静柔和(如顾恺之《列女图》卷、唐周昉《挥扇仕女图》卷、五代周文矩《文苑图》卷,以上皆为北京故宫博物院藏),有如明月一般地静穆雍容。

到了宋代,绘画分出了两极——一方面,有黄筌、黄居寀、崔白、苏汉臣、李嵩、张择端、宋徽宗等,以花鸟、人物、风俗画的形式描绘他们眼中的世界,田间草虫、溪边野花、林中文士、天上飞鹤,无不凸显这个朝代的繁荣与华美;另一方面,又有那么多的画家痴迷于画雪,画繁华落尽、千峰寒色的寂寥幽远,画"淮南皓月冷千山,冥冥归去无人管"[③]的浩大意境,画"一片白茫茫大地真干净"的清旷虚无,似乎预示了北宋时代的鼎盛繁华,最终都将指向靖康元年的那场大雪。

三

宋代雪图中的清旷、寒冷、肃杀,确实有气候变化原因。艺术史与气候史,有时就是一枚硬币的两面。隋唐时代,中国气候温暖,所以隋唐绘画,如隋代展子虔《游春图》卷（北京故宫博物院藏）、唐代李思训（传）《春山行旅图》轴（台北故宫博物院藏）上，桃红柳绿、兽鸟出没，春风得意，马蹄欢畅。画上的景象，如实地反映着当时的气候状况。

在《旧唐书》和《新唐书》里，我望断长安。根据这两部史书记载，有唐一代的许多年份里，长安城连一片雪都未曾落下。这些年份包括：唐太宗贞观二十三年（649），唐高宗永徽二年（651）、麟德元年（664）、总章二年（669）、仪凤二年（677），武则天垂拱二年（686），唐玄宗开元三年（715）、开元九年（721）、开元十七年（729）、天宝元年（742）、天宝二年（743），唐代宗大历八年（773）、大历十二年（777），唐德宗建中元年（780）、贞元七年（791），唐僖宗乾符三年（876）。这种情况，在我国历代王朝中绝无仅有。

那时的中国人，窝在长安城里，吃着肉夹馍，度过了一个又一个暖冬。冬天的气温尚且如此，春夏就更不用说了。我其至想，唐朝女人衣着暴露——袒胸露背、蝉衣轻盈，气候温暖应当是一个前提条件——世间能有多少人，甘愿为了风度而牺牲温度呢？

八世纪初和九世纪初及中期，长安皇宫里和南郊的曲江池都种有梅花，唐玄宗李隆基的妃子江采萍被称为梅妃，原因就是她住的地方种满梅花[58]。除了梅花，长安还种过柑

卷一 烟雨故宫 | 043

橘。柑橘是南方植物，起源于云贵高原，后来顺长江而下，传向长江下游，直到岭南地区。但在唐代，宫廷里就种过柑橘。段成式《酉阳杂俎》说，天宝十载（751），"宫内种甘（柑）子数株，今秋结实一百五十颗，与江南、蜀道所进不异"[⑤]。这对于今天的西安人是不可想象的，因为柑橘只能抵抗-8℃的低温，而现在的西安几乎每年冬天的绝对温度都在-8℃以下。

五代到宋代，气候正在起变化。十一世纪初，中国天气转寒，华北梅树全军覆没。苏东坡曾写诗曰"关中幸无梅，汝强充鼎和"，王安石也曾写诗"北人初未识，浑作杏花看"，笑言北方人不识梅花，把梅花当作杏花。十二世纪初期，中国气候更加寒冷。公元1111年，太湖全部结冰，冰上还可以行车，太湖和洞庭山出了名的柑橘全部冻死。杭州频繁落雪，而且延续到暮春。根据南宋的气象资料记载，从1131—1260年，每十年降雪平均最迟日期是4月9日，比十二世纪以前十年的最晚春雪约延长了一个月。福州是中国东海岸生长荔枝的北限，一千多年来，曾有两次荔枝全部死亡，一次是在1110年，另一次在1178年，全都在十二世纪。

公元1153—1155年，金朝派遣使臣到杭州，发现靠近苏州的运河，冬天常常结冰，船夫不得不经常备铁锤破冰开路。公元1170年，南宋诗人范成大被遣往金朝，他在阴历九月九日即重阳节（阳历10月20日）这一天抵达金中都北京，正遇西山遍地皆雪，他感到寒风吹彻，脑瓜冰凉，心底一定会涌出李白的诗句"燕山雪花大如席"，于是写下一首《燕宾馆》诗，在自注中写下："西望诸山皆缟，云初六日大雪……"⑤

因此说，宋代中国的气候是冷的，比唐代要冷得多。宋代画家用一场场大雪，坐实了那个朝代的冷，以至于我们今天面对宋代的雪图，依然感到彻骨寒凉。有学者认为，中国历史上曾经出现过四个寒冷期，分别是：东周、三国魏晋南北朝、五代十国两宋、明末清初。而这四个时期，正是群雄逐鹿、血肉横飞、天下乱成一锅粥的时候。那乱，可以从气候上找原因，因为中国是农业立国，老百姓靠天吃饭，气候极寒导致粮食歉收，造成大面积饥馑，加上朝廷腐败等因素，很容易使天下陷入动乱。

这四个寒冷期，也是北方少数民族挥戈南下的时期。与中原地区比起来，草原上的生态系统更加脆弱，天气寒冷，使北方草原环境生态严重恶化，逼迫着逐水草而居的游牧民族，被气候驱赶着，唱着牧歌纷纷南下，向温暖的南方（黄河以南）争夺生存空间。比如晋朝时期的草场、牧地已延伸到黄河以南，游牧民族不饮马黄河，又怎样生存下去呢？中科院地球环境研究所的研究成果证明，秦朝、唐朝、两宋、明朝灭亡的年代,都是处于过去2485年来平均温度以下或极其寒冷的时期。

四

但宋画的变化,不只受制于外在的气候,更取决于内在的趣味精神。

这样的审美趣味,其实在五代就已经开始蓄积了。像生活于唐末与五代初年的荆浩,就曾画过《雪景山水图》轴(美国堪萨斯市纳尔逊·艾金斯艺术博物馆藏),像森然的白日梦,让我怵然心惊。画面上,山崖层叠陡峭,高入云天,山体上所有的皱褶间,都积累着千年的白雪,让人陷入寒山永恒的寂静里,比西方中世纪的宗教绘画,更让人感到静穆与崇高。

在荆浩之后,又有巨然画《雪图》轴,赵干画《江行初雪图》卷(皆为台北故宫博物院藏),在他们的细绢上,大雪遮蔽山野,天地一片素白。五代绘画,为后来的宋画,奠定了一个伟大的起点。

所以宋画一上来,那格局是不一样的。中国绘画的核心由人物画转移到山水画,不再局限于一人一事,而瞄准了整个宇宙。那些卷，那些轴，不仅营造出无限的空间，更营造出无限的时间。画山，画雪，其实就是画地老，画天荒，画宇宙，画星际空间，画宇宙星辰的空旷、清冷、孤绝、浩瀚。

我们常把唐宋连在一起说，但唐宋区别是那样巨大。若把唐画与宋画放在一起，我们会发现二者是那么泾渭分明，就像唐三彩与宋瓷，前者热烈奔放到极致，后者细致沉静到极致。这一方面关乎唐、宋两朝的气候变化，另一方面又与这两个朝代的气质相吻合——唐代中国本身就是一个跨民族共同体（唐朝皇室有一半的鲜卑族血统，唐太宗李世民既是大唐帝国的皇帝，又是北方各少数民族政权公认的"天可汗"），在中原文明的衣冠礼乐中注入了草原民族的精悍气血，李白沿着天山一路走到中原，他的诗里，就包含着游牧民族的海阔天空、热烈奔放。而宋代中国，又回到"中国本部"，尤其南宋，版图退缩到淮河以南，所以李敬泽说："宋人的天下小。宏远如范文正，他的天下也是小。范仲淹心里的天下，向西向北都不曾越过固原，向南甚至不越衡山。"[57]在北方，金、蒙古、西辽、西夏、吐蕃等呈半圆形将其包围，宋朝几乎成为列国之一，"普世帝国的朝代，终究只是历史上留下的记忆"[58]大唐的艺术无论怎样夺目灿烂，也只能成为后人眷恋、缅怀的对象。或许正是因为唐画

卷一 烟雨故宫　047

的那份绚烂、热烈、张扬，使宋代画家决定走向素简、幽秘、内省。这也算是一种物极必反吧。

当代画家韦羲说："唐文明的性情如太阳，宋文明的气质如月亮，山水画在月光下进入它最神秘伟大的时期，力与美，悲伤与超然凝为一体。汉文明向内的一面又走到前来，要在一切事物里寻找永恒的意味。永恒是冷的。永恒的月光照耀山水，再亮，也还是黑白的、沉思的。"㊹

在宋代，李成画山，画得那般枯瘦，给人"气象萧疏、烟林清旷"的感觉；范宽《溪山行旅图》轴，把岩石堆累出的寂静画得气势撼人，同时具有石头的粗粝质感；郭熙的画里，多枯树、枯枝，代表性的作品，自然是《窠石平远图》卷（以上皆藏北京故宫博物院），描写深秋时节平野清旷的景色，技法采用"蟹爪树，鬼面石，乱云皴"，笔力浑厚，老辣遒劲……他们画的，难道不像月球表面，不像宇宙中某一个荒芜冷寂的星球？而我们，不过是这荒芜星球上的一粒尘埃罢了。因此，我们也只能如苏东坡《前赤壁赋》所说的："寄蜉蝣于天地，渺沧海之一粟。哀吾生之须臾，羡长江之无穷。挟飞仙以遨游，抱明月而长终……"

我曾说："儒家学说有一个最薄弱、最柔软的地方，就是它过于关注处理现实社会问题，协调人的关系，而缺少宇宙哲学的形而上思考。"或许受到外来的佛教的激发，宋明理学为传统儒学进行了一次升级，把它拓展到宇宙哲学的层面上。绘画未必受到理学的直接影响，但无论怎样，一个显而易见的事实是，当中国绘画走到宋代，哲学性突然加深了。

总之，在经过五代宋初一代画家的铺垫之后，宋代绘画一方面追求着俗世里的热闹繁华，另一方面又越过浮华的现实，而直抵精神的根脉，由外在的追逐，转向内在的静观。在永恒山水、无限宇宙里容纳的，是他们"独与天地往来"的精神气质。"千山鸟飞绝，万径人踪灭"的厚重雪意（空间），"前不见古人，后不见来者"的苍茫感（时间），在唐代没有找到对应的绘画图像（王维的绘画有诗性和哲学性，可惜无真迹留下），却在宋画里一再重现。

如果说在晋唐，中国绘画走进了它激情丰沛、充满想象力的青春期，那么到宋元，中国绘画则进入了它充满哲思冥想的成年，明清以后，中国绘画则进入老年时代，把更多的时间，用于追思和缅怀。

五

宋代流行水墨画，晋唐那种花红柳绿的青绿绘画不再是主流，把世间的所有色彩收纳在黑白两色中，用一种最简单

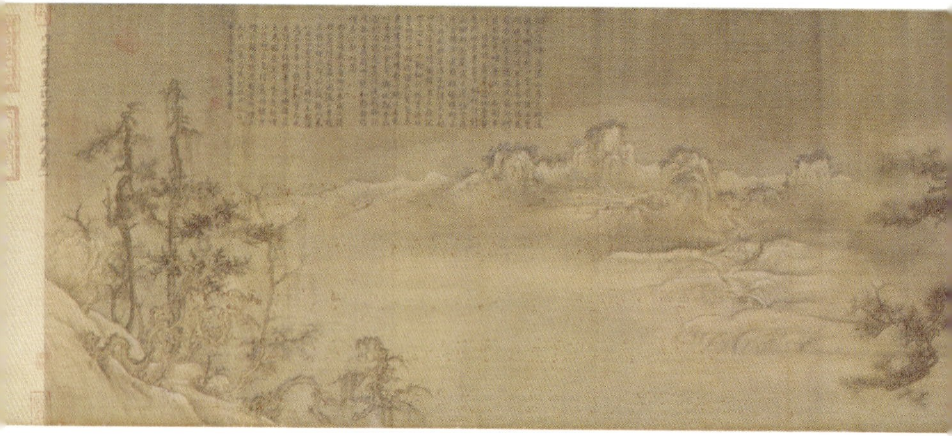

《渔村小雪图》卷,[北宋]王诜,北京故宫博物院藏

的形式，来表达最丰富的思想（但也有例外，如王希孟反其道行之，画出著名的青绿山水图卷《千里江山图》）。我在《在故宫寻找苏东坡》一书里说："宋代的文人画家，把世界的层次与秩序，都收容在这看似单一的墨色中，绘画由俗世的艳丽，遁入哲学式的深邃、空灵。"⑩

这种审美趣向的改变，不知是否与这些以雪为主题的绘画有关。因为那些以雪为主题的绘画，纵然设色，颜色也是褪淡的，像王诜的《渔村小雪图》卷，首次将金碧山水的着色方法引入水墨画，大胆地使用铅粉以示雪飘，在树头和芦苇上还略略染上金粉，突破了传统雪景的表达方式，使得山水雪景在阳光照射下显得灿烂夺目，但作品的基本色调仍然是旷淡的，清新明净，一片皎洁，几近于黑白，不像唐画那样浓艳缛丽，如张彦远在《历代名画记》中所说："草木敷荣，不待丹碌之彩。云雪飘扬，不待铅粉而白。"⑪或许，宋代雪图，就是中国绘画走向黑白、走向抽象的过渡。

于是有了苏轼、米芾、米友仁，有了他们超越在迷乱世相之上的疏淡与抽象。嘉德刚刚拍卖了四个多亿的苏东坡《枯木怪石图》卷，看上去（只能从图片上看）很像日本阿部房次郎爽籁馆收藏的那一卷，很可能是苏轼唯一存世的绘画真迹。亦因为可能是唯一存世，没有参照系，而难以确认它是否真迹。但它笔意简练萧疏，不拘泥于形似，还是可以看出苏轼的追求。郭熙绘画里的岩中枯树，被简化为石与木的组合，古木繁枝，也被简化成几根鹿角形的枝丫。虽然那不是画雪，却不失大雪的荒寒寂寥，那种意境，与宋代的雪画，是贯通如一的。

六

宋徽宗《雪江归棹图》卷（北京故宫博物院藏）里，看得见王诜的影子，但我一直不相信《雪江归棹图》卷是宋徽宗画的。《雪江归棹图》卷，画面上延伸的是北方的雪景江山，蔡京在跋文中描述它："水远无波，天长一色；群山皎洁，行客萧条；鼓棹中流，片帆天际；雪江归棹之意尽矣。"全图不着色，"以细碎之笔勾勒、点皴山石，淡墨渲染江天，衬映出皑皑雪峰"[2]。图卷右上角留有宋徽宗的瘦金书"雪江归棹图"，左下角钤"宣和殿制"印，还有"天下一人"花押，卷后除了宋代蔡京，还有明代王世贞、王世懋、董其昌、朱煜等人题记，一切似乎都在证明，这幅画出自宋徽宗的手笔，但，那空蒙孤绝的境界，与宋徽宗的其他画作显得格格不入。

这不仅因为宋徽宗很少操弄山水画，更重要的是，宋徽宗是爱热闹的，即使绘画，也喜欢吉祥繁丽、活色生香，《祥龙石图》卷、《芙蓉锦鸡图》轴（皆为北京故宫博物院藏）、《瑞鹤图》卷（辽宁省博物馆藏）里的那种飞升感、热闹感、生机盎然感，才符合他的品性，他的学生王希孟的《千里江山图》卷（北京故宫博物院藏），锦绣灿烂，五光十色，不仅是宋徽宗个人品性的延伸，而且把它推向了极致。

《雪江归棹图》卷全图不着色，它抽去了所有繁华绮丽的成分，突然变得冷漠幽寂、深沉内敛，这太不像宋徽宗了。蔡京的儿子蔡绦写《铁围山丛谈》，说宋徽宗的画，请人代笔的不少。至于《雪江归棹图》卷是否代笔，蔡绦没说。还是故宫博物院徐邦达先生在《古书画伪讹考辨》一书中，断定《雪江归棹图》卷并非宋徽宗的亲笔，而可能是画院高手的代笔[13]。

但《雪江归棹图》卷里，还是看得到宋徽宗的影子。宋徽宗（命画院画师）画下这幅画，原本出于某种吉祥的意愿，用意和《祥龙石图》卷、《瑞鹤图》卷是一样的——他是用雪来为自己的王朝歌功颂德。雪江归棹，雪江归棹，这大雪覆盖的江山，不是归他赵家吗？无论这种谐音解读法（"棹""赵"同音）是否成立，可以确信的是，在他的时代里，的确有大片的江山归入赵家王朝——崇宁至大观年间（1102—1110），辽金之间的矛盾日益加剧，宋徽宗利用这个时机在西北、西南扩充了疆域，巩固了边远地区的地方政权，在短短的几年里连续恢复和设置了十个州。如崇宁二年（1103），攻西番地，复设湟州；次年，又收服鄯、廓二州；崇宁四年（1105），复设银州；大观元年（1107），以黎人地置庭、孚二州，侵夺了南丹、溪峒，置观州，在涪州夷地置恭、承二州；大观三年（1109），在泸州州夷所纳地置纯、滋二州，出现了宋代后期极少有的国土扩充的现象。我们常用"弱宋"来概括宋代，宋徽宗则用自己的实际行动，证明这一切不过是偏见罢了。

只是好花不常开，好景不常在，即使那花、那景都被宋徽宗定格在了纸上、绢上，但在现实中，它们还是弱不禁风。细绢上的《雪江归棹图》卷，纤尘不染，完美贞静，天下仿佛被包装到真空里，但他无法顾及现实中的江山，已经是一片狼藉、一塌糊涂、一地鸡毛。良辰美景，经不住奢靡腐败的折腾，艺术世界里那个威风八面、风雅绝尘的赵佶，一点点蜕变成历史中著名的昏君，成为《水浒传》里的那个大反派。果然，天下反了，外族人打来了，汴京沦陷了，繁花似锦的王朝消失了，他被俘了，在北国"坐井观天"，一生再没回到他温暖的巢穴。

在北国，宋徽宗终于知道了什么叫冷——比《雪江归棹图》卷渲染的冷还要冷，是滴水成冰，呼吸成霜，撒尿成棍儿的那种冷。大雪无痕，寒冷伴随着寂寞侵蚀着他，一点点地耗干他的生命。雪江归棹（赵），而他，却归了金朝。这"天下一人"，在金朝人眼里，几乎连一个人都算不上。

因此，从这《雪江归棹图》卷上，还是看得到某种凄清、孤寂的况味。

于是我发现，在画家（宋徽宗，或者秉承他旨意的某一位宫廷画师）的表达，与我们的观看之间，形成了某种错位——画的主题原本是祥瑞的，我们却把它解读成孤寒与落寞。我曾在一本书里，把这种表达与接受之间的错位，称作"反阅读"。

因此，我喜欢的《雪江归棹图》卷，是我眼中的那个"群山皎洁""行客萧条"，有大寂寞感的《雪江归棹图》卷，而不是宋徽宗眼里那个充满祥瑞意图的《雪江归棹图》卷。

在我看来，这样的《雪江归棹图》卷，才符合宋画的气质，也才称得上真正的杰作。

而眼下，我只想知道，究竟谁是《雪江归棹图》卷的真正作者？

莫非，他早就看到了这繁华背后的荒凉？

宋徽宗当年的宠臣蔡京在卷后写下的跋文，本意是拍皇帝马屁，却无意间，道出了这世间的真相：

天地四时之气不同，万物生于天地间，随气所运，炎凉晦明，生息荣枯，飞走蠢动，变化无方，莫之能穷……

画下《雪江归棹图》卷十七年后，北宋王朝就在一场大雪中，走向它的终局。

在变动不居的时节里，谁人能够掌握自己的未来呢？

七

无论《雪江归棹图》卷里收纳了多少吉祥的含意，我迷恋的，仍是画卷里那片辽阔奇绝的山川宇宙，那种清旷孤独的诗意。

许多宋代雪景山水图卷都不画人，像小说《白鹿原》里所写："在这样铺天盖地的雪封门槛的天气里，除了死人报丧谁还会出门呢？"[64]

但，无人的空间，其实也是有人的。

中国人讲"空"，并不是一无所有。中国的诗、中国的画，纵然"空山不见人"，也会"但闻人语响"。

那人，在诗外，在画外。

柳宗元写："千山鸟飞绝，万径人踪灭。"难道诗人自己是空气吗？既然有诗人在，人踪又怎会消灭？

杜甫写："窗含西岭千秋雪，门泊东吴万里船。"这"万里船"中，不是也暗含着人的痕迹？倘没有人，船又是从哪里来的呢？

因此，宋人画雪，无论多么清旷孤绝，也是有人，有声，有色，有情。

把所有的"有"，都归于"无"；在"无"中，又隐含着无数的"有"。

这就是藏在宋代雪图里的辩证法。

就像《雪江归棹图》卷，超越了世相红尘，把我们带入苍茫宇宙，但纵然雪色迷茫、寒气袭人，依然遮不住人的声息。

韦羲说："每回看（宋代范宽的）《寒林雪景图》和（元代黄公望的）《九峰雪霁图》，看久了，心里便生起无名的期待，等空谷的足音，等人的声音。"⑥

有时候，冷到了极处，反而激发出生命更大的潜能。我想宋徽宗，燃起对生活最强烈的渴望，应当不是在他纸醉金迷的宫殿，或者草木妖娆的"艮岳"（皇家花园）里，而是在苦寒萧瑟的北国。那时，在他眼前展开的，是无边的雪原，是现实版的雪景图卷。假若我给宋徽宗写传记，我认为最佳题目,就是《渴望生活》——比凡·高传记还要恰切。他在自己的宫廷里营造的奢靡生活,其实只是伪生活。在北方的林海雪原,所谓的生活才真正展开。在那里,一餐一饭都来得艰辛,又那么令他甘之如饴,而曾经被他不屑一顾的昨日繁华,也都在茫茫雪地上,显示出某种迷幻的色彩。所以,一无所有的宋徽宗,在北国的雪地里写诗:"家山回首三千里,目断天南无雁飞。"就像南唐后主李煜,在囚徒生涯中,装满了他的梦的,反而是"春花秋月何时了,往事知多少"。

宋画的力量也正在于此,直逼生命最脆弱处,方能表达绝处逢生的意志。让一个人燃起生命热情的,有时未必是杏花春雨、落叶飞花,而是雪落千山、古木苍然。

有大悲恸,才能有大希望。

宋人用大雪凝寒的笔意,创造了一个具有高度悲剧美感的精神空间。

八

宋人画雪,不是那种欢天喜地的好,而是静思、内敛、坚韧的好。假若还有希望,也不是金光大道艳阳天的那种希望，而是置之死地而后生的希望。

我看过莱昂纳多·迪卡普里奥（江湖人称"小李子"）的电影《荒野猎人》，他演的那个脖子被熊抓伤、骨头裸露、腿还瘸了的荒野猎人，就是在无边的雪地里，完成了生命的逆袭。但在几百年前，在中国的《水浒传》里，施耐庵就已经把这样一种寓意，转嫁在豹子头林冲身上，于是在少年时代的某一个夜晚，我躲在温暖的被窝里，读到如许文字："林冲投东去了两个更次，身上单寒，当不过那冷。在雪地里看时，离的草场远了，只见前面疏林深处，树木交杂，远远地数间草屋，被雪压着，破壁缝里透出火光来……"⑥

我相信在宋徽宗的晚年，他所有的眼泪都已流完，所有的不平之气都已经消泯，他只是一个白发苍然的普通老头，话语中融合了河南和东北两种口音，在雪地上执拗地生存着。假若他那时仍会画画，真该画一幅《雪江归棹图》卷，在生命的最后时刻，对自己颠沛的一生做出回应。

2017年7月31日至2019年2月14日
原载《江南》2019年第2期

一把椅子

一

我从伍嘉恩《明式家具经眼录》中看到过一把黄花梨波浪纹围子玫瑰椅。这把玫瑰椅最引人注目之处，就是波浪纹式纤细直棂，装入椅背框与扶手下的空间，仿佛流水的曲线，让人看到自然界的无声运动。建筑师赖特（Frank Lloyd Wright）把别墅造在匹兹堡郊区的瀑布之上，于是有了世界上著名的"流水别墅"（Fallingwater House），但这不算牛，中国人把流水造在家具里，那样不动声色，又天衣无缝，这等想象力、创造力，除了中国人有，天底下再也找不出来，而且这发明权，最晚也可以追溯到明代，因为有这把明代玫瑰椅做证。更重要的是，在当时，它并不是为博物馆

［明］黄花梨波浪纹围子玫瑰椅，英国伦敦私人藏品

打造的陈列品，而是作为一件普通家具，被置放在最家常的生活空间里。明崇祯十三年（1640）版寓五本《西厢记》第十三回《就欢》一折的彩色版画插图中，在崔莺莺与张生的幽会之所，绘着一张四柱床，床围子采用的也是这样的波浪纹。假如我们把目光放大，我们发现这样的靠背纹线设计，在许多园林亭台的"美人靠"上亦可见到。

几百年前的一把木椅，让我们在客厅的穿堂风里，感受到江河流淌、山川悠远，甚至可以想到大河之洲，我们文明源头的关关雎鸠。一如我的朋友徐累，在俄罗斯，被彼得堡宫殿里的水波形帘幕所撩动，引发了他对十九世纪末浪漫主义的伤感回顾。我想这不是过度阐释，在那把木椅里，在榫卯构件的起承转合里，一定藏着中国人对宇宙秩序的浪漫构想，然后，用一种最简单、最自然、最漫不经心的方式呈现出来——典型的中国式表达。中国人素来含蓄，从不构造浩大繁密的哲学著作，洋洋洒洒、滴水不漏地论述自己的哲学体系，但中国人是有哲学的，只不过那哲学渗透在万事万物中，看似不经意地表达出来。所以中国没有柏拉图、黑格尔，但中国有孔子，有惠能，他们的思想，都像雨像雾又像风，让我们感受和领悟。就像这把椅子，出自明代一个不见经传的工匠之手，但那层层推展、收放自如的水波，"以一种程式化的模式反复排列"⑥，循环推进，演示的却是无止尽的生命律动，一生二，二生三，三生万物。

在中国，我们几乎找不到一件孤立存在的事物，一切物质之间，都存在着隐秘的勾连，像家具的不同零件，共同构建成一个整体，因此，在古代中国，在老子、庄子那里，就已经产生了"系统论"。每一件事物，包括这样一件普通的家具，既是这宇宙的一分子，也可以被视作宇宙本身。一花一世界，一鸟一天堂，一件家具，就是一个微缩的宇宙，或者说，是宇宙的模型。中国的木质家具，在五行中属木，却容纳了水（波浪纹设计），暗含着土（所有的木都从土中生长），包含着金（木制家具一般采用榫卯结构，不用钉子，但有些家具有金属饰件，镶金错银、华美灿烂），亦离不开火（漆、胶等全需火来熔炼），融汇着世界上最基本的元素。世界附着在上面，它就像一只木船，把我们托起来。坐在一把木椅上，就是坐在这世界的中央（尽管那不是一把龙椅），天地与我并立，而万物与我为一。可品茗、可读书、可闲聊、可打盹、可调情、可做梦、可发千古之幽思，唯独不能把世界从自己身上甩掉。三十功名尘与土，八千里路云和月，家事国事、风声雨声，都在这里，入耳入梦，尽管，那只是一把椅子。

二

玫瑰椅——这名字，自带几分香艳感。但我查了许多史料，也没查出这种椅子跟玫瑰有什么关系。王世襄先生在《明式家具研究》里说："'玫瑰'两字，可能写法有误。"还说："《扬州画舫录》讲到'鬼子椅'，不知即此椅否？"①但它体量小、造型窈窕婉约，尤其靠背较矮，不会高出窗台，便于靠窗陈设，有人认为它是女眷的内房家具，比如故宫藏的那把紫檀雕夔龙纹玫瑰椅，原本是摆放在西六宫之翊坤宫的西配殿——道德堂的。其实文人也用，南宋刘松年《十八学士图》里，就可以看见玫瑰椅。王世襄先生说："在明清画本中可以看到玫瑰椅往往放在桌案的两边，对面陈设；或不用桌案，双双并列；或不规则地斜对着；摆法灵活多变。"②

唐宋以后的中国人，已不再像《女史箴图》里的美女那样席地而坐，而是坐在榻上、椅上（像五代绘画《韩熙载夜宴图》所描述的），家具的重心全部因此升高，建筑的举架也增高了，礼仪方面，拱手作揖（像《韩熙载夜宴图》里的"叉手礼"）取代了跪拜，椅子拉近了人的身体与案牍的距离，从而带来了书法的变化，使它的笔触更趋细致。

但这把黄花梨波浪纹围子玫瑰椅，意义还不止于此。它用一种空灵的造型，诠释了中国人对"空"的理解。而这种诠释，可能完全是无意识的，因为这样一种理念，已经融入中国人的血液，成为一种本能。在玫瑰椅的家族，也早已成为一种惯常的形式，就像意大利帕多瓦（Padova）霍艾博士（Ignazio Vok）藏的黄花梨禅椅，还有故宫藏的那把紫檀雕夔龙纹玫瑰椅，紫檀木沉穆的黑色，凸显了它端庄静雅的气质，让人联想起后妃们的富丽典雅（王世襄先生说：玫瑰椅很少用紫檀，而"多以黄花梨制成，其次是鸡翅木和铁力"[20]，更见此件的珍贵）。但我所关注的，却是它的靠背做成了一个空框，像一张屏幕，什么都没有，却什么都有了。空框四周雕刻的夔龙纹，把我们的心思牵向古远的青铜时代，但绵密繁复的图案，似乎就是为了反衬中间的"空"。在这里，"空"成了主角，而其他的构件、纹饰，一律都成了配角。还有一些玫瑰椅，形式更加简练，像《明式家具经眼录》中收录的那对黄花梨仿竹材玫瑰椅，那份空灵，已经直追用来沉思入定、参禅修炼的禅椅。它们以一种近乎极端的形式，表达了中国人关于"盈"与"空"、"有"与"无"的辩证哲学。

前几天刚刚写完一篇关于黄公望的散文，叫《空山》，里面讲到了"空"。"空"就是"无"，但不是真正的"无"，而是包罗万象。老子说："天下万物生于有，有生于无。"[21]一切有形的事物，都在无形中孕育、发酵。这是中国人创造的一个独特的概念，是中华文明的神秘之处，依本人所见，那也是中国人艺术观念领先于西方之处。所以中国画讲究留白，不像西画，涂得满满当当。西画画得再满，也是有边框的，边框意味着有限性；中国画却可以破解绘画的这种有限性，因为中国画有留白，留白是无、是想象、是所有未尽的可能性。所以，空山旷谷，在中国艺术中成为永恒主题，像王维，不只是唐代伟大的诗人，也是绘画史上伟大的画家、"文人画"的鼻祖，所以，他对"空"有着独到的表达：

人闲桂花落，
夜静春山空。
月出惊山鸟，
时鸣春涧中。

你看那空山，什么都没有，但又什么都有，生命的各种迹象、世界的各种可能性，都住在这份"空"里，潜滋暗长。这四句诗，二十个字，翻译给外国人并不难，但这"空"的意念，该怎么翻呢？不懂"空"，就不懂中国诗、中国画，甚至不懂一把中国的椅子。

　　有人会说，明式家具并不实用。家具，首先要考虑为人所用，实用功能永远放在第一。这固然不错，但我想说，在古代中国，身体从来都是听命于心的，而生活的品质，首先取决于内心的品质。所以，明式家具，诸如书案画案、琴桌酒桌，虽是生活的必需品，也是灵魂的道场——中国人的精神修炼，就在日常生活里进行。它们引导我们的精神向上，而不是让我们的屁股沉沦向下。风骨传典，风物流芳，明式家具，就这样，承载着落实于物质的文化观念与精神图腾。

三

　　在当下中国，许多土豪都喜欢在办公室墙上挂一幅书法，上书四个大字："厚德载物"。

　　并不是所有人都知道，这四个字原本出自《周易》，意思大抵是：只有德行淳厚，才配得到物质的供养。在中国，物，从来都是与"德"相对应、成因果。因此，

［明］黄花梨禅椅，意大利帕多瓦（Padova）霍艾博士（Ignazio Vok）藏品

物，不只是"物"本身，而是生命、是精神，有时，还是政治，比如皇帝坐在世界的中央，不是因为他有权，而是因为他有德。孔子说："为政以德，譬如北辰居其所而众星拱之。"[72]因为有德，他才有资格像北极星一样坐在这世界的中心（皇宫），让万众像众星一样紧密地围绕在他的周围。中国人讲"物理"，不同于西方人讲"物理"。西方人的"物理"，纯属客观世界的规律，声光电色的运行之理。中国人的"物理"，是指"万物的道理"，"格物"作为儒家思想的重要理念，就是要以天地万物的道理完善我们的精神。所以《大学》里说："格物、致知、诚意、正心、修身、齐家、治国、平天下。"儒家知识分子的这一系列必修课，物是最初的也是最根本的出发点，是一切思想和行为的源头。

很多年前，在春风沉醉的晚上，在故宫研究院满目花开的小院儿里，坐在办公室一把老旧的明式椅上，听郑珉中先生不紧不慢地讲琴之九德，谓：奇、古、透、静、润、圆、清、匀、芳，面目慈祥而陶然。那时，这位故宫古琴专家已年逾九旬，历经荣辱，人却变得格外温暖和透明。将近一个世纪的沧桑风雨，居住在他的心里，通过他的古琴流泻出来，宠辱不惊。与他面容的苍老相反，他拨动琴弦的手指，暗含着岁月赋予的灵巧与力道；他内心坚守的品德，亦像一件明式家具，越擦越亮，永不蒙尘。

一件家具、一张好琴，都自有它的品德所在，品德不佳之人，想必是摆弄不了。王世襄先生谈明式家具，谈到家具有"十六品"，即：简练、淳朴、厚拙、凝重、雄伟、圆浑、沉穆、秾华、文绮、妍秀、劲挺、柔婉、空灵、玲珑、典雅、清新。人与之相配，才称得上完美。不配，人就显得尴尬，反正家具不会尴尬。明代文震亨在《长物志》序里所说："几榻有度，器具有式，位置有定，贵其精而便，简而裁，巧而自然也。"[23]那格调，让炫奇斗富者一下子就可以露了底，像文震亨所说的那样："近来富贵家儿与一二庸奴、钝汉，沾沾以好事自命，每经赏鉴，出口便俗，入手便粗，纵极其摩挲护持之情状，其污辱弥甚。"[24]明式家具是中国人的雕塑，简洁空灵、亭亭玉立、举重若轻，凝聚着中国人对世界的完美想象，在人生哲学、视觉艺术与日常起居之间达成一种高度的统一。

四

明式家具鲜明的造型感，得自唐宋以降中国绘画的线条训练与积累。曹衣出水，吴带当风。终有一天，那精致、流畅、唯美的线条，超出了纸页的范围，落在了木材上。对大树进行剪裁，每一笔，都精准得当，无可挑剔，就像宋玉眼里的邻家少女，增一分则肥，减一分则瘦。有太多的文人，把自己的理想、意念，融入到设计中，却从来不留设计者的名姓（中国的建筑、服饰等亦是如此）。因此，与中国书画不同，中国的明式家具是由无数文人、工匠共同缔造的，在现实中不断地修改和调试，因此才能在最广阔的生活里降落。中国人自古有对物的崇拜，但对物的崇拜里，包括着对自己的崇拜。

从大树到家具，从山石到园林，这个世界的物质属性没有变化——中国人没有去改变这世界的分子结构，只是改变了它们的形状和位置，把森林、石头，甚至河流，安放在生活的周围，甚至，安放在一把椅子上（有些椅子以大理石等石板做面心）。因此这变化是"物理"的（同时合乎东西方对"物理"的定义），而不是"化学"的。将一把椅子放大，就是一座园林；再放大，就是整个世界——因为它们完全是同构关系。坐在这样的椅子上，就可以与世界打通，世界也可以浓缩成自我，温暖的木、坚硬的石、柔媚的水，就此成为身体的一部分。

因此，一把椅子，不只是一个坐具，也是我们与世界联系的一个楔子、一个接口。我们人类的交流、学习、冥想，在许多时刻离不开一把椅子。把椅子抽走，大多数人会手足无措，我们的身体，也将因此而失去一个可靠的支点。

2017年5月19日至22日

原载《人民文学》2017年第11期

烟雨故宫

一

2017年2月18日，农历正月二十二，是节气中的"雨水"。那一天，北京城真的下了一场中雨，让我惊异于节气与气象的精准吻合。我以为在早春二月（阳历的二月），北方不会下雨，但雨在我以为不会下的时候下了，而且下得很果断，很理直气壮，这让我深感诧异，心想这节气的变换里，也深藏着奇迹。

雨落时，我刚好走到了弘义阁（太和殿西庑正中之阁），站立在廊檐下，看雨点实实在在地敲打在冰冷的台基上，又通过台基四周和螭首，变成无数条弧度相等的水线，带着森然的回响，涌进台基下的排水渠。那是一次阵容庞大的合唱，演员是宫殿里的一千多只螭首，平时它们守在台基边缘的望柱下，一言不发，一到雨时，就都活跃起来，众声喧哗，让人相信，龙（螭是传说中一种没有角的龙）这一物种，真的遇水而活。

据说光绪皇帝就喜欢欣赏龙头喷水。下雨时，他常冒雨走到御花园东北角的一个亭子里[75]，"下面池子里有个石龙头，高悬着，后宫的雨水从这个龙头喷泻出来，落在深池子里，像瀑布似的，轰轰作响，长时不断，流入御河"[76]。这话，是曾跟随慈禧太后八年的宫女荣子说的。

有人说，建筑是凝固的音乐。故宫（紫禁城）[77]，就是一个发声体、一个巨大的乐器。在不同的季节，故宫不仅色调不同，而且，声音也不同。这乐器，与季节、气象相合，风声雨声、帘卷树声，落在建筑上，都成了音乐，而且，从不凝固。因此，营建紫禁城的人，是建筑师，也是音乐家。

二

一座好的建筑，不仅要容纳四时的风景，还要容纳四时的声音。故宫的节气是有声音的，熟悉宫殿的人，可以从声音（而不是从色彩）里辨认季节，犹如一个农夫，可以从田野自然的变化里，准确地数出他心里的日历。

雨中的中和殿与保和殿,李少白摄

很多人都知道故宫宜雪，大雪之日，宫殿上所有的坡顶，都会盖上松软的白雪，把金碧辉煌的皇城，变成"一片孤城万仞山"——那飞扬高耸的大屋顶，已经被修改成雪山的形状，起伏错落、重峦叠嶂。"雨水"前后，故宫不期而遇的，经常是一场雪，如台北故宫博物院藏《关山春雪图》。北宋郭熙笔下的春天，是由一场大雪构成的（他命名为"关山春雪"），说明那的确是北方早春正常的样子。

其实，故宫不只宜雪，也宜雨。它的设计里，早已纳入了雨的元素。宏伟的大屋顶，在雨季里，成了最适合雨水滑落的抛物线，雨水可以最快的速度坠落到殿前的台基上，经螭首喷出，带着曲线的造型进入排水道，注入内金水河。贯穿故宫的金水河北高南低，相差一点二二米，具有自流排泄能力，收纳了建筑中流下的水，注入护城河（又称筒子河）。哪怕最强劲的暴雨来袭，护城河的水位也只上涨一米左右。三大殿不止一次被大火焚毁，但故宫从来不曾被水淹过。大雨自天而泻，而宫殿坦然接受。

雨水那一天，我见证了故宫的雨。或许故宫的空间太过浩大，所以下雨的时候，雨点是以慢动作降落的，似从天而降的伞兵。在故宫宏大的背景下，雨点迟迟难以抵达它的终点。但雨点是以军团为单位降落的，在故宫巨大的空间衬托下，更显出声势浩大。不似罗青（台湾诗人、画家）笔下的

大雪中的三大殿，李少白摄

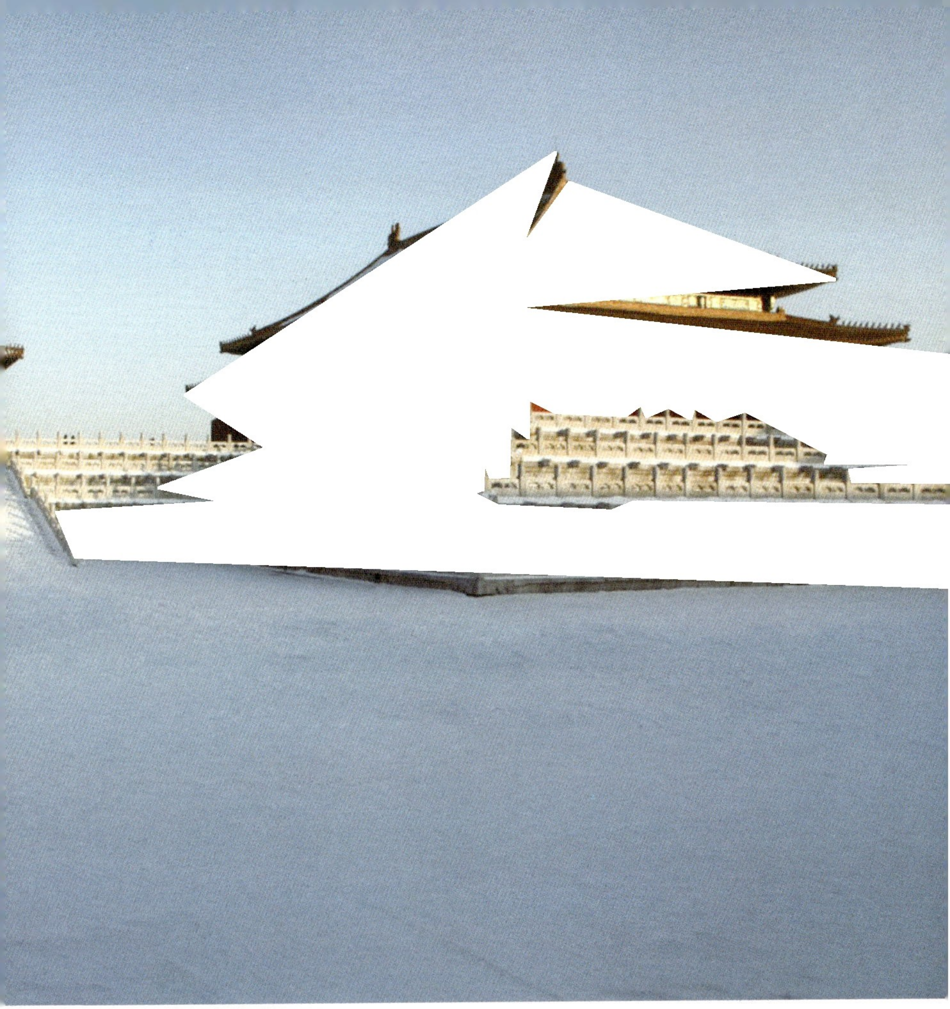

伦敦阵雨，雨粒大而稀疏，身手好的话，可以如侠客般，从中闪避而穿过。

雨点重叠，让我看不清雨幕的纵深，乍看那只是一片白色的雾，仔细看我才发现，在雨雾后面的，不只是宫殿的轮廓，还潜伏着一个动物王国——故宫更像是一个神兽出没之地，在雨雾后面浮现的身影，有飞龙、雄狮、麒麟、天马、獬豸、神龟、仙鹤……

三

清朝的雨水，和现在相同吗？对潇潇暮雨洒江天，我心中升起这样的困惑。在公元2017年雨水这一天，我看不见三百年前的雨水。那时的雨，或许记在《清实录》里，然后，被密集的文字压住，犹如密集的雨，让我什么都看不见——它们定然是存在的，但与不存在没有什么两样。只有我眼前的雨水是具体的，它填满了太和殿广场三万平方米的浩大空间，也飞溅在我的脸上，细碎冰凉。

我想，这宫殿里的皇帝，应该与我一样，也是雨水爱好者。面对春日里的第一场雨，他的内心也应该充满喜悦，就像站在田垄地头的农民一样。皇帝也有自己的田，朝廷就是他的田，他要耕好自己的田。华丽的宫殿，就是一个巨大的田字格——故宫就是由无数个四四方方的院子组成的一块田。

有些皇帝，本身就当过农民，所以一生农民习气不改——或者说，是保持着劳动人民的本色。比如朱元璋，多次在诏书里申明，"朕本农夫，深知民间疾苦""朕本农夫，深知稼穑艰难"，甚至在皇宫里开辟了一块农田，让内侍耕种，还指着他的田地对太子说："此非不可起亭馆台榭为游观之所，今但令内使种蔬，诚不忍伤民之财，劳民之力耳。"他告诫子孙：

> 夫农勤四体，务五谷身不离畎亩，手不释耒耜，终岁勤动，不得休息。其所居不过茅茨草榻，所服不过练裳布衣，所饮食不过菜羹粝饭，而国家经费，皆其所出，故令汝知之。凡一居处服用之间，必念农之劳，取之有制，用之有节，使之不致于饥寒，方尽为上之道。若复加之横敛，则民不胜其苦矣。故为民上者，不可不体下情。㉘

清代皇帝也种地，但只是象征性仪式，不在故宫，而是在先农坛。乾隆玩字画，特别标榜《五牛图》《诗经图》这些与农事有关的题材，以表明他当皇帝不忘本的立场。

雨中内金水河，李少白摄

四

但皇帝终归是皇帝，农民终归是农民，至少，面对雨水，他们想的事情不完全一样。对农民伯伯来说，春雨如膏，膏泽土壤，嘉生得以繁荣，这是他们对雨水的全部认识。而对皇帝来说，雨更是一种象征，因为只有雨可以证明皇帝是真龙天子，这一点比土壤墒情更加重要。

我写《故宫的隐秘角落》，写到康熙皇帝与封疆大吏吴三桂的那场较量。在战事胶着阶段，帝国的北方一直坚持着不下雨。这让康熙的面子很受伤，他写"罪己诏"，对下雨的政治意义有深刻的阐述：

> 人事失于下，则天变应于上。……今时值盛夏，天气亢旸，雨泽维艰，炎暑特甚，禾苗垂槁，农事甚忧。朕用是夙夜靡宁，力图修省，躬亲斋戒，虔祷甘霖，务期精诚上达，感格天心……㉙

那时吴三桂已经衡州称帝，天老不下雨，怎么证明康熙是天命所归呢？两个黄鹂鸣翠柳，两个皇帝争天下，拼实力，拼心理，也拼天气，因为天气里，藏着天意。终于，康熙皇帝庄重地穿好礼服，面色凝重地走出昭仁殿，前往天坛祈雨。

于是发生了不可思议的一幕——就在康熙行礼时，突然下起了雨。[30]雨滴开始还是稀稀疏疏，后来变成绵密的雨线，再后来就干脆变成一层雨幕，在地上荡起一阵白烟。地上很快汪了一层水，水面爆豆般地跳动着，我猜想那时浑身湿透的康熙定然会张开双臂，迎接这场及时雨，他一定会想，老天爷没有抛弃自己，或者说，自己的精诚所至，感动了上天，给了这个帝国新一轮的生机。对于战事沉重的帝国，没有比这更好的兆头了，康熙步行着走出西天门，那一刻，他一定是步伐轻快，胜券在握。

那一次祈雨，并不发生在"雨水"那一天，《清实录》准确记下了它的日期：六月丁亥。但那份焦虑，与渴盼一场春雨的农夫比起来，也有过之无不及吧。

五

在故宫博物院，至今收藏着许多雨服。清代雨服分为雨冠、雨衣和雨裳三个部分。雨冠戴在头上，雨衣穿在外面，雨裳穿在里面。

《红楼梦》里写北静王送给贾宝玉一件雨衣,那是一件蓑衣,质地之佳,让见识深广的林黛玉都在好奇:"是什么草编的?怪道穿上不象那刺猬似的。"⑧但皇帝的雨衣,北静王自然是不能比的。根据《大清会典》的规定,清代皇帝雨衣分为六种制度,皇子以下及百官凡有顶戴者分为两种制度。一件雨衣,仍然轻易地划出了身份的高低。王朝在举行活动时,皇帝、百官根据地位品级,穿上不同制度的雨衣,无论朝会、祭祀、巡幸、大狩、出征等国之大事,风雨无阻。

故宫博物院里收藏的清代宫廷雨衣中,有一件朱红色的雨衣,形制如袍服而袖端平,并加有立领,开对襟。这件雨衣用羽毛捻成的细纱线织成羽纱做成,羽纱上压着花纹,既美观,又透气、防雨,哪怕是细雨,也不会轻易渗入。

三百多年前,它曾穿在康熙的身上。我没有查出康熙在什么时候、什么情境下穿过这件雨衣,但康熙曾穿过它,是确信无疑的。我想象着在某一个细雨如雾的清晨,他穿着这件雨衣前去参加皇帝的御门听政。雨衣包裹着他,雨包裹着雨衣。朱红色的雨衣在风中鼓起,像一座移动的红色宫殿,在雨幕中愈显神秘。

斗败吴三桂那一年,康熙二十八岁,他和他的王朝,正值青春好年华。他穿着这件雨衣,在王朝春天的雨里出

御花园的水池，李少白摄

没，转眼就没了踪影。我眼前只剩下雨，仿佛从三百年前，一直下到今天。

紫禁城里，不再有皇帝。

城外，农民正摊开手掌，迎接一场春雨。

2017年8月30—9月3日于北京

10月1日改于北京

纸上繁花

你未看此花时,
此花与汝心同归于寂。
你来看此花时,
则此花颜色一时明白起来。
便知此花不在你的心外。

——[明]王阳明:《传习录》

序章　声色花木

一

忽地,想起吴昌硕一枚闲章:

试为名花一写真

此时正当腊月,北京依旧干燥无雪,我书

房的窗外,榆树、槐树的枯枝向天空伸展。树枝的轮廓,有如北宋李成的《读碑窠石图》(日本大阪市立美术馆藏)。北方冬日的苍茫寂寥,固然也是一种美,但我仍然想念南国的草木葱茏。

很多年前,吴昌硕曾与我一样想念繁花:

> 初春寒甚,残雪半阶。庭无花,瓮无酒,门无宾客,意绪孤寂,瓦盆杭兰,忽放一花,绿叶紫茎,静逸可念,如北方佳人,遗世而独立也。[②]

兰的馨香,就这样,在一瞬间入纸入画,成不朽经典。

我很羡慕画家,仅凭一支笔,就可以构筑一个超越现实的世界。像山水画的开山之祖、六朝时期的画家宗炳,当年事已高、腿脚不便,他就在故宅弹琴作画,把山水画贴在墙上,或者干脆直接画在墙上,躺在那里就可以遍览天下美景,称"卧游",还对人说:"抚琴动操,欲令众山皆响。"

吴昌硕也是一样,即使在贫寒岁月里,他的笔下,依旧百花盛开、林木妖娆。他在题识诗里写:

> 有花复酾酒,

> 聊胜饥看天。
> 叩缶歌呜呜,
> 一醉倚壁眠。
> 酒醒起写图,
> 图成自家看。
> 闭户静相对,
> 空堂如深山。

墙上一幅画,让空寂的房间与一个更大的空间(山水空间)相联系,变得万物蓬勃。再穷的画家,也是视觉上的富翁,因为无论何时何地,他对世界的无限好奇与想象,都能通过一支笔得到落实。哪怕画的观者只有自己(像吴昌硕所说的,"酒醒起写图,图成自家看"),也已足够奢侈。

在一幅《牡丹图》上,吴昌硕表达相似的诗意:

> 酸寒一尉穷书生,
> 名花欲买力不胜。
> 天香国色画中见,
> 荒园只有寒芜青。
> 换笔更写老梅树,
> 空山月落虬枝横。

酸寒尉，是当年吴昌硕捐了一个小官，任伯年见他身穿朝廷低级官吏服装的寒酸样，给他画了一幅《酸寒尉像》，戏称他为"酸寒尉"。吴昌硕一生，大部分时间生活拮据，不过一介潦倒书生，爱花，却买不起花。但他是画家，可以创造世界，绘画，就是他创造世界的方式之一。

那个世界，风行雨散，润色开花。

二

或许是农业文明的缘故，中国古典艺术，始终缠绕着一种对花草植物的敏感。林徽因说："惜花，解花太东方，亲昵自然，含着人性的细致是东方传统的情绪。"[8]我们都会背："蒹葭苍苍，白露为霜。所谓伊人，在水一方。"但未必所有人都知道，所谓"蒹葭"，就是我们熟悉的芦苇。《诗经》里的世界，其实并不遥远。"参差荇菜""南有乔木""桃之夭夭""彼黍离离"，《诗经》，这先秦时代的民歌，几乎首首离不开植物，一风一雨、一稼一穑，遍布着草木的声息，以至于《诗经》里的植物花卉，也成为一门学问，吸引一代代的学人研究考证，著名的，有三国时期陆玑《毛诗草木鸟兽虫鱼疏》、北宋蔡卞《毛诗名物解》等。

《诗经》里植物蓬勃、花朵璀璨，与商周时代北方气候的温暖湿润不无关系，而长江流域，更加草木葱茏，生机盎然，那份健壮之美，大都被收罗在《楚辞》里。魏晋南北朝时期的古诗选本《玉台新咏》，写到花卉植物的诗，占比47.1%。《唐诗三百首》（蘅塘退士编），占比43.9%。五代《花间集》，占比65.4%。《宋诗钞》，占比52.7%。《元诗选》，占比54.7%。《明诗综》，占比50.2%。《清诗汇》，占比55.2%。[88]这些诗词选本中，涉及花卉植物的诗歌，大约有"半壁江山"。清代小说《红楼梦》，前八十回中，每回皆有植物，第十七回，涉及植物竟多达六十二种；后四十回中，也仅有三回（第一〇〇、一〇六、一〇八回）没有任何植物。汉唐宋元，诗词曲赋，中国文学里，藏着一部浩瀚的"植物志"。

相比之下，绘画对那个自然世界的捕捉更加直观和生动。风疾掠竹、雨滴石阶，在那样一个澄净的年代，画家的目光，那么容易被草木林泉吸引。吴昌硕一生以画花为业。他的传世作品中，花卉现存两千多件，山水不过数十件，而人物仅有几件。不论何时何地，春花秋月、杏雨梨云，都可在他的笔下，随时盛开。《镜花缘》里，武则天要百花盛开，但那只是小说家言，不可能变成现实。但画家全凭自己的笔墨，就可以缔造一个鲜花盛开的世界。

三

那一次和作家王跃文一起出访秘鲁、智利，所见异国花木，王跃文大多叫得出名字，让我很吃惊。跃文自小在乡村长大，最熟悉的事物，莫过于花草树木了。魔幻的拉丁美洲，竟与中国的湖南有许多相同的物种。所以在秘鲁首都利马的里卡多帕尔玛大学演讲，王跃文的题目是《我从屈原的故乡来》，在《离骚》《楚辞》与拉美魔幻现实主义间走进走出，相比之下，我对植物的世界无比陌生，叫得出来的花木名称可能不超过二十种。我第一次感受到，我与这个世界竟如此疏离。

我那一天的演讲题目叫《一幅画开启的世界》，讲述中国古典绘画对我写作的影响。作为一个在城市里长大、从学校门走到单位门的读书人，我的世界大多是由书本和艺术品开启的。而对于书籍册页背后的那个世界，我既隔膜，又好奇。但这也并非都是我的错，我的成长历程，刚好经历了人类历史上最迅猛的城市化进程，传统的乡村田园，正一步步远去，退成山水画里可望不可即的背景，退化成诗歌里抹不去的乡愁。

《乡愁》里，余光中回不去的家，其实我们每个人都回不去了。

拦住我们的，是时光的海峡。

"那些草长莺飞、鱼戏虾翩，那些青山绿水、星河灿烂，那些夏夜流萤、遍地蛙声，还有古老的祠堂、绕村的小河和隆重的民俗……皆一夜间蒸发了。从乡村到城市，每个人的故乡都在沦陷，每个归来的游子都成了陌生人"，"原配的世界，人类的童年，真的结束了"。⑤

我的朋友王开岭写下这样的话。

"蒹葭苍苍，白露为霜。"

《诗经》里的许多首诗，我们从小会背。

问题是，我们去哪里寻找洁净无尘的"河之洲"呢？

四

话说中国艺术这条大河发展到晚清，已显日暮途穷之相。故宫博物院书画馆（原在武英殿，2018年开始改为文华殿）里的各种画展，一般自晋代始，西晋陆机的书法、东晋顾恺之的绘画一进门就给人下马威，毛笔线条所蕴藏的生命感，竟能穿透时光的围困，一千数百年后依然鲜活如初。此后中国艺术走过辉煌灿烂的隋唐、山高水长的宋元，到明清，气息就弱下来，展览越往后，越了无生趣。徐渭的桀骜、八大的枯寂，我尚能接受，但清初"四王"繁密琐碎，宫廷画（如《康熙南巡图》）的呆板僵滞，带着人为的痕迹，那种刻意的精致，却是我不喜欢的。中国画已不复隋唐宋元绘画里的风流丽日、鱼跃鸢飞——在那些绘画里，哪怕是一窗梅影、一棹扁舟，都带着生命的感动。

东晋顾恺之《洛神赋图》卷（北京故宫博物院藏）——画史上知道作者姓名的最早画作，虽为人物画，但那画里，包罗着天地万象。有人说："画里有日月山川，有人物神仙，有车马舟器，有鱼龙草木"，"一切绘画的品类都可以从这里生发"⑧。于是，有风吹过树梢，让树枝与人物身上的一缕飘带，以相同的韵律轻轻摆动，从而将人与树，从节奏上统一起来。

此后的人物画，植物不是作为人物事件的背景（如隋代展子虔《游春图》上，桃花、李花盛开，设色明艳，近六朝古法；唐代李昭道《明皇幸蜀图》，由于年代久远，色彩失真，许多植物已不可辨识，可识者有松树、木兰等），就是作为人物的衣饰（如唐代周昉《簪花仕女图》中仕女头上佩戴的硕大花朵）出现。

宋元以后，人开始退远，大江大河成为中国绘画的叙事主角［如五代范宽《溪山行旅图》（台北故宫博物院藏），千仞峭壁上可见成丛的灌木，溪谷两岸有树干挺直的杉类，还有粗干短茎的阔叶树等；宋代刘松年《四景山水图》，岸上有松、梧桐、垂柳、梅，水中有荷、香蒲］，而山水花鸟，

大雪中的午门、太和门，李少白摄

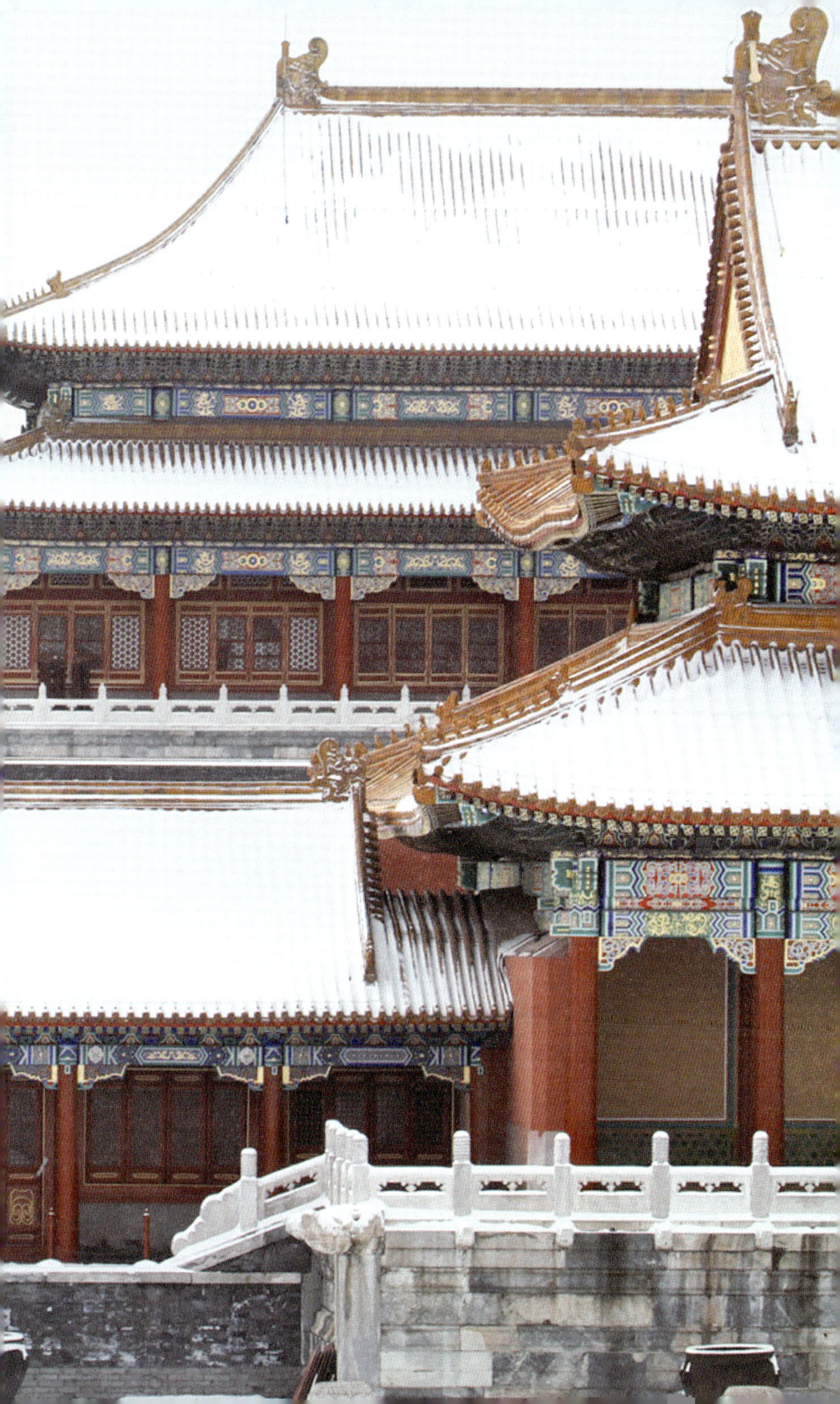

也犹如特写镜头，被放大成画面的主体，这微观的描述，与山水画的宏大叙事形成反差，又彼此凸显。

五

与大开大合、视野开阔的山水画不同，宋代花鸟画，像一个个单独的镜头，引导我们观看世界的细部。观看世界的手段，由望远镜换成了放大镜。佛经上说，芥子⑥能够收容喜马拉雅山，山不改其大，芥子不改其小，因此，清人王概编绘中国画的经典课本，取名《芥子园画谱》。

五代北宋是花鸟画的成熟期，出了黄荃、崔白这些大师，其中崔白《寒雀图》卷（故宫博物院藏），主体虽是九只麻雀，或鸣或跃，形态各异，伶俐可爱，但画上以干墨勾皴的树木枝干，更是力道十足，所谓"自有骨法，胜于浓艳重彩"。

宋代花鸟画，我最喜欢的还是宋徽宗。元人汤垕说："徽宗性嗜画，作花鸟山石人物入妙品，作墨花墨石间有入神品者。"⑧尤其在他迷恋的山水园林——艮岳，他阅尽人间繁花，更让他荷尔蒙猛增，将表达的冲动聚集于笔端。汤垕说他画画"无虚日"，堪称美术界的劳模。徽宗的真迹，传到今天的有二十多件，是北宋画家中最多的。其中《芙蓉锦鸡图》轴、《枇杷山鸟图》页，今藏故宫博物院。

《芙蓉锦鸡图》的构思精微。画的上方,芙蓉斜刺而出,将观者目光引向飞舞之双蝶,下面几枝菊花向右上方斜插,增添了构图之复杂感,中间的芙蓉枝叶俯仰偃斜,每一片叶均不相重,而其轻重高下之质感,恰到好处。锦鸡落在花间,白色的颈部与鲜花的色调相统一,成为全画的高光点,翎毛向右下方荡出,与花枝的方向相反,呈对角线构图,锦鸡毛羽设色鲜丽,曲尽其妙,俱为活笔。

画的余白上,宋徽宗以他如植物般飘曳的瘦金体题道:

秋劲拒霜盛,
峨冠锦羽鸡。
已知全五德,
安逸胜凫鹥。

押书:天下一人。

透着自信与狂妄。

宋徽宗的花鸟,皆为设色,色彩古雅雍容,以凸显奢华富贵、"丰亨豫大"的主题,为他的王朝歌功颂德。但或许因为预知了他的结局,看他笔下的繁花似锦,心里会陡生一种悲怆感。哪怕是《瑞鹤图》(辽宁省博物馆藏)这样极力渲染祥瑞的画作,万鹤齐飞的天空,那深邃而孤独的蓝,亦让人感到莫名地哀伤。

《池塘秋晚图》（台北故宫博物院藏）上，红蓼薄草迎风摇曳，荷梗支撑着莲蓬生于水中，一只白鹭叉足站立，两只水鸟一翔一浮，追逐嬉戏，不知怎的，从这一份闲逸之趣里，我总能嗅出某种破败的气氛，让我想起《红楼梦》里黛玉湘云在黑夜里咏出的两句对联：

寒塘渡鹤影，
冷月葬花魂。

那鹤，并非祥瑞之鹤；那花，也不是盛世繁花。

朱良志先生说："生命如幻，人生一沤。忽起的浪花哪能长久，夜来的露水怎会长驻？借问飞鸿向何处，不知身世自悠悠。落花如雨，唤起韶华将逝的叹息；秋风萧瑟，引来生命不永的哀歌。正所谓天地存吾道，山林老更亲。闲时开碧眼，一望尽幻影。中国画中这样的幻境带有大彻大悟的人生感。"[8]

清人恽寿平画《寒塘白鹭图》，捕捉冬日大雪中一个特写镜头，索性把生命的荒寒枯寂往狠里画，画到极致。

六

于是，画枯、画寂，画人生的荒寒与坚持，成为中国画的另一路——黑白水墨。我喜欢宋徽宗《江山归棹图》、王希孟《千里江山图》（皆为故宫博物院藏）这类场面宏大的作品，把人引入一个无穷的空间，也喜欢赵孟頫以后的文人小品，在尺幅之间闪展腾挪，以有限造无限。与《千里江山图》那种费尽心力的浩大作品比起来，这种花木小品，更能表达画者瞬间的心境，更与画者灵性相通。

于是，起于顾恺之《洛神赋图》卷、展子虔《游春图》卷的那个五彩斑斓的植物世界，越来越被简化、符号化。梅兰竹菊，逐步成为文人青睐的绘画主题，也进而成为他们崇尚的精神符号。尤其到了南宋，不知是否因为南宋的江山变成了残山剩水，文人对大山大水的兴趣减小，《溪山行旅图》那样气势撼人的景象也难以再现，画家的笔触转向简单的事物，开始寻找树木花卉的内在意义，如明代祝允明所总结的：

> 或曰："草木无情，岂有意耶？"不知天地间，物物有一种生意，造化之妙，勃如荡如，不可形容也。[9]

六月謝却暑氣蒸
幽香一噴氷人清
曾將移入浙西種
一歲穫華兩放莖
異亩谁子圖
仍賦

《墨兰图卷》［南宋］赵孟坚

笔意也愈发疏简，简到了只剩几根线条（兰与竹，造型本身就很简单），有如书法，要求着线条的精准与自由。万千植物，就这样在枯笔湿笔、似与不似之间，在纸页上茁壮生长。

北宋苏轼《枯木怪石图》卷、南宋郑思肖《墨兰图》卷、元赵孟𫖯《秀石疏林图》卷、倪瓒《竹枝图》卷、王冕《墨梅图》卷、明代王绂《露梢晓滴图》（以上除郑思肖《墨兰图》卷为日本大阪市立美术馆藏，其余皆藏故宫博物院），都是这样的笔墨。"看扬无咎一枝梅花，可以和所有的梅花交谈，郑所南[①]画墨兰，笔含空谷之幽，文同写一枝竹影，便召集了天地间的清气，于纷纷扰扰红尘中，以本来面目和我们相见。"[②]

我在《在故宫寻找苏东坡》一书里说，苏东坡提倡的"萧散简远""简古淡泊"的艺术风格，使"宋代的玉骨冰心，从唐代的大红大绿中脱颖而出"，赋予宋代艺术一种简洁、清淡、高雅的气质。"这是一场观念革命，影响了此后中国艺术一千年"[③]。

蒋勋说："宋元人爱上了'无色'。是在'无'处看到了'有'；在'墨'中看到了丰富的色彩；在'枯木'中看到了生机；在'空白'中看到了无限的可能。"[④]

七

任何事物都有可能违反它的初衷,当宋元以后的中国画家将风景花木简约化、符号化之后,带来一个负面后果,就是后人将绘画变得教条化、技术化,这一点,是我在《在故宫寻找苏东坡》一书里未曾论及的。一枝一叶,都会变成可复制的"模件",一幅画,实际上是由一些这样的"模件"构成的。前面提到的《芥子园画谱》,就是一部指导使用这种"模件"的工具书。

这违背了艺术创作的个性化原则,也与大千世界的万类霜天相去甚远。

程式与风格,就这样纠结在一起,像连体婴儿一样难舍难分。比如在倪瓒的画里,山水似乎永远定格为"一江两岸式",永恒不变。枯树、空亭,亦成为他永不舍弃的修辞,以表达他"目中无人"、绝尘而去的心境。像《六君子图》(上海博物馆藏),近处画树六株,分别为松、柏、樟、楠、槐、榆(李日华的说法),水岸对面,岗峦遥接远空,连绵无尽。同样,《秋庄渔霁图》(上海博物馆藏),近处画树五株,参差有致,水岸对面,同样是远山在呼唤,"残山剩水,写入纸幅,固极萧疏淡远之致,设身入其境,则索然意尽矣"[⑤]。

在八大山人（朱耷）那里，"翻白眼"的鱼目、鸟珠，头重脚轻的山石，东倒西歪、光秃秃的树枝，又成为他最显著的标记。八大山人是明朝皇室后裔、明太祖朱元璋的第十七子宁献王朱权的九世孙子，十九岁时明朝灭亡，从此隐姓埋名，遁入空门，以苟全性命于乱世。他一生作画，六十岁时开始用"八大山人"署款，还把"八大山人"四字连成"哭之""笑之"的字形，以此寄托他啼笑皆非的茫然与痛苦。正是：黑夜给了我黑色的眼睛，我却用它翻白眼。但无论如何，以八大、石涛为代表的"四僧"，笔触与个人经历、心绪相接，包含着强烈的自我意识，还是给清初绘画注入了一丝活力。

即使在落拓不羁、强调个性的"扬州八怪"那里，程式化的现象也较普遍。比如在郑板桥那里，竹、兰、石几乎成了他绘画的"永恒主题"，连他自己都承认，"专画兰竹五十余年，不画他物"[⑦]。"郑燮[⑧]以竹子、兰花和石头，组成了或许数以千计的构图"。而这些构图，基本上遵循着相同的范式，比如"大幅画面中往往有几块石头前后相叠，岸然耸立。它们或前或后，或上或下，现身于竹丛中"，至于竹子的画法，"为描绘细竹与粗竹而编定的笔型十分明显，就像两截竹竿之间的竹节那样，已成为固定的图式"。[⑧]

在论及郑板桥的竹画时，德国汉学家雷德侯（Lothar

Ledderose）先生又说："当画面空间总体增大时，画家并没有相应地扩大竹叶丛簇的尺寸，而是宁愿添加更多大小相近之竹叶丛簇……这是可以在青铜器的纹饰、宫殿的斗拱、瓷器的装饰中发现的同一原则：当一个组合单元的绝对尺寸变大之时，其中的模件并没有相应地增大，而是代之以增添新的模件。"[19]

关于自然的艺术，此后一点点与自然脱节，变成文人的案头戏墨。

八

宋元画家笔下意境高远的自然世界，在明清喧闹的俗世文明中越来越遥不可及。曾经纯净高雅的山水花鸟，也渗透着俗世的欲望与人性的挣扎。像徐渭这样的叛逆者，笔触充满凡·高式的疯狂。而八大山人笔下的鸟兽花草，也几乎成了一种哲学符号，而不再是它们本身。如蒋勋所说："八大像是中国文人水墨的最后一个句点，他勾画出的鱼、鸟、风景，是洪荒初始的鱼、鸟与风景，是历劫之后永恒存在的鱼、鸟与风景的本质。"[20]

然而，就在中国传统绘画即将走向终局的时候，吴昌硕，出现了。

在元代遗民倪瓒那里，历史已经终结，世界在他笔下，

卷一 烟雨故宫　　107

只剩下一角荒山、几株枯树，仿佛回到了万古洪荒，宁谧、幽远。这份彻骨的寂寞感，一直延续清初"四僧"（髡残、弘仁、石涛、八大山人）。他们的画里，没有时间感，前不见古人，后不见来者，没有过去，也没有未来，没有缅怀，也没有期待，像一个定格镜头，永远孤立、停顿在那里。

这些画面，让生命的意志挺立于荒寒的世界，勾勒了元、明遗民一段特殊的心灵史。但到后来，随着气象史中"小冰期"的过去，王朝鼎革的血腥记忆也已远去，尤其是城市工商业的发展，把画家又从山林拉回到庭院市井，人不再逃遁，而是开始回归，于是，破碎的世界，又重新聚合，停止的时间，又被重新发动，花又开，叶又落，光影又开始游走，万物又开始运行，人与世界又开始相知相融，绘画，又有了人间的色彩，尤其到了吴昌硕的笔下，纸页上日益萎缩、抽搐，甚至疯狂的自然世界，再度变得声势浩大。

艺术史的演变，犹如季节的轮转，在经过宋元"小冰期"的千山俱寂、大雪凝寒之后，中国绘画又迎来一片"艳阳天"。当然，在吴昌硕之前，有"明四家"等前辈画家光色技法的过渡，而艺术史的演变，也是多元、复杂、迂回的，"愤世派"与"俗市派"也不是简单的"二元对立"，而是彼此纠缠，交错发展，这样的矛盾甚至在同一个画家的身上也有体现。

吴昌硕生长在草木繁盛之地，他的生命血肉，未曾离开山林草木的滋养。浙江安吉县鄣吴村（吴昌硕出生时隶属孝丰县），曾先后隶属桃州和湖州。村前有玉华山，背靠金麓山，这一金一玉，遥相对峙，中间是大面积的田野，有溪流穿过山涧，汇入苕溪，构成一幅巨大的山水画。

同样出生在湖州的元代画家赵孟頫有诗曰：

> 山深草木自幽清，
> 终日闻莺不见莺。
> 好作束书归隐计，
> 蹇驴来往听泉声。[10]

很像南朝丘迟所言："暮春三月，江南草长，杂花生树，群莺乱飞……"

吴昌硕自己也多次写到自己的家乡风景，比如《鄣南》诗：

> 九月鄣南道，
> 家家云半扉。
> 日斜衣趁暖，
> 霜重菜添肥。

地僻秋成早，

人荒土著稀。

盈盈烟水阔，

鸥鹭笑忘归。[02]

从《尔雅》中的《释草》《释木》，到《古今图书集成》中的三百二十卷《草木典》，里面记载的花果植物成千上万。但无须阅读这些辉煌的典籍，许多花木，都是大自然教他认识的。想起十多年前，在湖南凤凰，我住在黄永玉先生"玉氏山房"，与黄永玉聊天，黄老说：这山水林木，简直是一所大学校，什么都能教会。这样的学校，到哪里去找？

从吴昌硕起落颤动的笔触里，我们目睹了《楚辞》里的草木繁盛，聆听到《诗经》里的悦耳鸟鸣，体会到人间的声色花木。岸边芦苇、庭前菊花、雪中寒梅、瓦盆杭兰，经过了几世轮回，依旧茁壮挺拔、生生不息。他让我们的五官恢复了感知生命的能力，与自己置身的世界，不再隔膜。

他绘画里的每一片花瓣都血肉饱满，每一根筋脉都蓄满汁液。吴昌硕，成为绘画世界里的"花神"。他描绘的"花的精神"，其实就是人的精神。当晋唐人物、宋元山水，都已成旧梦，当背负三千年历史的中国绘画已然老去，它却在他的手里，悄然无声地恢复了曾有的血色生机，在山穷水尽之际，又见柳暗花明。在西方文化的冲击之下，因为吴昌硕，传统中国画又赢得了一张进入新世纪的门票。

这种古老的绘画，在"西学东渐"的世纪里没有消亡，反而最终获得了以"国"字命名的崇高地位。

在他身后，跟随者络绎不绝。

悲鸿苦禅，大千可染。

中国绘画，真正走进了一个繁花似锦的昌硕时代。

第一章　视觉之花

一

许多来故宫的游客或许不曾注意，故宫最动人的时候，是百花盛开。在这古老的院落里，春天，无疑是一场盛大的节日。

有人说，第一缕春风是从东南角楼吹进紫禁城的，那么，同期开放的花，应该是由东向西，像一层层的浪，漫过紫禁城的。其中，宁寿宫花园里的二月兰、绛雪轩前的太平花、文华殿前的西府海棠、建福宫的梨花，都让人感受到宫殿里的时光流转、生命律动。"还有很多一时叫不上名字的花花草草，都会在有风吹过的地方生出来，墙角、砖缝、瓦垄，甚至是城墙上高高的滴水里，都会意想不到地探出花朵来，告诉人春天到了。"[103]

我们故宫研究院在紫禁城西北角楼下，原为皇宫里的城隍庙。庭院里那株梨树不知是哪一年种下的，当春风渐暖，百花将残，在城墙的斑驳背景前，梨花会在一夜之间绽放，如《格物丛话》所言，"春二三月，百花开尽，始见梨花"。可见梨花很低调，不与百花争宠，但满庭梨花开放，恍如夜空里的繁星，浩大灿烂。哪怕梨花谢时，花朵在风中撒落如雨，那阵势也无比撼人。

很多人以为紫禁城里没有花木，但这只是个错觉。紫禁城内，花木缭绕、山水玲珑，只是那一份妖娆被藏在背后，留给世人一个庄严浩大的表面，只有熟悉它的人，才能体会到它的阴晴冷暖、万千变化。

二

"仲春二月，烂漫花开，姹紫嫣红，风光大好。"[104]这是自然对人类视觉的犒赏。花是自然的尤物，早已入诗入画。诗和画，是中国人对这种自然之美的自觉回应。《诗经·周南》里写："桃之夭夭，灼灼其华。"描绘桃花开放，鲜艳茂盛的样子，借以形容贵族少女之美，由此开创了以桃花喻美人的传统，所谓"南国有佳人，容华若桃李"[105]"人面不知何处去,桃花依旧笑春风"[10],连当下时尚网红言情古装剧都这样起名:《三生三世十里桃花》。

《诗经》是春秋时代十五个国家民歌的总集,即"十五国风",少部分是贵族的乐歌,大都发生在周代的黄河流域,小部分在长江流域的楚国。《楚辞》则是战国时代的代表作,主要为屈原创作的《离骚》,外加宋玉、东方朔、刘向、王逸等人的作品,内容都发生在长江流域。[10]《诗经》和《楚辞》,犹如日月,照亮了东周时代(春秋战国)的山川万物,也让那时的林木花草,镀上一层别样的光泽。《诗经》三百零五首诗,出现植物的有一百三十五首,占44.3%,因此古人说,读《诗经》,可"多识草木虫鱼之名"。《楚辞》中,出现花木植物种类较多的有《离骚》《九歌》《九章》《七谏》《九叹》《九思》等,每篇出现二十一至三十二种植物。宋代吴仁杰写四卷本《离骚草木疏》,考释《离骚》中花木名称五十九种,成为后世破解《离骚》植物密码的经典之作。[10]

公元前296年到前279年,屈原被免去三闾大夫之职,开始了长达十六年的流放生涯。在一个杂花生树的春天,写下一首《思美人》:

开春发岁兮,

白日出之悠悠。

　　吾将荡志而愉乐兮，

　　遵江夏以娱忧。

　　擎大薄之芳茝兮，

　　搴长洲之宿莽。

　　惜吾不及古人兮，

　　吾谁与玩此芳草……[109]

纵然在流放途中，江南花木山水之美，也不能不对他有所触动，情不自禁"招花惹草"，攀摘灌木中的苻蓠，采集沙滩上的卷施，哪怕只是片刻欢愉，也值得收留。

或许因为六朝时代社会动荡，命如草芥，人对生命有着特殊的敏感，六朝人描述花木，精致到了几乎变态的程度，这也抽空了时间的间隔，让我们的目光可以直接抵达六朝，落在花木声色上。

如胡晓明先生所说，六朝人描写花光、水色、芳林、云岩，达到了"斗巧"的境地。如写花之鲜，用"雨洗"，写水之美，用"泉漫"（"雨洗花叶鲜，泉漫芳塘溢"）；写花之绽放用"舒"（"紫葵窗外舒"）、用"抽"（"新条日向抽"）……中国人写山水草木的词汇，似乎被六朝人用完了。写花木的华滋，如"红莲摇弱荇，丹藤绕新竹"，如

"塘边草杂红，树际花犹白"，如"香风蕊上发，好鸟叶间鸣"；写虫禽的嬉闹，如"蜻蛉草际飞，游蜂花上食"，如"巢燕声上下，黄鸟弄俦匹"（以上皆为南朝谢朓诗句）；等等。总之，充分体现了他们对大自然风景的细嚼慢咽、精心品赏；而在这一种心情里，实在隐藏着对大自然生命的珍爱与流连。[110]

三

写花难，画花更难。

因为"花无定形"。

而画花，不只要画形，还要画神、画骨、画气。

胡兰成《今生今世》的第一句这样写："桃花难画，因要画得它静。"[111]

其实果类花卉入画，自唐五代以前就有，其中包括桃、李、梅、杏等。[112]

宋徽宗时代编定的《宣和画谱》中有《蔬果叙论》，写："早韭晚菘，来禽青李，皆入翰林子墨之美谈，是则蔬果宜有见于丹青也。"[113]

元代钱选《八花图》卷（故宫博物院藏），绘有折枝海棠、梨花、桃花、桂花、栀子、月季、水仙等八种花卉，画法继承宋代院体，用笔柔劲，细洁而秀润，设色清丽淡雅，给人幽静超脱的感觉。现存钱选花卉仅此一本。

明代沈周,除了绘制山水画,亦画有大量花卉、果树。

朱元璋苦命的后裔石涛(朱若极),以苦瓜入画,自称"苦瓜和尚",写有《苦瓜和尚画语录》,大到万里河山、小到朝菌蟪蛄,他可随时调整焦距,在山水、花鸟、人物诸画种间自由出入、收放自如。

吴昌硕的笔下世界,堪称一部花的百科全书。绘画王国的题材疆域,在他手里得到空前的扩张。他笔下的花木王国,加入了许多新的成员,也有被文人视为"大俗"却为百姓所爱的桃红(《桃花图》轴)李艳,还有杏花(《杏花图》轴)、水仙、玉兰(《玉兰图》轴)、荷花(《荷花图》轴)、牡丹(《红牡丹图》轴)、罂粟、芦花、紫藤(《紫藤图》轴)、菖蒲(《瓶花菖蒲图》轴)、天竹(《天竹图》轴)、栀子花、凤仙花(《凤仙花石图》轴)、雁来红(《雁来红图》轴)等各种花卉,甚至葫芦、南瓜、桃子、枇杷(《枇杷图》轴)、葡萄(《葡萄图》轴)、荔枝(《荔枝图》轴)(以上皆为故宫博物院藏)、柿子、佛手、石榴、竹笋、白菜、茄子、扁豆这些日常果蔬,足够开一家菜市场。尤其晚年,他寓居繁华之都上海,几乎所有画作的题跋,都与富贵平安、福寿康宁有关。

他爱花,爱这人间一切美好的事物,因此,他是超越雅俗的。如他在《牡丹水仙》题诗上写:

> 茅堂春昼永，
> 商略公名花。
> 富贵神仙品，
> 居然在一家。

四

犹如六朝的诗句，他几乎调动了全部的色彩元素去表达花木世界的花影色泽，比如洋红、朱砂、胭脂、朱磦、赭石、藤黄、石黄、土黄等（他"以墨画枝，以色貌花"的画法后来在齐白石的画里得到延续，而且他更加大胆），甚至不惜动用大红大绿，来描绘这百花盛开的世界。

在故宫博物院，有一幅吴昌硕七十四岁所作《牡丹图》轴，用胭脂画红，色彩古艳欲滴。背景粗朴的石头，又为色彩作了平衡。题识有趣：

> 跛足翁出无车，
> 身闲乃画富贵花。
> 燕支用尽少钱买，
> 呼婢乞向邻家娃。

"燕支",就是"胭脂"。

潘天寿说:吴昌硕"大刀阔斧地用大红大绿而能得到古人用色未有的复杂变化,可说大写意花卉最善于用色的能手"[114]。

有学者论此时说:"吴昌硕经常使用复色画法,大红大绿,重赭重青,通过微妙的色彩变化,显得既鲜艳厚重又得斑驳苍浑的古趣。在他晚年尤其喜用西洋红,这种红色是近代才从西洋传入的,其特点是浓郁浑厚,弥补了胭脂淡薄的缺点,正好与他古厚朴茂的绘画风格相匹配,艳丽强烈的色彩,给吴昌硕朴厚古拙的画面平添了无限生机。"[115]

五彩缤纷、大红大绿,这显然属于中国民间的色彩谱系,与清雅深邃、富于哲学色彩的文人画泾渭分明。宋代的玉骨冰心、北宋苏轼奠定的"简古淡泊"的艺术风格,引领着中国绘画脱离了形似阶段,走向静穆深远,走向抽象与哲思。但这世上的一切,都没有万古不变的,绘画尤其如此。当文人画越走越玄远,现世的审美,就急需画家来补充。

一个朝代有一个朝代的气象,而艺术,也不过是人与时代的风云际会而已。什么样的人,遭遇什么样的时代,就会产生什么样的作品。比如六朝,是神秘、幽丽的,唐人的岁月热烈奔放、青春飞扬,到了宋代,则犹如人到中年,走向深沉和内敛。明清之际,历史环境大变,城市工商业较宋代更发展，市民阶层形成，以戴震、李贽为代表的启蒙思想萌动，话本、戏曲成为世俗生活的风习画廊。画家对世界的认识，也自然会发生变化。

在经历了宋元以黑白水墨为主导的绘画时代以后，进入明清，与商业化潮流相吻合，青绿山水开始复苏，在宋元山水花卉画中褪淡的色彩，在画家的笔下重现姹紫嫣红，甚至走向大红大绿，呈现出极强的世俗色彩。

绘画的平民化取向，自沈周、文徵明、唐寅的绘画里就已经开始。他们大多采用日常题材，贴近日常生活，笔法亦风流潇洒，用今天报纸上的话说，即"充满了浓郁的生活气息"。李泽厚先生将其比拟为"文学中的市民文艺和浪漫主义阶段"[16]。

除了绘画，这股潮流几乎席卷了整个明清艺术，李泽厚以瓷器工艺为例说："明中叶的'青花'到'斗彩''五彩'和清代的'珐琅彩''粉彩'等等，新瓷日益精细俗艳，它与唐瓷的华贵的异国风，宋瓷的一色纯净，迥然不同。也可以说，它们是以另一种方式同样指向了近代资本主义，它们在风格上与市民文艺非常接近。"[17]

蒋勋说："他们离开了庄严、谨细、孤高这些美学原则，到俗世中去打滚，他们要用'俗'的艺术来满足那在工商业繁荣城市中感觉到的对现世的肯定与热爱。"[18]

当艺术史发展到清末，到吴昌硕手上，更把这种"平民化""市俗化"的取向义无反顾地推向极致。他不仅大红大绿，还把这大红大绿用在了文人最宠爱的梅花上——他不只画墨梅，也画红梅、绿梅，甚至把红梅、绿梅放在一起，这也是一种特立独行。像他七十九岁所作《寒梅吐艳图》轴，红梅与绿梅交织搭配，在色彩上并无龃龉，反而成就了一种和谐。

大千世界，原本就是鸢飞鱼跃，紫绿万状，本来就是一种大和谐。

本色，其实就是世界本来的颜色。

吴昌硕不惧怕色彩。他敢于这样用色，说到底，他是一个超越色彩的人。

年龄越大，他在色彩间的奔走越随心所欲。

他让色彩听从自己的调遣，而绝不会成为色彩的囚徒。

第二章　味觉之花

一

最能代表吴昌硕的绘画平民化倾向的，是果蔬题材的绘画。

《葫芦图》轴,吴昌硕

萝卜青菜，各有所爱，但吴昌硕全爱。他八十岁画《蔬果屏》轴（故宫博物院藏），一轴含纳了南瓜、葫芦、枇杷、菊花四种草木花果，画上题诗曰：

菜根长咬坚齿牙，
脱粟饭胜仙胡麻。
闲庭养得秋树绿，
坐摊卷轴根横斜。
读书读画仰林屋，
面无菜色愿亦足。
眼前不少恺与崇，
杯铸黄金糜煮肉。

人们几乎忘记了，南瓜、葫芦、黄瓜、茄子、柿子，原本也是开花的。它们也有花朵盛放的时节。

少年时看电影《苦菜花》，这部描述革命斗争画卷的电影，给我带来的植物学知识是：原来苦菜也是可以开花的。主题歌里不是唱了么："苦菜花儿开，满地儿黄……"苦菜，是一种普通的野菜，一年生草本或略成半灌木状，植株有苦香气，别名有紫花苦草、苦草、医苦草、苦绒、艾草等。苦菜有很多种，其中《本草纲目》里所记是其中一种，叫紫花苦菜，即开紫色花的苦菜。

花的王国，没有尊卑贵贱，它们都是这个国度里的正式成员，也有盛衰枯荣的生命体验。但它们一直处于边缘状态，不入"主流"，连"替补"名单都难以进入。

许多花，不只可观，而且可食（更不用说它们的果实了）。十几年前，几乎年年春天，呼朋唤友，在苏州画家叶放的私家园林"南石皮记"相聚作花宴，那份少年逸致，至今令人怀想。

郑逸梅先生说："四时之花大都可充食品，如铁脚道人之细嚼梅花，古诗餐秋菊之落英，以及玉兰片、炙兰蕊、面拖南瓜花、晚香玉与云南竹笋作羹汤、樱花叶裹糍团，皆是。"[19]

南瓜花开，为黄色，葫芦则开白花。

郑逸梅先生曾这样记录他吃南瓜花的经历："清晨摘花朵若干，和以面粉蔗糖，入沸油中煎之，微焦，勺之起，登盘充饵，尝之腴隽甘芳，无可言喻。"[20]

我想起朋友白连春的诗：

　　南瓜离我们越来越远了
　　在冬天想南瓜的时候
　　只能站在金边细白花碗上

粗粗地喊一声

我们的南瓜不知躲入哪片草丛

使哪个割草女的手指突然

热气腾腾充满甜味

乡下土地一日一日空洞起来

但南瓜哪里去了

没有人关心

我也只是在想吃南瓜的时候

才记起它的圆　它的累累斑痕

它的花灿灿的　很好看　一点没错

南瓜是和硬硬的红米饭

一起消失的

其实我爱南瓜，南瓜就在蔬菜超市里，离我们并不远。
诗中的"我们"，可以替换为"画家"，尤其是古代的画家。

二

早年的饥饿经历，是吴昌硕痴迷果蔬题材的原因之一。
他在诗中写：

胡为二十载,

日被饥来驱……[12]

饥饿,训练出他对食物的高度敏感。

就像获得诺贝尔奖的莫言,少年时对饥饿的记忆过于强大,从反向激发了他表达食物的冲动。他的许多作品,总有食物如影随形,比如:《透明的红萝卜》《红高粱》《天堂蒜薹之歌》《食草家族》。他还把一个短篇直接命名为《粮食》。

关于吴昌硕在1860年的那场逃亡,我在后面还要讲到,1864年回乡时,故乡已是满目疮痍。长达五年的逃亡生涯中,吴昌硕历经浙江、安徽、湖北数省,无衣无食,无家无国。但这关键性的五年,却使吴昌硕由少年成长为青年。流亡生涯,饥饿了他的胃,却喂饱了他的眼,让这个生长于田园的年轻人,在栉风沐雨中,与山川草木朝夕相处。我们今天感觉他的笔触有一股生气,"仿佛线条也是生长着的",那是因为长年累月地,他就与它们活在一起,它们构成了他生命中最重要、庞大的那个部分,甚至,几乎成了他生命的全部。

吴昌硕晚年对孙子回忆说:"别的植物都可以吃,只有草叶上多芒刺的,最难下咽。"

世间哪一家美院，会对学生进行如此凶狠的训练？

故园已荒，吴昌硕和父亲决定搬迁到安吉县城居住。那时，父亲已娶继室杨氏，又渐渐有了人间的暖意。因吴昌硕研习篆刻多年，因此将所租小楼取名"篆云楼"，楼外辟出小园，只有半亩大（吴昌硕《别芜园》诗里也说"荒凉半亩宫"），因布置简疏，取名"芜园"以自嘲。

但那是吴昌硕一生中与植物亲密相处的日子。他先后手植了几丛安吉极多的绿竹、三十多株梅树，还有菊花、芭蕉、葫芦、南瓜。这些草木果蔬，在他晚年的绘画里频频回放，他在画上题诗：

> 拂云修竹势千尺，
> 绕砌幽兰香四时。
> 此是芜园旧风景，
> 几时归去费思量。

施浴生在《芜园记》里这样写：

> 见夫花卉草菜，乱杂并植，足迹之余，皆营苇。书室之外，所谓台榭陂池，为园所必有者，或缺或仅有，而不加饰。而吴子啸傲其中，若蒐裘

焉。乃喟然曰：芜之时义大矣哉！田畴以芜而存，草木以芜而生，天地以芜而万物成，人以芜而永保令名。

或许，这就是吴昌硕的生命观和艺术观——自然任性，不事矫饰，"不佛不仙不贤圣"（郑板桥语），醉花打人爱谁谁，以随意、安然、达观的心境，面对寒来暑往、花谢花开。

雨停了，风静了，他的纸页上，透进来市声人声。那市声人声，有如山寺的风声，有一种永恒的安详。

三

这份心境投射在他的画中，让我们在今天的故宫博物院，看到了他七十岁（1913）所绘《珍果图》卷（故宫博物院藏）、八十岁（1923）所绘《花卉蔬果图》卷（故宫博物院藏）。

《珍果图》卷，纸本设色，画有荔枝、桃、西瓜、倭瓜四种瓜果，并有诗跋若干。其中关于荔枝，他这样写：

昨于市肆购得数枚，味酸涩不能上口，只可入画中看也。

百年后的我们读此句,依然会心一笑。

而关于大桃的文字,又是另一番心境:

> 松江黄泥墙大桃,味甘如蜜,予与土人有旧,年年得以啖之。

这画卷,不见任何惊世骇俗之举,唯有市俗的快乐,挥洒洋溢,让我们透过纸卷,感受到吴昌硕这老头的亲切、亲近与亲善。

《花卉蔬果图》卷(故宫博物院藏),亦为纸本设色,上绘荷花、牡丹、玉兰、萝卜、梅花、荔枝、菊花、南瓜、葡萄、石榴、白菜等(需确认)。萝卜白菜、梅花菊花,被亲密无间地组合在一幅画里。

他曾写:

> 菜根有至味,
> 不输瓜与茄。
> 一畦灌寒碧,
> 都成寿木华。

菜根也罢，瓜茄也罢，共同构成了世界的葱郁芳华。

这些日常果蔬[12]，不是植物世界里的帝王将相，只是尘世中一些来来去去、寂寂无名的"小人物"，却受到吴昌硕格外的垂青。

在吴昌硕的绘画世界里，草木万物获得了相同的地位。

它们都是自然界里的"微尘众"，如《金刚经》里所说："三千大千世界，碎为微尘，于意云何？是微尘众，宁为多否？"这世界的繁盛，不可能靠一个物种来支撑。花草果蔬，都有其不可或缺的价值。它们是自然界里的芸芸众生，是最普通，也最生动的事物，它们如恒河细沙、漫天星辰，组成了我们的世界。

吴昌硕固然喜欢"四君子"的孤峭冷傲，但他亦喜欢这世俗的热闹欢乐，他的绘画，透露出极强的人间关怀，蒋勋说："他们以温暖的色彩歌颂着人间平常人家的生活，那些杯盘中的瓜果，那些垂吊在檐下的紫藤，那些迎日绽放的月季或牡丹，他们既不向往宫廷的富丽，也不企望文人山水的孤高。"[13]——像倪瓒那样，站在无人的风景里，清逸如仙，弃世绝尘。他的笔触里，饱含人间的温暖色泽，有如寒夜里的灯光，纵然遥远微弱，也足以照亮人心。

文人雅士近乎极端的道德要求、强烈的现实批判色彩，对普通人来说太遥远了，或许可敬，但绝不可爱。他眼里的

卷一 烟雨故宫　129

世界，底色是暖的，而不是冷的。与其用一种严峻的批判目光审视他的时代，他更愿采取一种温和的态度，与现实世界对话。艺术家不论理想多么高远，他都不能生存在真空里，都是现实世界的一分子，不可避免地与现实互动。所以，吴昌硕的画里，不再有荒天古木、秀石疏林，他笔下的一花一草，一瓜一果，许多是以前不入画家法眼的事物，却让我们的生命，有了一种真实的依靠。

吴昌硕让绘画，从遥远的"虚谷"，回归真实的人生。

四

吴昌硕仿佛一位生活在我们身边的邻家老头，无论早年的贫困，还是晚年时的洛阳纸贵，都津津乐道于粗茶淡饭，以"抠门"为本分，以清寒为美德。晚年在上海，他已成一代宗师，也只住在北山西路吉庆里923号弄堂房子里，上下各三间，混迹于寻常巷陌，与普通百姓耳鬓厮磨。有人认为这与他的地位不符，建议他搬到名流云集的豪华地段去，他却陶然自乐，用行书写下：

佳丽层台非所营，
秋风茅屋最关情。

以心役物，而非以物役心，才是艺术家的本色。

吴昌硕从来不曾自诩"大师"，不屑于成立什么"大师工作室"。在他栖身的上海，同时还住着鲁迅、林语堂、张爱玲、张元济、巴金……"上海慷慨地窝藏鲁迅"，这是典型的陈丹青语式，"窝藏"两字，更适用于吴昌硕，因为吴昌硕，才是真正的"藏"，"万人如海一身藏"。他不动声色，不事嚣张，藏身于引车卖浆者流——这并非形容之词，是实事求是。有一次他返家时遇雨，在一废园中与一卖豆浆的老汉一起避雨，两人相谈甚欢，后来就为他画了一幅画。这事，有《避雨废园卖浆者索赠》诗记为证。有山农为他送李子，他就在装李子的瓷盆中写字，山农惊呼：这字比李子珍贵多了。总之，寻常百姓、贩夫走卒，只要有人要他写字他就写，不似今日某些明星，盛气凌人，粉丝求签名，亦横眉冷对。他诗中说："云静思良友，山寒坐逸民。"他由衷地喜欢底层民间，喜欢这"豆李（豆浆与李子）之交"。只有在那里，才感到自由和欢畅。

他不是在"深入群众"，因为他自己就是"群众"，不需要"深入"。他与"群众"同类，大半生在底层摸爬滚打，如他自道的："一耕夫来自田间。"所以他了解普通人欲与求、爱与仇。他画大红大紫、花开富贵，表达的也是对黎民百姓的期许。因此，他的画笔，才能覆盖我们周遭所有的生命物种，即使最卑微的果蔬草虫也不例外。

子非鱼，安知鱼之乐？

五

沈石山曾向吴昌硕索画，嘱他画日常果蔬，吴昌硕问为何，沈石山答："真读书者，必无封侯食肉相，只咬得菜根耳。"

我想起孔子所说："一箪食，一瓢饮，在陋巷，人不堪其忧，回也不改其乐。"

画果、画菜、画各种能食之花（吴昌硕曾食桃花，有"饱唊桃花已得仙"诗句为证），不只是绘画上的选择，也是人生的挚爱。

在另一个世纪里，一个年轻诗人在艰难的时光里轻声吟唱：

> 从明天起，
> 关心粮食和蔬菜
> 我有一所房子，
> 面朝大海，
> 春暖花开……

第三章　听觉之花

一

吴昌硕是一个会画声音的画家。《杏花图》轴里,那一树缤纷的杏花,光影迷离,我们几乎可以听见花瓣在春光里颤动的声音。《天竹图》轴里,叶子在风中飞舞零乱,与空气发生摩擦,声音窸窣而怡然。《紫藤图》轴里,藤蔓在春风里轻舞飘动,他题识云:

花垂明珠滴香露,
叶张翠盖团春风。

那声音非常弱小,自画家的笔底传来,却足以抵达今天,岁月丝毫不曾减低它的分贝。

响是动的,只有动,才能响,因此我们才说响动。但有些时候,吴昌硕笔下的花卉是不动的,仿佛时光已经驻足,一如那幅《瓶花菖蒲图》轴,安然如佛,静美如诗。但那寂静里,其实也是包含着动,因为有汁液仍在筋脉里悄然流动，光合作用缓慢地进行，细胞没有停止生长，尽管那生长的过程，用肉眼分辨不出来。

它们在肉眼里不动，但在意念里是动的，让我想起哲学著作中说：静止是相对的，运动是永恒的。也有人说：只有"动"是"不动"的。同理，从声音的角度上说，安静只是相对的，响动则是绝对的。

任何事物都会发出它的响动，我们置身的这个世界，其实就是声音的容器，或者，一个巨大的音箱。我喜欢南朝宗炳那个名句："抚琴操动，欲令众山皆响。"悠扬的琴声，可以激发出众山的声音，作为回应。因此我理解，古人为什么喜欢在山里弄琴，因为那山不但是一个音箱，让琴声更美，更悠长，而且，群山本身也是一个发声器，里面潜伏着各种各样的声音，来为琴声伴奏。

"雨中山果落，灯下草虫鸣。"世间万物皆有声音，但我们并不觉得喧闹，那是因为所有的声音都是自然、悦耳、和谐的，从不挑战我们听觉的极限。明人陈继儒历数："论声之韵者，曰溪声、涧声、竹声、松声、山禽声、幽壑声、芭蕉雨声、落花声、落叶声，皆天地之清籁，诗坛之鼓吹也。然销魂之听，当以卖花声为第一。"[19]声能销魂，可见声音之妥帖，足可抚慰我们的灵魂。不似今日之噪音，完全是一种由机械发出的、带着油腥味儿的、生硬尖利的声音，完全篡改了自然本来的设计，构成对听觉的围剿。我的朋友王开岭拉出一个噪音清单，有：刹车、喇叭、拆迁、施工、装修、铁轨振荡、机翼呼叫、高架桥轰鸣……⑮其中我最难以忍受的，是装修的电钻声。对于像我这样从事写作的夜晚工作者而言，那尖锐的电钻声，常常会在早晨突然响起，打断我的清梦，像绞肉机一样，绞动我的神经系统。我想，强迫人不间断地听电钻声，绝对是一种酷刑，比老虎凳还残酷的酷刑，可以让人精神崩溃，不露痕迹地，毁灭一个人。

二

中国绘画不仅对色彩敏感，也一直保持着对声音的敏感。宇宙万物，都可以画笔收纳进来。因此在录音录像设备发明以前，绘画就是最好的收录设备；素纸白绢，就是最好的银幕。因为一个好的画家，可以将一幅画，诉诸所有的知觉。

有形，有色，有味，有声，有感，有气，有韵。

万物皆有。有中生有。无中生有。

一幅好的画，是3D、4D、5D……

绘画开发了我们的知觉感官系统。

尤其启迪了我们的听觉。

很少有人注意到，古典绘画，其实是有声音的。

至少从晋唐起，中国绘画就告别了"默片时代"。

前面提到的顾恺之《洛神赋图》卷，画面上没有画风，但敏感的人仍可听到画上的风声。风吹歪了树梢，展开了旗帜，轻抚着人们的衣褛，于是，树、旗、衣裳，以及画面上的各种物质，都在风声中发出各自的声音。那些古老的声音，至今依然被记录在故宫博物院的那幅长卷上，犹如一张日久年深的旧唱片，声音有一点失真，但连那失真，也成了它魅力的一部分。

山水画有一种皴法叫作"雨点皴"，是山水画语汇中最小的单元，董源的《夏山图》、范宽的《溪山行旅图》便是用雨点皴画成的伟大杰作。前者的点，浑圆如夏雨；后者的点，修长如秋雨。在画中，"点"化为山、为石、为有、为无。犹如马赛克砌成摩天大厦，这种"雨点皴"，以最小组成最大，以单纯组成丰富。看《夏山图》，如远望一场雨。面对《溪山行旅图》那座宏伟坚实如纪念碑的高山，我总觉得可以走进去，就像走进夜雨里。一切可视可触之物，雨是空灵，以空无的雨，来画实有的山水，可谓取之自然还之自然。[20]

好的画家，可以精准地记录下这些声音。

陈继儒说到的天地之清籁，有两种与花有关，一曰落花声，一曰卖花声。

风吹雨落,花开花谢,其实都有声音。

不同的情境,不同的花,会发出不同的声音。

有一首流行歌,就叫《花开的声音》。

世间繁花,不只可观,亦可听。

三

吴昌硕笔下之花,最有音律感的,是荷。

"鲜鲜荷芙蕖,清响朝露滴。"[127]

吴昌硕画荷,常以荷叶为主体,而不是将重点放在花上。荷叶硕大,可承载风声雨声人声,但首先,是墨声。

很少有人想到,墨也有声音。吴昌硕以泼墨的方法画荷,以此凸显荷的洒脱气质。他说:

> 予画荷皆泼墨,水气漾泱,取法雪个。[128]

就是说他泼墨画荷的方法,是从雪个那里来的。雪个是八大山人的字,清初"四僧"之一,本名朱耷,是明朝的皇室后裔,明太祖朱元璋第十七子朱权的九世孙,本是皇家世孙。明亡后削发为僧,成了亡命之徒,又以书画进入艺术史。他的花鸟,以水墨写意为主,扭结着痛苦,也不乏超然的空灵。

《荷花图》轴，吴昌硕

吴昌硕说：

> 雪个画荷，泼墨瓯许著纸上，以秃笔扫花，生意盎然……[129]

于是，流动的黑墨，就在他肘下的纸幅上，流动氤氲，成大片的荷叶。墨的汁液流动，与荷叶内部的汁液流动，浑然一体。

当然，泼墨也有技法，不是乱泼一气，要"粗中有细，从大片水墨中显出分明的层次"。

故宫博物院藏吴昌硕《墨荷图》轴，大面积的泼墨占据了画面的主体，让亭亭玉立的荷花，叶片在风中张扬舒卷，有了一种格外的气势。题识的八言绝句也强调了这一点：

> 荷花荷叶墨汁涂，
> 雨大不知香有无……

最有韵味的，还是吴昌硕画的"破荷"，也就是破败之荷、破损之荷。

荷花给人的印象，往往是清雅绝尘、出淤泥而不染。所以，荷花（莲花）在佛教中被寄寓了特殊的意义，象征清净无尘的菩提心。据传释迦牟尼和观世音菩萨都爱莲花,以莲花为座,自此所有寺院里的佛像都是以莲花为宝座,称:莲花座。

在世俗世界里,它同样是清雅、脱俗的象征。《红楼梦》里,晴雯死后就变成了芙蓉仙子,贾宝玉在给晴雯的殁词《芙蓉女儿诔》中道:"其为质,则金玉不足喻其贵;其为性,则冰雪不足喻其洁;其为神,则星日不足喻其精;其为貌,则花月不足喻其色……"[13]

南宋无款《出水芙蓉图》页(故宫博物院藏),就把荷花的这种清雅气质画到了极致,比莫奈的睡莲更能令我感动。画上荷花,花瓣以淡红色晕染,花蕊以白粉点画,花下以绿叶相衬,叶下荷梗三枝。画家以俯视特写手法,描绘荷花雍容之貌,设色妍丽而不见墨笔痕迹,实在为宋代工笔画的杰作,犹如一个经典的电影镜头,让我们惊艳于荷花的美。

但吴昌硕喜欢"破荷",因为这份"破",最宜于用泼墨表达。不像任伯年,画荷喜作圆势,以墨圈写。吴昌硕《荷花图》轴,荷叶的边缘已有破损(尤其左下那一片叶),而且经过了岁月的蚕食,似乎连它的色彩,也不复盛放时的翠绿,而是开始枯黄。另一幅《荷花图》轴上,荷花已老,边角枯萎,连花茎,都已然弯曲。

我亦常以枯荷插瓶，喜欢其中的禅意。因这破败中，寄寓的已不是风花绮丽的浪漫，而是包含对岁月沧桑的体悟。假如桃红李艳画的是青春的梦想，这破荷残柳，就是退去了青春少年的火气之后，中老年男人从容接纳生命中所有曲折与不测的生命状态。

清雅绝尘（倪瓒式的"洁癖"），固然是一种人生理想，但那样的境况，基本上只能在梦境中出现。只要是现实世界，就有污泥、污染，甚至污血。每一个具体的生命，都免不了同这"三污"打交道。如同瓜果草木，不可能与粪土剥离。有了这污、这粪、这不堪，生命才能茁壮、艳丽、持久。因此，我们不能也无须排斥这"三污"，而试图把自己悬置在真空里。因此我们要接受这份污浊，在污浊中，守住内心的底线（底线问题，留待第五章再叙）。

或许，吴昌硕也是这样想的。

因此，他以"破荷""破荷亭长"自号。

有时在画面上落款："破荷画荷"。

其实，是"破荷画破荷"。

四

"留得枯荷听雨声。"

枯荷的用途之一，是听雨。

当然，是庭院、池塘中的枯荷。

雨原本是没有声音的，所谓雨声，其实是雨落在物体上的声音——树、瓦、大地，包括花朵，其实都是乐器。

雨的声音，就是万物的声音、植物的声音、花的声音。

雨让人无助，让人百无聊赖，但在唐代，诗人李商隐没闲着，他在雨天里辨认雨声，结果发现荷叶上的雨声最美，最有诗意，于是写下这唐诗里的神句。写雨，也写荷。

吴昌硕跟李商隐有同感，他画荷，理想的环境也是雨天。他说"予喜画荷叶，醉墨团团，不着一花"，重点是后面："如残秋泊舟苕霅间，篷窗听雨时也。"[⑪]

说他画荷时，喜欢泛舟停在雨里，听雨打篷窗的声音。

有了这份顿挫、空灵的伴奏，他笔下荷花，才有了灵韵。

他还记道：

郭外观荷，风雨飒来，借野老笠戴之，折花行堤上。归写图，未题诗，先有诗意也。[⑫]

说他在城外看荷，风雨骤至，他赶紧从农民那里借来斗笠戴在头上，折下一枝花，依旧在堤上行走。

那一天，他的胸中诗意烂漫。

尽管，他的身体很狼狈。

归来写诗。诗曰：

> 横塘十里破荷叶，
> 秋雨着来点点急，
> 白荷花摇香可吸。
> 冒雨何妨片时立，
> 杜陵野客卓吟笠。[33]

有苏东坡"莫听穿林打叶声""竹杖芒鞋轻胜马"的气度。不惧狼狈，甘于"破损"，人生方得自在。

第四章　嗅觉之花

一

爱花的吴昌硕，在面对桂花时，画笔突然变得踟蹰。

这似乎有些不可思议。

桂花，一直是文人画家热衷表达的主题。桂花的身影，在《诗经》和《楚辞》里都可见到。关于桂花最著名的唐诗，首推王维的《鸟鸣涧》："人闲桂花落，夜静春山空。"[134]至于绘画，最晚在宋代，桂花就成为常见的形象。南宋《百花图》卷（故宫博物院藏，作者不详），绘有四季花卉五十余种（缺冬季部分），犹如一场花的盛会，其中亦有桂花现身。

我找到的吴昌硕为数不多的桂花图中，有两幅《金桂图》轴，皆作于1897年。

查吴昌硕《缶庐别存》，有《桂》诗一首。诗曰：

> 月中老桂枝轮囷，
> 丹华碧叶寿万春。
> 偶然写出不能似，
> 应使嫦娥冷笑人。[135]

嫦娥一句，典出《淮南子》——这部由西汉皇族、淮南王刘安及其门客集体编写的书是这样说的："昔者，羿狩猎山中，遇嫦娥于月桂树下，遂以月桂为证，成天作之合。"

《淮南子》又说：后羿从西王母那里请来不死之药，托嫦娥保管。逢蒙去偷，嫦娥知道自己不是逢蒙对手，就吞下不死药，立时飘离地面，飞到天上。她不忍离羿太远，就降落在月亮上成了仙。

李商隐诗曰："嫦娥应悔偷灵药，碧海青天夜夜心。"写嫦娥在广寒宫里的凄冷清旷。

后羿闻听嫦娥奔月而去，痛不欲生。

月母感念其诚，终于应允嫦娥于月圆之日，在月桂树下与后羿相会。[10]

其实，嫦娥奔月的神话早在商代就已为世人所知，非始于《淮南子》。

屈原《天问》提供了嫦娥奔月的另一种理由，说后羿后来出轨，与河伯的妻子传出绯闻，嫦娥一生气，就跑到天上去了。

也有史料说是嫦娥出轨的，但他们的生活作风问题我并不关心，关于猪八戒调戏嫦娥的那些事儿，也就不深究了。

我的重点，在那棵月桂。

那棵月桂树，真实地存在于《淮南子》里，言之凿凿。但我从来不曾在现实中找到过那棵月桂的准确地址。

我只知道，桂花从此成为两情相悦的象征。

其实，在古希腊，也有相似的爱情神话，主角是太阳神阿波罗与月桂女神。

S.H.E在唱：

月桂树飘香
那夜风恋月光

我的爱

很不一样

在画家笔下,一棵树、一朵花,几乎都成为人们情感世界的一部分,被寄寓了某种隐喻。

不谈植物学上的科属,只说这中国十大传统名花之一的桂花,根据花朵颜色,分为银桂、金桂、丹桂、紫桂等,根据花开频率,可分年桂、四季桂、月桂等。桂花清可绝尘,浓能远溢,尤其是仲秋时节,丛桂怒放,夜静轮圆之际,把酒赏桂,陈香扑鼻,令人神清气爽,因此人们又给它起了一个诗意的名字:九里香。

宋代杨万里这样写桂花香:

不是人间种,

移从月中来。

广寒香一点,

吹得满山开。[15]

桂花之香,甚至可作香料。据植物学家介绍:"肉桂树皮含大量肉桂醛,自古即视为香料,为'燕食庶馐'的重要香料。桂片放入酒中,称之'桂酒'。"应当就是毛泽东诗中，吴刚捧出的桂花酒吧。植物学家还说："肉桂是食品中主要的辛香材料，经常和姜一起在文中出现，如宋代梅尧臣《得王介甫常州书》：'直须趁此筋力强，炊粳烹鲈加桂姜。'肉桂全株（含叶）均有香味，而桂花香气只在花，因此李商隐《无题》诗：'风波不信菱枝弱，月露谁教桂叶香。'所指是肉桂。"[138]

郑逸梅先生曾在苏州惠荫园里赏桂。他不无得意地写道："我苏惠荫园以桂著。当着花时，氤氲金粟，林壑俱香。园中有桂苑、丛桂山庄，绕屋植桂，偃蹇连蜷，高三四寻，繁英细簇，虽竭目力而不得见，更疑天香自云外飘来也。"[139]

百花盛开的吴昌硕绘画，桂花的稀缺，实非偶然。

二

桂树不只象征爱情，也关乎功业。

《三借庐笔谈》里有一首诗：

> 郎君莫爱闲花草，
> 要折秋风桂子香。

古人以科举登科为"折桂"，所以诗中劝人读书科举，要他不要去爱那些闲花野草，而要志在折桂，求取功名。

在欧洲，也有类似的传统。在古希腊，人们常以月桂树叶编成冠冕，奉献给英雄或诗人，以表示崇敬。后来在英国还有"桂冠诗人"的称号，开始是大学授予，到英王詹姆斯一世时，便成为王室御用诗人的专称。在体育竞技比赛中，人们常把获得第一名的称为"折桂"。

诗中所谓"秋风桂子香"，指的是年桂，每年秋季开花。古人起名字，往往以花序为名，正月出生的叫"梅生"，二月出生的叫"杏生"，八月出生的就叫"桂生"。

在诗作者看来，其他花草都是"闲花草"，只有桂花不"闲"。

想起友人冷冰川一册画集，名曰：《闲花房》。

最难得，是一个"闲"字。

只是，对吴昌硕而言，这诗，实在是哪壶不开提哪壶。

吴昌硕原本出身于诗书世家。据《吴氏宗谱》（光绪二十四年重修）记载，安吉吴家的第一代祖先叫吴瑾，宋朝南渡之际，吴瑾随之避兵南迁，到天目山北麓一带定居下来。"初居淮上，世有隐德，……生而端厚警敏，读书通大义，识量过人，父老咸叹异之……"

吴瑾有兄长四人，分别是吴玠、吴璘、吴瑜、吴璧。其中，长兄吴玠与次兄吴璘是南宋名将，《宋史》有《吴玠传》。

明嘉靖年间,第十一从祖吴麟、吴龙与第十二从祖吴维京、吴维岳兄弟父子四人皆考中进士,成为著名的"四进士"。连鄣吴村都因此声名大振,人称:"小小孝丰县,大大鄣吴村。"

吴昌硕的祖父吴渊,是古桃书院院长;父亲吴辛甲,是咸丰辛亥科举人。吴昌硕十岁(1853年)入私塾读书,十五岁学篆刻,十六岁(1859年)即考中秀才[10]。

假若没有意外,以吴昌硕的聪颖好学,他的治学求仕之路会顺风顺水,一路高歌猛进,或许会早早就像他的先祖那样官袍加身,救世济民。

但"意外"总会发生,对吴昌硕来说,却发生在命运的最要紧处。

三

现在我们可以回过头来,说说吴昌硕的那场逃亡了。

吴昌硕的青春时代,正逢革命风起云涌。起自遥远的广西金田的太平天国运动,让吴昌硕看似没有悬念的命运突然拐弯。

就在他考中秀才的第二年(1860年),太平军击溃了清朝的江南大营和江北大营,也击溃了吴昌硕的登科之梦。起义军从安徽广德方向，向浙江西部发起猛攻，占领了安吉、孝丰等县，之后，清军尾随而至，双方就在吴昌硕的家乡摆开战场，展开厮杀，仅在鄣吴村，激战就持续了半年之久。

太平军到来之前，浙江的官员差不多就跑光了。劫后余生的许瑶光、雪门甫写下《谈浙》一书，记道："浙省偏处东南，地漕繁重，丝利、鱼利、盐利又称富饶，宦途趋之若鹜，守牧令候缺者，至官廨不能容。是年三月，抚辕听鼓者县令不过二三人，余率借事他往，官民惊惶若此。"关于官民逃亡的景象，《谈浙》一书用了八个字："钱江舟楫，为之一空。"㊹

吴昌硕一家，就像飘蓬一样，被一股强风吹散，再也无法把控自家的命运。原本，吴氏全家一起逃难，或许谁也不曾想到，这逃难的队伍越走人越少，吴昌硕未婚妻章氏死于战乱，弟弟死于瘟疫，妹妹死于饥饿，生母万氏死于疾病。他们的逃亡之路，越走人越少，只剩吴昌硕和父亲吴辛甲两个活口，也被乱兵冲散，最后只有十七岁的吴昌硕，在山野荒泽间流浪。

他考中秀才的名籍，也因战乱而散失。

这是吴昌硕生命中最黑暗的一段岁月。

不知是否这兵荒马乱的混乱，了断了他求官入仕的梦想。

折桂折桂，过期作废。

四

四年后吴昌硕辗转回乡时,村里原有四千余人,此时只剩二十多人。

高堂明镜,变成一片废墟瓦砾。

寒食节,他登上金麓山,望故乡田园,一股悲情,自他心头涌起:

> 故乡凭吊黯销魂,
> 剩水残山冷一村。
> 溪上草堂何处是,
> 却余耆旧几家存。
> 荒原有鬼悲风雨,
> 寒食无人泣墓门。
> 叹息平林栖凤地,
> 年年杜宇换啼痕。⑱

难以置信,这诗,与赵孟頫所写,竟然是同一个地方。

其实,关于家园被毁、亲人离散的伤痛,钱塘人陈学绳在同治元年所写《两浙庚辛纪略》,更加真实痛彻肺腑:

满壁图书,悲成灰烬。

——家既被焚,先曾大父讳祖蕃、字古欢所著《传信阁诗稿》,先大父讳善、字扶雅所著《研经日记》《四书古义》《晋书校勘记》《两晋疆域考》《福建通志列传稿》《损斋文集》,先大母氏汪、讳玢、字孟文所著《古韵轩诗稿》《竹间书诀》,先君子讳锡、字子谅手著《省园诗文集》等,凡二十余种,及藏书五千余卷,金石碑帖书画数百种,武进张皋文编修著《虞氏易十三种稿本》,俱毁于火。

这是一些从时间中消失的书、我们永远无法看清内容的书,只能透过这些残存在记忆里的书名,猜想它们词语的古朴芬芳。在中国历史中,不知有多少精美的书画、卷册被粗蛮的兵火所毁,这二十余种家族文稿、五千余卷藏书、数百种金石碑帖书画,也不过是沧海一粟罢了。

全家骨肉,痛哭分离。

——家人因避火出门,未知所往,遍觅不得,询之邻人,亦无知者。

翘首家园,穿将枯之泪眼。回忆高堂垂暮,中道奔驰。致临难以投荒，痛生儿之何益，依谁托足？举念酸心。

——余脱归后，觅家眷不得，而瓦砾中亦无形迹，意已避火远出，惟慈亲年近六旬，不堪劳苦，投止何处，消息杳然，每念及此，五中欲裂。

——内子在围城中，从容谓余曰："设有不虞，屋后井中我死处也。"余求眷口不得，如其言觅之，则断垣瓦砾，填塞几满矣。其存与殁，尚不可知也。

这个名叫陈学绳的书生，回到家园时，已不见父母，想到他们在荒野上奔走的样子，他就痛不欲生。妻子誓言投井，而井中早已填满瓦砾，连尸首都找不到了。人对于命运的那种无力感，非亲身经历者不能想象。

重营雁影，空惭赵氏之昆。
——两弟学缵、字笏传，学绍、字衣传，与余同被掳去，刊约同走。初一日移禁别室，竟尔分手，至今并无知者。

更怜幼子之牵衣，毕竟潜身于何地？
——大儿宗颐甫，七岁；次儿宗璟甫，五岁。

一起失踪的，还有两个弟弟，两个儿子。对他们的牵挂，任何语言不足以担当，但可怜天下父母心，人同此情，人同此理。那无言处，最痛彻心肝。

> 遇何太酷，几成茕独之身？瞖不成声，难诉凄惶之景。心将灰而未烬，肠片刻而几回。
> 于是重踏榛芜，独披荆棘，誓求确耗，偷越重关。几番出险入艰，未卜生离死别。
> 客有自杭来者，言湖墅难民甚众，余于二月朔渡江，越五六贼卡，始达湖墅，寻觅八日，仍不得全家音问，重返越中。

> 状涂炭之情形，人皆裂眦；写流离之楮墨，我欲呼天……[13]

历史常"四舍五入"，只算大账。那被"舍"掉的，往往就是小人物的悲欢。在生命的暗夜里，人其实就是枯荣幻灭、生死由天的草木。对于大历史而言，它们都不重要，都属于瓶瓶罐罐、婆婆妈妈，但对于那些在历史中流离的人而言，每一声哭号、每一句呐喊，都是那么真切和具体，像陈学绳笔下的文字，无法忽视，也不能忽视。

人生的苦难，没有什么可以补偿。

当然，也没有人要去补偿。

所以这文字，才声声泣血。

他要抒张他内心的怨恨。

也只有文言，才有金石般的力度，深切入骨。

个人史，也往往是公共史，因为在特定的年代里，家家户户的经历都大同小异。

吴家也不例外。

当战争远去，尘埃落定，这忠厚传家、人丁兴旺的吴家，只剩他们父子二人。

我想起余华小说《活着》："那时候天冷了，我拉着苦根在街上走，冷风呼呼地往脖子里灌，越走心里越冷，想想从前热热闹闹一家人，到现在只剩下一老一小，我心里苦得连叹息都没有了。可看看苦根，我又宽慰了，先前是没有这孩子的，有了他比什么都强，香火还会往下传，这日子还得好好过下去。"[14]

五

1897年，吴昌硕画《金桂图》轴时，已五十四岁。

回想故乡桂花，不知是怎样的心境。

桂花关涉爱情与事业。

对吴昌硕，却意味着双重痛苦。

秀才名籍被废，尚可弥补——二十二岁（1865年），吴昌硕再度考中秀才，后刻"重游泮水"印，以志纪念。

唯有未婚妻章氏之死，于他的人生，是无法弥补的损失。

当年逃亡时，章氏因为小脚，无法同行，于是把一双纳好的布鞋塞进吴昌硕的行囊，洒泪相别。吴昌硕归来时，得到的却是章氏已死的消息。那情境，几乎就是陈学绳《两浙庚辛纪略》的翻版。章氏死后，被草草埋在桂花树下。吴昌硕或许不会想到，见证过两情相悦的桂花树，竟成未婚妻的葬身之地。

几年后，吴昌硕决心把章氏好好安葬，他亲自握锄，掘开桂花树下埋骨之处，所见只有残砖断瓦，不见半根尸骨，吴昌硕又扩大挖掘面积，仍一无所获！

无论爱情与功名，哪一种爱都千疮百孔。

对于吴昌硕来说，桂花的含义，却发生彻底的反转，变成他伤逝的情感资源。

他专于画花，但他的世界里，不只有风花雪月，也有大疼痛。

那青春时代的伤痛，并没有被时光所治愈。对章氏的思念与歉疚，盘桓在吴昌硕的心头，像一棵树，在他的心底越长越大。

六十六岁时,他刻了一方"明月前身"朱文印章。印石一侧,刻下了章夫人在他梦中现身的依稀影像。

据回忆,刻此印时,吴昌硕悲情难抑,含泪奏刀,竟多次停刀,最后还是在同邑好友陆培之的儿子帮助下,完成此印。

1927年,吴昌硕画一组花卉册页,其中有桂树一株。

不久后,他溘然长逝。

而今,我听见有人在轻声吟唱:

沧桑的二十年后
我们的魂魄却夜夜归来
微风拂过时
便化作满园的郁香

第五章　触觉之花

一

打量吴昌硕照片,说他貌不惊人都有点委屈他了,其实他的貌,挺惊人的——惊人地平实、平凡,甚至有一点平庸。

这样的相貌，丢到人堆儿里，绝对找不出来。

相信许多退休老干部，气宇都比他轩昂。

看到过一幅吴昌硕与西泠印社社员的合影，虽然他是坐姿，但以身边的人为参照，也能看出他并不高大魁梧。

果然，我从王森然先生的文字里读到："先生躯短，颐颊丰晢，细目而疏髯，年逾七十时，鬓发尚无白者，望之若四十岁许人。"[14]

他的身材，其实从他的肖像照里是可以推测的。

看不出一点大师的迹象。

没有丝毫迹象表明，我在前文所说的内容，与他扯得上关系。

假若苏东坡、赵孟頫有照片，绝不该是这个样子。

但武侠小说里真正的武林高手，就是这样貌不惊人的，暗藏在群众队伍里，平时绝不出招，出招即非平时。

比如金庸笔下的"江南七怪"。

那些天天自称"大师"的，江湖上也都脸熟，没有一个算得上艺术家，最多算得上表演艺术家。

晚清的上海，弄堂里的人们与吴昌硕打照面，目光或许不会在他的脸上停留须臾。

但他的画，让后人们的目光停留了一百年。

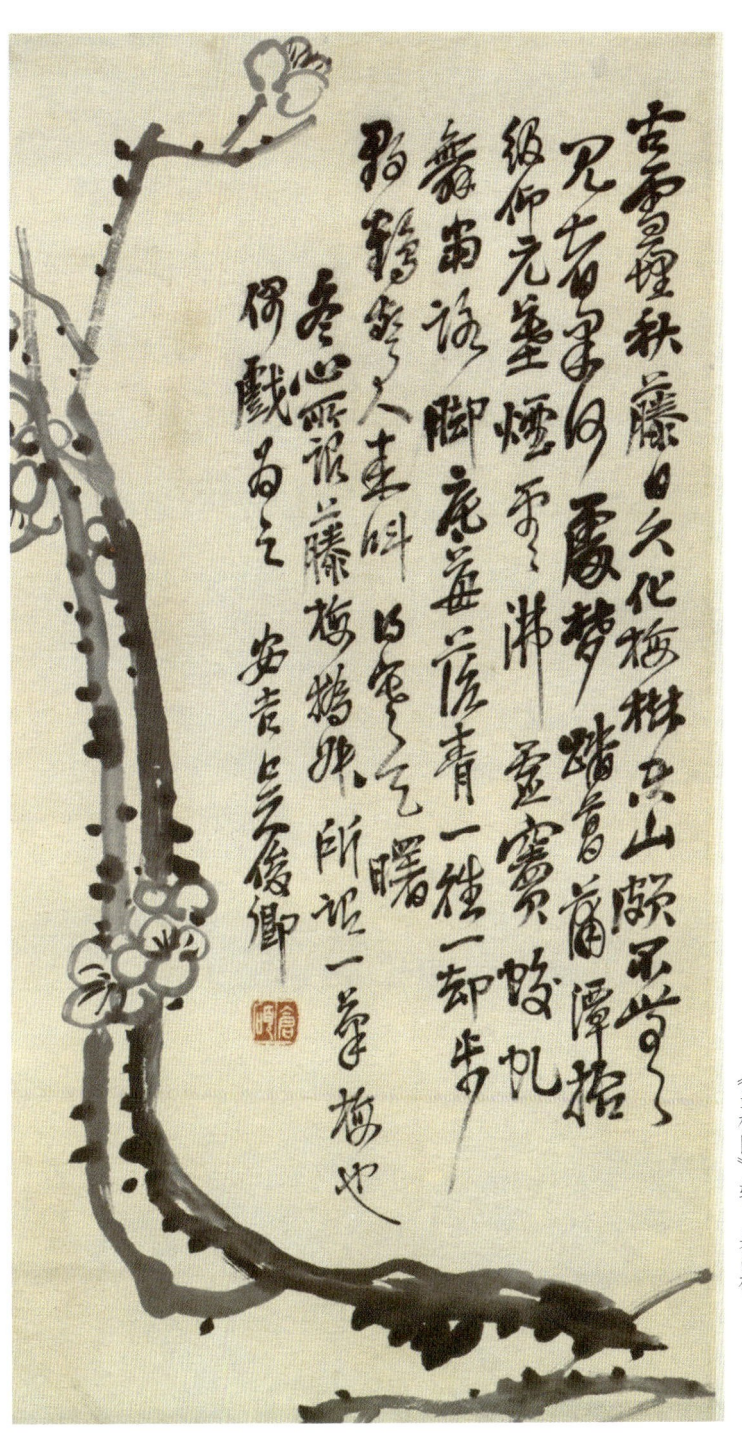

《墨梅图》轴，吴昌硕

二

在我眼里，吴昌硕更像一个侠客。

看似弱不禁风，手无缚鸡之力，但他臂膀间，可运万斤之力。

从吴昌硕的画里，我能看到刀刃的寒光。

他十六岁开始练刀，只不过那刀，不是黑晶石铸就的噬日刀，而是在石头的方寸间游走的篆刻刀。

但他刀法爽利、精准细腻。

对吴昌硕的篆刻，施浴生赞曰：

> 使刀如笔任曲屈，
> 方圆邪直无差讹。

他能"使刀如笔"，同样能"使笔如刀"。

吴昌硕早年专心治印，由篆刻而入书法，再由书法进入绘画。他三十岁左右就曾跟随家乡孝丰邑的学官潘芝畦学习画梅。画梅，成为吴昌硕一生绘画的起点。

不知道吴昌硕初握毛笔时的感受如何。毛笔的软，与刻刀的硬，形成鲜明的反差，很难把握。吴昌硕自己说："三十学诗，五十学画。"但实际上，这只是他自己一种保守的说法。因为初学画时,他未必能够掌握好毛笔的力道。最初的感受是:"以作篆之法作画,自视殊劣,奈何"。因此,五十岁以前的画,他觉得拿不出手。

五十岁以后,他才发现毛笔的可刚可柔,有如侠客手里那口变幻无形的刀。

他开始把篆刻刀的力度,带进绘画。

于是,行刀石上训练出的线条感,被他带进绘画。他绘画讲求悬腕中锋,笔笔翔实,绘制花草树木,写枝作干往往逆锋而上,夹带着一种猛健爽利之势,使他的作品,有了一种如锥如拓、刀劈斧砍的气息。

他曾不无得意地说:"近人画梅,多师冬心、松壶。予与两家笔不相近,以作篆之法写之。"

冬心,是清代"扬州八怪"之首的金农,善画竹、梅、鞍马、佛像、人物、山水。尤精墨梅。所作梅花,枝多花繁,生机勃发,古雅拙朴,故宫博物院藏有其《山水人物图》册等。松壶,是清代画家钱杜,在吴昌硕出生的第二年去世,擅长花卉、人物、山水,以细笔和浅设色为主,运笔松秀缜密,偶用金碧青绿法,鲜妍雅丽,其《秋林日话图》《紫琅仙馆图》等,现藏故宫博物院。

但吴昌硕已经无须跟在他们后面亦步亦趋了。他找到了自己的路。

故宫博物院单国强先生说："在吴昌硕绘画中，笔墨是远胜于造形的，而且十分讲究笔墨的书法韵味，尤其是书写的金石味。运笔粗细顿挫，起伏跌宕，不求圆润求苍劲，不尚流畅尚凝重；尤善用曲折盘旋的长线条，自上而下，似篆如草，纵横交错，雄健纵放；甚至连湖石也极少方折之笔，勾皴多圆浑之迹，极富篆籀笔意。这些笔法别具浑厚、雄强、古拙、斑驳之韵，弥漫着金石之气。"[14]

柔软的毛笔，与坚硬的刀刃，达成神秘的统一。

三

吴昌硕的绘画，就这样从画梅起步。

《梅花图》，或者《墨梅图》，几乎成为他永恒的主题。

原因之一，是梅花本身的线条感，为绘画提供了造型上的便利。

在梅的身上，有点，有线；有曲，有直；有顺，有逆；有密，有疏；有刚，有柔。

矛盾迭出，又能达于统一和谐。

陆游诗里说："三弄笛声初到枕，一枝梅影正横窗。"一窗梅影，疏影横斜，无须太过营造，本身就已是一幅画。据说北宋仲仁和尚，居衡州华光山时，于寺中植梅数株，就是在月夜里见到梅花在窗纸上的投影，发现那原本就是一幅画，才动了画梅的心念，变赋色为墨染，开创了一代新格。

梅花无论多与少，横与斜，白梅与红梅，插瓶与庭栽，都宜入画。

而吴昌硕的花卉杂画，大多使用立轴的狭长尺幅，让他笔下的植物，有了逆势生长的动感。构图上，植物主体大多用"之"字型或"女"字交叉型构图，大胆留白。比较典型的，是故宫博物院藏的一轴《墨梅图》，画的是雪中梅花，以古篆笔法写枝干，梅枝由右下向左上攀缘而上，枝干坚韧挺拔，画幅的四分之三都是留白，用以题诗：

古雪埋秋藤，
日久化梅树。
空山颇不无，
见者果何处？
梦踏菖蒲潭，
拾级仰元尘。
烟云沸虚实，
蛟虬舞当路。
脚底莓苔青，
一往一却步。
野鹤惊人来，

叫得寒天曙。

这种计白当黑、揖让呼应，完全得之于他在篆刻上的经验，使他的作品，除了笔触，在构图上，也弥漫着金石般的质感。

"食金石力，养草木心。"

四

但吴昌硕手握的，并非只是篆刻之刀、绘画之笔，光绪二十年（1894），中日甲午战争爆发，他的微弱之躯，也涌动着男儿的热血，他也要手握真实的钢刀，去与日本人拚命。刚好他的朋友、湖南巡抚吴大澂奏请从军，受光绪皇帝之命率湘军北上，在山海关截击日军。吴大澂就约请吴昌硕随他一同出征，参佐戎幕、协办军中文书简牍，兼及军机。那一年，吴大澂六十岁，吴昌硕五十一岁。

光绪二十一年（1895）一月，吴大澂率新老湘军二十余营出关。出关时，他看到城楼上明代肖显所书"天下第一关"五个大字，出神许久，连帽子掉在地上也浑然未觉。不知那时，他心中是否涌动起王昌龄的《从军行》：

大将军出战，

白日暗榆关。

三面黄金甲，

单于破胆还。

但事与愿违，这一次出征，他们铩羽而归。当时集中在海城附近的清军虽有三万之众，却因系统复杂，互不统属，缺乏统一指挥，吴大澂无法指挥全军。加以吴大澂低估了敌人，对战争全局缺乏认真部署，正当吴大澂等集中兵力会攻海城之际，日军声东击西派两个师团进犯牛庄，致使牛庄一日之内就被日军攻陷。3月7日日军又轻易地攻取营口，田庄台随后也被攻陷。吴大澂所领湘军至此全军覆没，吴大澂悲愤交集，欲拔剑自裁，被左右所阻，乃仰天长叹："余实不能军，当请严议。"

对于主动请命上战场的吴大澂，清廷以"徒托空言，疏于调度"的罪名予以革职，永不叙用。

吴大澂晚年，靠开馆授徒，又变卖个人所藏字画、碑帖、古铜器，聊以度日。

吴昌硕，也只能悻悻而回。

很多年后，他还对这次失败耿耿于怀。1912年，甲午战事已过去了将近二十年，六十九岁的他，依然在诗里写下这样的豪情：

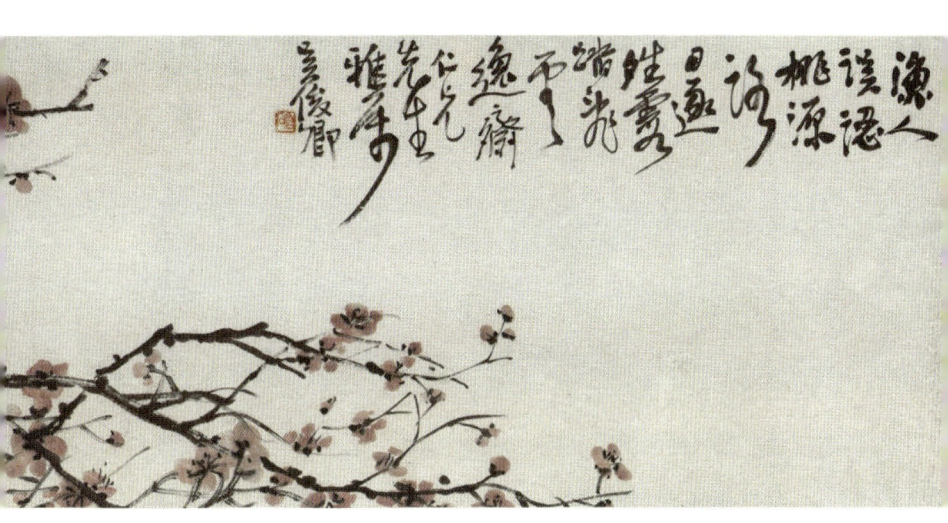

《红梅图》卷，吴昌硕

昨夜梦中驰铁马，

竟凭画手夺天山。

五

吴昌硕的绘画大放异彩的年代，其实不只传统中国画已进入了它的暮年，整个中华文明都进入"生死存亡之秋"。他出生于公元1844年，四年前的中英鸦片战争，把中国沦为半殖民地。1860年，吴昌硕十七岁，太平天国军队由安徽广德入浙西，在吴昌硕的故乡安吉、孝丰等地，与清军展开拉据站。1894年，中日甲午战争爆发，一纸《马关条约》，赔偿日本白银二亿两，割台湾，割辽东半岛，割澎湖列岛，大清王朝以这种近乎自残的方式，结束了这场战争，它的后遗症，至今仍隐隐发作。1900年庚子之变，八国联军入北京，在紫禁城举行阅兵式，使中国的皇家宫殿蒙受了自古未有的屈辱，四亿五千两白银的战争赔款，在吸干了帝国的精血之余，还稍带着羞辱了一下帝国的四亿五千万国民。1911年辛亥革命，虽将中国带进现代，但这个现代的中国依旧烽烟四起、杀伐不断，直到1927年，吴昌硕在八十四岁上溘然离世，他居住的国际大都会上海，依旧浸泡在血泊里……

吴昌硕生活这八十余年，千里江山，几乎没有消停过。"中国仿佛渡着一条黑河，一切的价值和意义都被玩弄、践踏、嘲笑。"[20]世难如涨潮，后浪推前浪。至死，都没迎来他梦想中的百花盛开。

有无数人宣判了传统文化的死刑，认为它蒙昧迂腐、固步自封，无法适应现代社会。但历史的诡谲，往往超出人们的想象。就在我们民族跌入深渊的十九世纪末二十世纪初，甲骨文、殷墟、敦煌经卷被相继发现，像一坛突然打开的陈年老酒，让中华文明的芳香立刻弥漫世界，证明了中华民族不是一个劣等民族，不是"东亚病夫"，而是一个有着非凡创造力的、历久弥新的民族。

国破家亡时分，吴昌硕却不像倪瓒、石涛，把自己置于亘古洪荒之中。那些不断出土的金石彝器，让他看到的不只是灿烂的过去，也让他隐隐看到辉煌的未来，也使他的刀与笔，有了贯通三千年的力道，也让他的画，变得"不可一世"——潘天寿先生在《回忆吴昌硕先生》一文中，以"不可一世"来形容他："昌硕先生在绘画方面，也全运用他篆书的用笔到画面上来，苍茫古厚、不可一世。"

从他的诗里，也可以看到他的自信：

　　山妻在旁忽赞叹，

墨气脱手榷碑同。

蝌蚪老苔隶枝干，

能识者谁斯与邕。

笔触起落间，吴昌硕望见了李斯、蔡邕的背影。

李斯、蔡邕，也看见了他。

一百年后，当我们回望那个纷乱的时代，不能不佩服吴昌硕的先见之明，即：中国古老的绘画艺术，连同我们的整个文明，固然已走过了山高水长，已经有些疲惫，但它绝不会毁灭。它能创造过去，就能创造未来。

六

或因如此，吴昌硕格外喜爱冰雪中的梅花。

除了前面提到的美学上的原因，我们当然无须讳言梅花的象征性——老梅虬曲的枝干好似铮铮铁骨，使文人士大夫从它的身上找到了对自我的期许，成就了北宋林逋以梅为妻、以鹤为子的传奇。

吴昌硕喜欢在雪中赏梅，他曾于"雪中拗寒梅一枝，煮苦茗赏之"[⑭]。

吴昌硕这一句，让我想起，花，其实是可触，也可折。

也有惜花人，对触花、折花明令禁止，明代文学家田艺蘅就是其一。

他曾在花开日,书粉牌悬于花间,相当于今天公园里面的牌子:"爱护花草,人人有责。"只不过田艺蘅写得更文艺。

他这样写:

> 名花犹美人也,可玩而不可亵,可赏而不可折。撷叶一片者,是裂美人之裳也;掐花一痕者,是挠美人之肤也;拗花一枝者,是折美人之肱也;以酒喷花者,是唾美人之面也;以香触花者,是熏美人之目也;解衣对花,狼藉可厌者,是与裸裎相逐也。近而觑者,谓之盲;屈而嗅者,谓之魿。[19]

别说折花不允许,凑到跟前看花、撅着屁股嗅花,都是不文明行为。

真可谓"花痴"也。

但折梅,似乎是例外。

以梅插瓶的传统,至少南北朝就有。南朝陆凯有诗曰:

> 折梅逢驿使,
> 寄与陇头人。
> 江南无所有,

聊赠一枝春。

证明早在那个时候，就有文人破坏自然环境了——江南什么都没有，富有的只有春天，就折一枝梅花交给北去的驿使，请他带给远在陇山的友人吧。

到宋代，瓶梅就更成了文人的案头风景。曾几《瓶中梅》诗云：

小窗水冰青琉璃，
梅花横斜三四枝。
若非风日不到处，
何得色香如许时。
神情萧散林下气，
玉雪清莹闺中姿。
陶泓毛颖果安用，
疏影写出无声诗。

当然，宋人的瓶花，一般是买来的，并非自己折来的。陆游诗"小楼一夜听春雨，深巷明朝卖杏花"[59]，就是对宋代卖花业的忠实记录。张择端《清明上河图》，也为宋代的花卉经济提供了视觉影像，在孙羊正店旁边就有一个用马头竹篮卖花的花摊，花朵就铺排在马背上。

但折梅这样的不文明行为在历史中依旧时有发生。专记崇祯朝宫闱秘事及娱乐活动的《烬宫遗录》写道："西苑黄梅最多。上所好也，花时临赏。每折小枝，簪于胆瓶，遍置青霞轩、清暇居等处几案间。"

吴昌硕喜欢折梅自赏，不过他折的，是自家的梅。他曾在芜园种梅，自给自足、自产自销。"老梅古苔鳞皴，横卧短墙，作渴龙饮溪状"，有一次天寒大雪，把梅树上开花最盛的一段枝条压断，落在邻家院内，他击槛悲歌，竟无以喻怀。[13]

吴昌硕在谈到他爱梅的原因时说："梅之状不一，秀丽如美人；孤冷如老衲；屈强如诤臣；离奇如侠；清逸如仙；寒瘦枯寂坚贞古傲如不求闻达之匹士。"[14]

美人、老衲、诤臣、侠客、神仙、匹士，这所有的角色，梅花集于一身。

1926年秋天，八十三岁的吴昌硕作《梅花图》轴，题识上写：

> 古怪奇倔，不受羁缚，别具一种天然自得之趣，所谓野梅。

《梅灯图》轴，吴昌硕

我们今天可见的吴昌硕最早的梅花图，是他在三十六岁时（1879）所绘《梅花》册页（西泠印社藏）。他四十四岁（1887）时曾作一《梅花图》轴，梅枝由右下出枝，向左上伸展，复又向右下倾斜。淡墨写梅，清淡朦胧，仿佛笼罩在一片月色中。[33]右上题诗：

只管和烟和月写，
不知是雪是梅花。

我想起扬无咎的《雪梅图》卷（故宫博物院藏）。这是一幅描述雪中梅花的图卷，图上的梅花枝叶，全都集中在画面左上方，在右下方留下大幅的余白，构图足够简练，笔墨足够力度，有以少胜多的张力。

就在甲午战败那一年，小雪节气的前三天，吴昌硕与画家蒲华在上海见面，两人合作绘制了一幅《梅竹图》轴（亦称《岁寒交图》，浙江省博物馆藏），吴昌硕写一老梅，蒲华补寒竹一枝，梅竹相交，如出一手。吴昌硕题："岁寒交。"蒲华题："死后精神留墨竹，生前知己许寒梅。"

"千山鸟飞绝，万径人踪灭"，一片肃杀荒凉中，梅花犹如逃亡者，从大雪的捕杀中死里逃生，鲜艳的色彩，有如胜利的旗帜。

七

在这里,我愿将中国文化里的梅花,与日本文化里的樱花做一番比较。

很多人不喜欢吴昌硕的"俗",红花绿柳、寿桃牡丹,但那只是吴昌硕艺术世界的一面。吴昌硕确乎有"俗"的一面,如前所述,他并不回避"俗",甚至故意去"俗",如徐复观先生在《中国艺术精神》中所说:"中国文化的主流,是人间的性格,是现世的性格。"[63]但他的"俗"是有底线的。他就是寒冬中的一枝梅,柔中有刚,外圆内方。他内心深处,有坚硬的东西,那就是对崇高的渴望。台湾诗人七等生所说:"艺术家可以贫困、可受现实的冥落、可以放浪不羁、可以病和死亡,但其创作品却因蕴涵着华贵庄严、崇高的视野、秩序和永恒的道德理念而长存。"[64]这种崇高意象,不只出现在北宋范宽《溪山行旅图》这样山高万仞、气象萧森的"大制作"上,也出现在吴昌硕的"小打小闹"里。尤其吴昌硕的绘画里,那貌似柔弱的寒梅,就是这份崇高的代言者。这是吴昌硕内心的"核",也是中国文化的核心精神。

吴昌硕画花卉,有时会在花卉旁边,加上一把椅子、一盏油灯,将自然世界的桃红柳绿,纳入到一个日常的场景中。《菊灯图》轴、《梅灯图》轴，就是如此。这样的组合，谈不上什么逻辑性，在现实中出现的可能性基本为零，但这是吴昌硕经常运用的一种蒙太奇组合。图像背后，反映了他精神世界的两重性：一方面，他是平民的，另一方面，他又是精英的——那盏灯，其实就是精神之灯。无论世界怎样荒寒，心里的那盏灯，永远是点着的，尽管它那么微弱。

光绪十三年（1887）二月十三日[1]，吴昌硕画完这幅《梅灯图》轴，安然题上：

> 点点梅花媚古春，
> 荧荧灯火照清贫。
> 缶庐风雪寒如此，
> 著个吟诗缶道人。

让我想起王家卫电影《一代宗师》中那句不忘的台词："有一口气，点一盏灯，有灯，就有人。"

八

日本人（至少一部分日本人）迷信"武化"的威力，但是武运依旧不能长久。中国人相信"文化"的力量，所以有一代代的文人投身于文化的创造中，尽管个人的存在如白驹过隙，转瞬即逝，文化的力量却水滴石穿。"武化"是野火，让玉石俱焚；"文化"是阳光，照彻每个人的生命。

这种文化上的坚持，在中华文明面临全面危机的年代，尤为不可思议。尤其甲午战后，中国败于蕞尔小国，中国人的"文化自信"跌进最低谷，葛兆光先生在《中国思想史》中写道："在十九世纪末，特别是1895年以后，中国人在极度震惊之后，突然对自己的传统失去了信心，虽然共同生活的地域还在，共同使用的语言还在，但是共同的信仰却开始被西洋的新知动摇，共同的历史记忆似乎也在渐渐消失。"[15]

在此"天崩地解"之际，"有识之士"纷纷"以日为师"，寻求救国之道。一批即将决定中国历史和文化未来走向的年轻学子在日本的港口络绎上岸，他们是：陈独秀（1901—1903年，东京成城学校），王国维（1901—1902年，东京物理学校），蒋百里（1901—1906年，日本成城学校、陆军士官学校），陈寅恪（1902—1905年，东京弘文书院高中），廖仲恺（1902年始，早稻田大学、中央大学），汪精卫（1904—1907年，日本政法大学），鲁迅（1904—1909年，弘文学院、仙台医专），秋瑾（1904—1906年，青山实践女子学校），蒋介石（1906—1911，东京清华学校、振武学堂），周作人（1906—1911年，东京法政大学、立教大学），李叔同（1906年，东京美术学校），李大钊（1913—1916年，早稻田大学），郁达夫（1913—1922年，东京第一高等学校、名古屋第八高等学校、东京帝国大学），郭沫若（1914年，九州大学），周恩来（1917—1919，明治大学），邓子恢（1917—1918年，早稻田大学），张闻天（1920年留日，学校不详）……[13]

在这种情况下，吴昌硕坚持"与古为徒"，不仅让中国绘画在枯木上长出繁花，从这条脉络上，生长出后来的齐白石（1863—1957）、陈半丁（1877—1970）、朱屺瞻（1892—1996）、刘海粟（1896—194）、潘天寿（1897—1971）……而且，他对日本艺术的价值输出，在中国倍受日本欺凌的二十世纪，也堪称一种文化上的"逆袭"。

九

1903年，日本书法家滑川澹如送给吴昌硕一把日本古名刀，以求墨梅一幅。那一年，滑川澹如三十五岁，吴昌硕六十岁。于是有了这幅《墨梅图》轴。以梅对刀，算是一次对决吗？吴昌硕笔走龙蛇，风云满纸，画上老梅，虬干如怒龙腾空，仿佛凝聚着某种无形而伟大的力量。画右题诗，同样与

卷一 烟雨故宫 | 179

"刀"有关：

> 匣刀出舞千条波，
> 宝气跃上秋江荷。
> 入山斫虎渊咬鼍，
> 滑川此口真悬河。
> 宝刀入手行当歌，
> 谪仙少陵今谁何？
> 每思踏天持刀磨，
> 报国报恩无蹉跎。
> 惜哉秋鬓横皤皤，
> 雄心只对梅花哦。
> 一枝持赠双滂沱，
> 挥毫落纸如挥戈。
> 请对此刀三摩挲。

"挥毫落纸"，其实胜似挥戈。

许多日本人，包括甲午战争期间担任首相的伊藤博文、曾任日本首相的西园寺公望，"京都学派"著名学者内藤湖南，更不用说书画界同行，如篆刻家吉野松石、书法家日下部鸣鹤、画家水野疏梅，在吴昌硕的绘画面前，都表现出足够的卑微。吉野松石和日下部鸣鹤分别把自己的堂号命名为"宝缶庐"和"石鼓堂",以表达对吴昌硕的敬意。

吴昌硕曾孙吴民先在《缶庐拾遗》中记载,有一次,几位日本人在上海闸北,在日本人白石六三郎开办的日本庭园式餐厅"六三花园"[19]款待吴昌硕,向他求画。"六三花园"是日本政要和日本侨民上层人物接待贵宾的重要宴会地点,挂着许多吴昌硕的作品。孙中山、鲁迅和日本政界元老西园寺公望等人都曾来此赴宴。此园虽占地不大,却细致精微,玲珑可爱,竹树蔚然,曲桥枕波,有日本的神社,也有中国的曲水流觞,集中日庭园文化之精华,"一扉一椽,具有古致","朝烟夕雨,风景百变,市声虽挟风而至,不阻游者之观也"。连吴昌硕都在感叹:"余以鹿叟之招,数数游斯园,辄徘徊竟日不去。"[20]

二十世纪三十年代,日本侵华,很杀风景地把这里改为慰安所,抗日战争中又被炸为一片瓦砾。今虹口公园附近有一条"花园路",名称即源于"六三花园"。

那一天吴昌硕画毕,日本人感叹:"天下大手笔,毕竟属于吴。"在场歌伎闻听,眼前这位其貌不扬的老人竟是大名鼎鼎的画家吴昌硕,也借机求画,不巧纸已用完,歌伎就脱下自己身上的斗篷,请吴昌硕泼墨。吴昌硕笔若游龙,顷刻完成，那份潇洒，比起李白诗里"闲过信陵饮，脱剑膝前横"的侠客，也不逊色几分。

最值得一说的，却是吴昌硕的唯一的日籍弟子，也是吴昌硕至死不渝的"铁粉"——河井仙郎（河井荃庐）。在日本，他是印界宗师，他的大弟子西川宁、松丸东鱼、小林斗盦，再传弟子青山杉雨，再再传弟子高木圣雨，一直占据着日本书道界的领袖地位，但他们都是吴昌硕艺术的研究者和推广者。

三十岁以前，河井仙郎只是古都京都的一介年轻布衣、无名印人。大约于1900年冬，河井仙郎终于远涉重洋，一苇而至。在上海，在罗振玉、汪康介绍下，恭恭敬敬，拜于吴昌硕门下。1913年，西泠印社成立，吴昌硕任首任社长，河井仙郎为社员。此后，河井氏几乎年年来华，直到"九一八事变"爆发的1931年。

1937年以后，烟柳画桥、风帘翠幕的杭州，西泠印社所在的杭州，被日本飞机轰成一片火海。不知是否命运的报应，1945年3月10日晨，美军对东京进行空袭。河井仙郎就死于这场轰炸。据河井仙郎的夫人回忆，当她从靖国神社避难所回家时，全家房屋已烧成灰烬。河井仙郎手握水桶，躺在地上一动不动。[64]

河井仙郎原本已经从房子里跑出来，但他要抢救自己花三十余年心血收藏的中国明清书画，手拎水桶要返回屋内，很可能被浓烟窒息而死。

火焰中燃烧的，就有他的老师吴昌硕的作品。

十

1927年农历十一月初三，吴昌硕在上海辞世，享年八十四岁。

两年后，吴昌硕之子吴东迈，和旅居上海的日本艺术家一起，举办了吴昌硕遗作展，地点依旧是"六三花园"。

那时正是冬日，天气寒冷。

庭院中，白石六三郎自龙华移来的一株老梅，正迎风怒放。

后语　海棠依旧

2018年新年刚过，故宫博物院王亚民常务副院长来电，希望我写一本关于吴昌硕的长文，在4月份吴昌硕大展的时候，与八开四卷本的《故宫博物院藏吴昌硕书画全集》一同出版。时间固然紧，任务尤其重，因为以我的学浅才疏，驾驭吴昌硕这样的"庞然大物"，谈何容易。况且在故宫博物院,有那么多的书画研究名家,我连"半路出家"都算不上,因为"半路出家",还有一半的职业生涯,而我,连一半都没有了。在故宫这所大学校里,只是一个永远毕不了业的小学生而已。

因此,本文的完成,实为明知其不可为而为之。于是在戊戌春节前后,焚膏继晷,加班加点,总算没耽搁交稿。在此,我要感谢王亚民副院长信任,感谢刘辉总编辑、责任编辑王静及故宫出版社各位同仁的努力,也感谢家人的支持。我借这篇长文,记录了我对这位中华文明的传承者、近代海派最后一位大家的点滴领悟,也在此求教于各位方家。

4月里,故宫博物院藏吴昌硕作品大展于文华殿开幕。这也是故宫博物院书画馆自武英殿移至文华殿之后的第一次书画大展。文华殿在明代是皇太子的东宫,清代为举行经筵的地方,殿后是著名的藏书楼——文渊阁,乾隆下诏编修的第一部精抄本《四库全书》就曾贮藏在这里——这部《四库全书》后来去了台湾,文渊阁已书去楼空,但它的文脉还在,此际,在文华殿内,这文脉,正在吴昌硕先生的画幅间盛放。大殿前成片的海棠树,也正花开如海,一直蔓延到东华门下,纸上的花与大地上的花,形成了神奇的"互文"关系。在故宫,这也是难得的盛事。我很荣幸,用这篇长文，为这花开似锦的季节，锦上添花，愿读者在这棵微小花树下，作片刻的伫留。

  2018年2月1日—28日写于北京—成都—丹巴—北京
    3月1日改毕于故宫西北角楼下

冰川一角

冷冰川的两种创作，别处都见不到。一种是在纸上，黑白分明，我们不知怎样叫它，只是笼统地称为黑白画，陈丹青称之版画，也只是姑妄言之，其实它不是画，而是刀刻，风格优雅细致，却在不动声色中，挟带着一股铁刃的力量，后来李陀为它取了个名字——墨刻。还有一种是在布上，却不是油画，而是使用综合材料，比如丝、麻、茶叶、药材等，使那些静止的画作有了植物的呼吸感。他强调物质媒材的语言质感和侘寂之幽美，作品开阔舒展、素朴野韵，仅在这一点上，就注定了冷冰川的世界绝不会平淡无奇。

我想说的是，除了这一眼可见的区别，在这两种创作中，我还发现了另外一种不同——冷冰川的墨刻，虽只有黑白两色，却如黑白胶卷一样，颠倒黑白，让人于黑暗中看见白昼，看见阳光下各种闪耀的浓丽，因为他相信：

"黑白是简单的,但它几乎可以表现一切。"陈丹青惊叹"他在通篇黑白中居然营造出绚丽耀眼的彩色与光芒",认为这全是"地中海阳光的慷慨恩赐"[⑯]。而他的布上作品,色彩的禁忌荡然无存,构图上却表现出极大的节制,墨刻中纷繁的图像不见了,变成了布上的枯寂素朴。两种作品,走的是相反的路程,也表现出两种截然不同的偏好,或者说,他内心深处对立的两极。

这种不同,或许给了我们一个机会,去破解画家内心世界的冰川一角。除去已出版的几本画册,我也有幸见过一些原作,在画展上,或者,在冰川的家里。尤其是墨刻,看原作的感受,与画册截然不同。尽管冰川的画册一律印刷精致,早年的有三联出版的《闲花房》,近年的有故宫隆重出版的大型画册《冷冰川》,但唯有面对原作,才能辨识出他刀法的精妙与准确。累累刀痕带来的凸凹感,尚未被平面印刷抵消,让我们感受到他刀下世界的深邃与神秘。

墨刻原作的画幅通常不大,小者只有八开纸杂志的大小,大者也不过一张对开纸的规模,放在美术馆里并不起眼。他从不凭借外在的尺度耸人听闻,却在有限的尺幅内,收纳了大千世界的蓬勃万象,尤其是触目可及的热带植物,在纸页上旁逸斜出,肆意张扬着,散发着纸页因不住的生命力。从这些画里,我们看到了冷冰川对植物的青睐。比如《西班牙山水之二》里密集的树林，《酿酒的石头》里漫无边际的葡萄园，《卷帘人睡起》里相互交错的枝叶与藤蔓，《摸鱼儿》里排山倒海的芦苇，《醉斜阳》里的月下清竹，《雨蕉》里丰腴肥硕的蕉叶，当然出现最多的还是向日葵，从《夜的如花的伤口》，弥漫到《立秋》《我为青山躲妩媚》《西班牙的月色》……即使在清冷空旷的室内，一层一层的窗缝外面，也必会裸露出一线的茂盛，像清夜里的一缕梦境。我相信一个植物学家，面对这大片大片的植物园，定然会哑然无语。冷冰川细腻准确的刀法，对植物的描摹清晰毕现，连每一条茎脉、每一粒花蕾都不放过，而所有微小的生命，又重叠、组合成一支庞大的生命阵容，声势浩大，喧闹作响，而在浓香密叶中展开身体的少女，则是花朵的另一种形式而已。

浓密的植物、舒展的女体，让我想到伊甸园——一座关乎宗教和生命源头的古老园林。很多年前，苏州的那次画展，一位女友在《琴心三叠》的前面独自站立了许久，默然落泪。有时候，一个微小的细节，就能触发内心的感动。那些安静的画里，潜伏着许多无法言说的情感。

在墨染的纸页上，冷冰川犹如上帝，创造了一个通透灿烂的世界，创造了花园和女人，当然，也创造了他自己——一个让众人侧目的艺术家。但这个世界的充沛、丰盈和浪

《琴骸》，布上作品，冷冰川作

《白露之八》，布上作品，冷冰川作

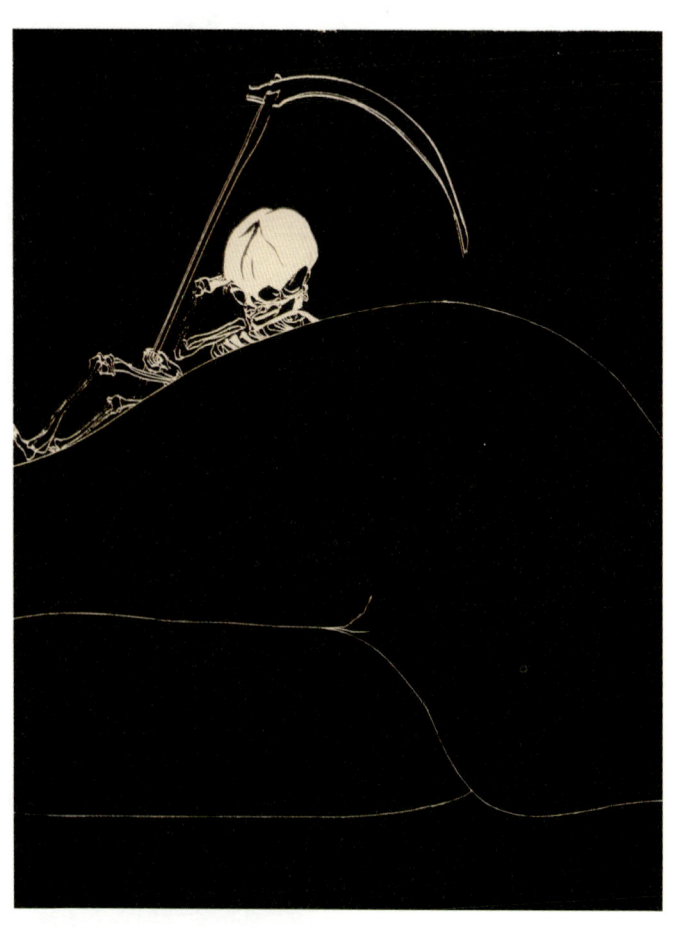

《无题》，墨刻，冷冰川作

漫,更像是青春的映照。尽管青春是每一个艺术家终生抹不去的底色,但自不惑之年,冰川还是开始了新一轮的迁徙。这一次,他从纸面转移到了画布上。这个跨度,不亚于他从长江边的故乡,抵达他今日栖居的地中海。只是与现实的里程比起来,艺术的旅程更加遥远。我相信他有不舍,仿佛一个牧人,留恋他所熟悉的草场。他会重拾刻刀,细薄的刀刃,会带他回到昨日的世界。但艺术的创造力正是来自喜新厌旧。这一次转身,他勇敢,果断,不声不响。

没有庄严的告别,冷冰川的心里一定在想:"等我找到了,再与你们相见。"2007年,他回来了,在贝聿铭设计的苏州博物馆,他的布上作品,一张一张地挂在雪白的墙上。李陀、刘禾、王鲁湘、孙甘露、许戈辉这些朋友,还有时任苏州市委副书记的杜国玲大姐都去了。沉寂几年,冷冰川令所有人都感到陌生了。(2017年,我和冷冰川等一起前往意大利,参加威尼斯双年展的故宫主题平行展,那次展览展出了徐冰、冷冰川、隋建国等十余位艺术家以故宫为主题的作品,我又一次看到冷冰川沉潜十年后的新作品。)他的画面,不仅由极致化的具象转为了抽象,更重要的是,那些在他的墨刻里蓬勃生长的植物,在布上变得枯萎沉静,高古清奇,连画展的名字,都定为"至于素朴"。那些植物的标本,在画布上斑驳着,变成风干的果实,残败的荷叶,或者沧桑的古琴，不动声色地，面对着风、霜和尘烟。这些画，一下子拉远了时间，让人想到生命的悠长旷远、辗转流离和自然的光泽。如果说冷冰川的墨刻是以负片的方式呈像，那么他的布上作品，会是这些负片冲洗出的正片吗？

它们的距离是那么远，完全不像是同一个人的作品。假如说冷冰川的墨刻让人想到比亚兹莱所代表的西方唯美主义，想到他线条里掩藏的情欲与骚动（有一次我与冰川一起去黄永玉的万荷堂，看见他的墙上刚好挂着一幅比亚兹莱线描画，原来他也是比氏的信徒），那么这些布上作品，则是向徐渭、八大这些古老中国的自由灵魂致敬，因为这些作品早已暗合了他们疏简的构图、质朴的笔墨、寂寥的意境。他放弃了色彩上的简单（黑白两色），却走向了本质上的简单。或许，当所有杂芜的声色都褪去之后，最后留在心里的事物，才是最真实的。

于是，画布上的世界就不再像墨纸上的植物与少女那样完美无瑕，没有经过丝毫的触碰和损害，而是充满残缺感。那份残缺里，记录着岁月的痕迹。透过这些布上作品，我看到了冷冰川对残缺美的深刻眷恋。冰川说："我对完美不感兴趣，它剥夺了我想象的快意。"这是一种反向的狂放，在朴素、收敛、幽玄、残缺的后面，别藏了一脉幽隐深挚而又刻骨铭心的浓情。冷冰川的两种画，在形式上无限远，在精

秋虫夜雨（The Autumn Insects in the Night Rain），墨刻，冷冰川作

神上无限近。

在冷冰川的身上,这样的对立似乎无处不在。这一点,仅从他的外表就可以看出来——生于南方水边,却有着一米八八的身高。冰川侠骨柔肠,幽默奔放,在朋友面前说话像说相声,在生人面前却常一言不发,尤其面对记者,更是守口如瓶,咬断槽牙不吐口。苏州画展开幕式上,鲁湘要他讲话,如此重大关头,他竟像小学生一样腼腆了半天,才挤出两个字:"谢谢!"他刀锋流利,语言却时常打结,在不该停顿的地方停顿,最经典的记忆,是有一次他说:"鱼儿离不开、开水。"引得大家爆笑。

但伟大的艺术家,莫不是由矛盾、对立、冲突、纠结、反复构成的综合体。艺术的路,迂回转折,上下求索,也莫不是艺术家自己与自己的交锋、对抗。艺术,终究是一个人的棋局,也只有自己,才是永久的对手。于是,自己围追堵截,自己又杀出重围。我们看到的是繁花似锦、花好月圆,却看不到背后的披荆斩棘、血肉横飞。

所以,当那位女友默然哭泣的那一刻,我不知她想到了什么,而我却透过冰川画中的向日葵,想到了凡·高割耳的战栗与挣扎。

但越是对立的事物,越会走向一致。正像我们今天看到的冷冰川,已经无关黑白与色彩、繁复与朴素、具象与抽象、燃烧与冷寂、东方与西方。诸种的对立消隐了，剩下的只有艺术，只有美。正应了老子的判断："有无相生，难易相成，长短相形，高下相倾。"[04]所有的对抗，都互相包裹和隐藏。它们配合默契，彼此成就。犹如寒风吹彻的时节，我们用冰雪为自己的手脚解冻，因为冷到极致，就是温暖。

2013年10月13—15日于北京

原载《美文》，2014年第2期（上半月）

卷二 大地之书

赣州围屋

一

紫禁城外，皇帝视线不能抵达的远方，同样存在着体量庞大的建筑，印象深刻的，有闽西龙岩等地的土楼（振成楼等）、山西的高墙大院（陈氏大堡等），还有广东开平的碉楼，无不令人震撼。江西赣州的这座关西新围是其中之一。藏羌碉楼堪称宏伟，但它们的方向一律是向上的，挑战着高度的极限，赣州围屋则不同，它们在大地上平面铺开，像一个张开的吸盘，牢牢地依附着大地，吸吮着大地深处的汁液。

在江西赣州，仍然保存着五百多座客家围屋，龙南县的关西新围是规模最为宏大、保存最为完整的围屋之一。它长近九十五米，宽八十三米，占地总面积七千七百多平方米，比一个标准足球场的面积还大。我们可以想象一下住在北京工人体育场里是一种什么感觉。围屋的高墙，高约九米，墙厚两米，围屋四角各建有一座十五米高的炮楼，相当于五层楼的高度。这是一座四四方方的城堡，它的外立面无比地简单，站在高墙外，从这头一眼就能望到另一头。但由于尺度巨大，近大远小的透视关系使得围墙的上沿变成一条倾斜的线。我在围墙下，从这头走向那头，头顶上的那条斜线也会跟着变化，它的倾斜度会减低，一点点变得水平，然后，当我走到另一头，它又会向相反的方向倾斜。这使这座建筑的上沿，看上去像一个天平，摆来摆去。而建筑两端的炮楼，则像是两个重重的砝码，保持着它的平衡。

围屋的外立面简洁平整，光线在上面所能呈现的变化极为有限，不像一些有着繁复外立面的建筑，它们的飞檐翘角、千门万户、砖雕石刻，影子都随着光线的变化而变动不已，在阳光中呈现出鲜明的浮雕感。光影的变化，使这些建筑更像是一个生命体，有呼吸、有表情、有情感。这些建筑造型感强，充分利用了阳光，把光影也变成一种造型。相比之下，关西新围看上去有些平淡，它横平竖直，造型简单，像儿童搭起的积木。每当黎明时分，朝东的围墙就会渐渐地亮起来，像一面亮起来的巨大银幕，而粉墙上斑驳的纹路，

江西赣州围屋、龙南关西新围全景 赖国柱摄

看上去更像老电影画面上的划痕。后来，朝南的一面会亮起来。到了下午和傍晚，光线又会转移到西墙上。直到太阳落幕，所有的外墙暗下来，阳光才完成了它在这座建筑上的旅程。然后，围屋坚硬的线条就一点一点地隐没，群山巨大的黑影像一个黑洞，把它吸进去，什么都看不见了，仿佛隐藏了一个巨大的秘密。

从南侧外墙上开出的拱门走进去，穿越重门，我站在一个巨大的庭院里。这是这座围屋的正前院，正面朝东，有一座屋宇式正门。门厅外有门廊，廊有四柱，中间两柱上挂着一副对联，写着："清风徐来春不老田赋四时，碧水环绕泽长流福延千载。"一位"福延千载"的老人正坐在门口的廊下，迎着徐来的清风，打量着闲庭信步的鸡鹅。正门对面是一座照壁，壁身上白灰照面，朴素庄严又不失稳重大气，与主人的身份相吻合。

站在影壁前，向四下望，目光所及的前方、左方和右方都是门。门像取景框，在这个框内出现的，依旧是门，就像我从镜子里看到了镜子，环环相生，永无止境。《黄帝宅经》说："夫宅者，门是阴阳之枢纽。"所有的空间，是靠门来分割的，那些门形制不同，大小各异，有方门，有拱门，也有月亮门，在门与门的中间，有的还搭一座微小的雨棚，南方多雨，这个雨棚，为的是方便人们在雨天行走，也减少了那么多门在视觉上产生的单调感。假如说建筑是一部史诗，门就是它的目录，只有走过那一扇扇门，才能知晓隐藏在门背后的抑扬顿挫、张弛有致。

二

我在《淮南子》里看到了赣州，在《汉书·地理志》《徐霞客游记》、海瑞《兴国八议》，甚至法国传教士古伯察的《中华帝国》中，又一遍遍地与赣州相遇。赣州散落在那些发黄的纸页中，像一堆古老的瓷片，在红土地上暗自发光。

如果展开一张古中国地图，我们会看到，在刀耕火种的百越之地，庐陵①、赣州离中原最近；战国时，那里应是楚国的边缘。史书把这里称为"南抚百越，北望中州，据五岭之要会，扼赣闽粤湘之要冲"。

无数史书记载过的赣州，就这样出现在与中原大地的文明对话中。秦始皇为统一南疆，曾令大将屠睢率五十万大军，分五路进军百越，成功之后，其中便留"一军守南野之界"，这是史书上最早所见中原汉人进入赣南的记载。第二次汉人南迁出现在西晋永嘉之乱、东晋"五胡乱华"的动乱中，中原人迁入江淮，一部分进入赣州、闽西。唐代的"安史之乱"及五代十国动荡时期是第三次。第四次出现在北宋末年,"靖康之变"中,契丹人马踏汴京,寒凝万里,雪大如席,无数的中原难民拥向南方,像风中飞扬的渣滓,在赣州沉落下来,千年之后,在宁都、石城、兴国及于都、瑞金诸县北部,他们的血脉仍在流传。然而,只要中原的动荡不曾停止,汉人南迁的脚步就不会停止,就像友人熊育群在他讲述客家人历史的《路上的祖先》一文中所写:"一次次大移民拉开了生命迁徙的帷幕,它与历史的大动荡相互对应。"②时间到了明代,从高原上刮起的战争旋风,又把大批的中原人驱赶向赣州属下的南康、赣县、于都、上犹、信丰、安远各县,这是第五次。清代江、浙、闽、粤居民的内迁,这是第六次。抗日战争时期,粤东、粤北的难民拥向赣南谋生,这是第七次……

历史的灯光照亮了乱世里的豪杰,他们意气风发,斗志昂扬,出现在历史的每个重大关口,而真正承受战争苦难的流民们,却被隐没在暗处,听天地间大风横行。在和平的岁月里长大,我无法想象那样的年代,想象那铁一般无法穿透的黑、那一望无际冷酷的死寂,想象大河般漫漶的人浪,想象大地上两千年不绝的脚步声响……有人把这些成群结队从中原大地上逃亡的人称为"中国的犹太人",因为他们的命运,与犹太人有太多的相似。然而,每当战乱在中原的胸肌上撕开一道道血腥的伤口，曾经被认为是蛮荒之地的南方，都会像一片温暖厚实的棉布，紧紧地包扎住那个巨大的伤口。这里历来被正史称为"蛮夷"，但那被称为"中国"③的地带，却刀光剑影，战乱不休，如李敬泽在《小春秋》里所写："华夏大地上到处是暴脾气的热血豪杰，动辄张牙舞爪，打得肝脑涂地。"④倒是这片"蛮夷之地"，以坦荡如砥的胸襟，收容了一群又一群从中原逃出的人们。这才是真正的"悲悯大地"，像一张铺满厚厚棉被的大床，让他们舒展身体，睡一个安稳的觉。我想起作家蒋韵说过的话："在至深的苦难和最黑的人性深渊中诞生的悲悯，永远有着令人最震撼的感动，那是属于灵魂的感动。"⑤

最初他们并不知道等待他们的是怎样一片土地，他们没有力气去奢望，只有向着没有战争的南方拥去。或许，在他们心里，南方是深渊，是没有历史的"空洞"，但身后的北方更是死无葬身之地，哪怕战争的尾巴横扫过来，他们也要粉身碎骨。两害相权取其轻，他们别无选择，唯有亡命天涯，或可搏回一线生机。父母在，不远游，这是古训。但是，在城头变幻大王旗的年代，他们却要携父带母，挈妇将雏，把自己打发得越远越好。历史的季风把来自北方的人们一次次吹向南方，他们跨过淮河，又跨过长江，从鄱阳湖平原溯赣江南下，是凶险的十八滩，很多人殒命在急流中，又

江西赣州围屋，关西村西昌围南侧立面　赖国柱摄

被急流冲到不知何处的远方，剩下的人就进入了赣州小平原。赣州，就这样成为南迁中原人最早的落脚之地。

路上的祖先们，不知道大陆的尽头在哪里，他们东奔西窜，都是从赣州出发的。他们后来去湖南，去广东，去福建，去台湾，去南洋，去世界各地，奄奄一息的香火又重新旺盛起来，照亮了后裔的面孔——当他们呱呱坠地，兴奋的父母们为他们取了这样一些名字——黄遵宪、洪秀全、杨秀清、萧朝贵、冯云山、韦昌辉、石达开、秦日纲、刘永福、冯子材、赖文光、林翼中、丁日昌、丘逢甲、陈宝箴、陈三立、陈寅恪、刘光第、彭家珍、廖仲恺、陈衡恪、邓演达、叶挺、叶剑英、陈济棠、陈铭枢、张发奎、郭沫若、胡耀邦、萧华、薛岳、李宗吾、蒲风、黄药眠、林风眠、韩素音、吴浊流、钟理和、林海音、钟肇政、陈映真、马英九、吴伯雄、他信（泰国）、英拉（泰国）、李光耀（新加坡）、李显龙（新加坡）、吴奈温（缅甸）、曾宪梓、钟楚红、张国荣……他们的后裔越走越远，纵横四海，成为史书中再也不可能省略的主语。在这张放射状的迁徙地图中，赣州是无可置疑的中心。

从赣州往西，是湖南郴州；往南，是广东梅州、韶关；东去，是福建的长汀、龙岩，再过漳州，就是大海了。赣南山高林密，西部大庾岭，东部九连山，这些天然的屏障，使这里形成了独立的地理单元，而烟波浩渺的赣江却如一条血管，与外界相连，更有无数古道，埋伏于青山密林之间，沟通内外，有说蓝青官话的行者穿行其间。

三

6月里，我在赣州境内进行了一次大范围的旅行，带着对历史的困惑，我要实地求证。因为不了解这一段历史，整个中国史就都连接不上了。这一次行程遍及赣县、瑞金、龙南、全南、定南、上犹、会昌、寻乌、于都、兴国、宁都、石城等十多个市县。市委宣传部钟小平副部长为此行做了精心周到的安排，赣州文学院副院长（后为赣州市作协主席、文学院院长）简心全程陪同。他们都是赣州人，对这片热土怀着发自内心的爱。这次旅行，改变了我对赣州的全部想象，也懂得了他们热爱的缘由。对于这片客家摇篮、革命老区（赣州瑞金是中华苏维埃共和国临时中央政府所在地），我曾经想象得过于贫寒荒凉。我一厢情愿地把它塑造成一片"瘴疠之地""老少边穷"，只有置身于赣州的水光山色之间，我才知道自己的想象是多么地吝啬。

与我的想象相反，这里河汉纵横，湖池遍地，土地丰腴，雨水晶亮，呈现出一派江南水乡的景色。此时，茄子辣椒挂果，黄瓜豆角跑蔓挂架，花生豆苗疯长，水田里的稻粒，仿佛受孕后的精子，餐风饮露之后，早蓬勃旺盛，塞满田垄。莫奈笔下的睡莲，正在宅院前的池塘里舒展着裙裾。这里的山川景物，印象派的莫奈一定喜欢。在莫奈的画作中看不到非常明确的阴影，也看不到突显或平涂式的轮廓线，这种改变了阴影和轮廓线的画法，与这里的如梦似眠的光影效果十分吻合。中国画家里，宋代王希孟画下《千里江山图》，据说就与这里的景象十分相似。绿浪在视野里蔓延，与黄土高原上贫瘠龟裂的土地形成了强烈的反差。或许，正是这样的景象，让逃亡疲惫的眼眸蓦然发亮。于是，对于这些远走他乡的中原人来说，投奔南方，未必是被动的选择，而更像是一种主动的投靠。他们在这里停下疲惫的脚步，粗重的喘息开始变得柔和。一层一层的山峦，一条一条的江河，隔绝了战乱的消息。于是，在这里，他们开始开垦耕种。有了粮食，就有炊烟从大地上一缕缕地升起，如千手的观音，把逃亡者的伤痛轻轻抹去。

只要翻越那些青翠的山岭，我们就会站在山间的平地上，感受它的阔大沉静。阳光照彻，大地明亮。它浑圆的弧度，如女人凸凹有致的身体，温柔地起伏。熏风吹过，夹杂着植物的味道，如她发际的清香。我张开肺叶，努力地呼吸，让大地的气息直抵我的肺腑，让我彻底融入它浑融的静默中。我想象着惊魂未定的逃亡者在水田里插下第一棵稻秧时的那份感动。当他们从稻田里直起腰身，他们一定会张开手臂，让山岭上滑下来的风从自己的腋下吹过，感受到自身体深处荡漾出的轻松和自由。

四

在赣州，我看见青绿的田野间浮起来的一片片村庄，看见山道边的路亭，看见河流上架起的廊桥，看见村落前莲花盛开的池塘，看见雕饰精美的戏台，我就看见了家园生成的

江西赣州杨村太平桥 赖国柱摄

过程。生命就像种子，只要落在土壤里，就会生根发芽，分蘖成长。一个人，变成一个家族；一个家族，又变成一部家谱，一天天变得厚重。他们在历史中留下了一个共同的名字："客家"。

客家人创造了三种民居形式——围屋、土楼和九厅十八井。围屋是三种民居形式之一，顾名思义，就是围起来的房屋，其外围可以是防卫围墙，也可以是高层的房屋，外形基本分同心圆形、半圆形和方形三种，也有少量椭圆形状的。赣南围屋形制以方围为主，比如关西新围，也有部分圆形、半圆形和不规则形的——龙南县里仁镇的栗园围，就是一座不规则形围屋，这座由明代五品大员李清公创建的围屋，是龙南县最大的客家围，占地面积四万五千二百八十八平方米，是罗马斗兽场的两倍有余。

仅从外观上看，围屋与山西高墙厚壁的古堡建筑相似，在山西的高墙大院中，也有用于射击的角楼，二者的渊源关系隐约可见。作为草原文明和中原文明的碰撞地带，山西自古多战事，也培养了山西人的防范意识。或许，当人们从黄河流域的山西、陕西向着南方奔走流散，这种古堡式的建筑形式也被他们带到了南方，在红土地上落地生根，与南方的地理环境相结合，产生了围屋。也有人说，在明代，山西人要建古堡，反过来要请南方的客家人设计……

在龙南县的另外一座大型围屋——燕翼围前，我看见了更高的围墙——燕翼围的围墙高达十四点三米，相当于五层楼的高度，比关西新围的围墙还高。它笔直矗立，如千仞陡壁。围墙上布满火枪眼，东南西北四座炮阁交相呼应，可形成无死角的射击火力网。进围内须经过唯一的围门，围门设有外铁门、中闸门和内木门，只要围门一关，外人就休想进来。楼上有米仓，院内有水井，可维持守卫者的生存，据说墙面是用糯米粉、红糖和蛋清搅和粉刷上去，没东西吃时，可剥下来用水煮熟充饥。因此，与其说是一处民居，不如说是一座军事要塞。民国时期，蒋经国以赣南行政公署专员的身份视察燕翼围，惊呼："翅鸟难飞越高大的燕翼围顶……一堡垒也！"

这种围屋透露出客家人巨大的紧张感。或许因为历史的苦难太过深重，那种紧张感早已渗入客家人的细胞里。围屋则像围拢起来的巨大怀抱，把家族的血脉紧紧地搂住，千百年未曾松开。他们抱团取暖，把自己的世界压缩在一道围墙之内。他们就地取材，用三合土、河卵石，或者青砖、条石垒起坚固的围墙，像一层厚厚的铠甲，把他们包裹得严严实实，在整座建筑的巨大空间内部，有主房、祠堂、戏台、廊道、水池、炮楼、粮仓，有层层叠叠的院落，更有无数天井接踵而至。这是一个自给自足的世界，他们在里面，有条不紊地劳动和休憩。

或许围屋的外部太过沉重,所以,他们把围屋的内部营造得万分精巧,哪怕是小小庭院,也有万千生机,处处显示出建筑者针对南方的气候做出的精妙对应,比如前面提到了门廊、雨棚。有雨的时节,坐在门廊下的竹椅上,静静观赏雨丝在庭院里飘洒,内心定然是无限的通透和淡然。

在围屋里,我最喜欢的还是院落中的天井。下雨的时候,四道水帘会从四面围合的屋檐上倾泻而下,形成一四道方形的整齐水幕。天井的面积就是雨的面积。此时的房子被分成了两个部分:有雨的部分和无雨的部分。无雨的部分在四周,有雨的部分在中间。人坐在无雨的部分里,看有雨的部分。有雨的部分围合成一个流水建筑———座透明的"围屋",像卢浮宫玻璃金字塔,放置在房屋的中央。

对这样的场面,住惯了高楼大厦的人们一定会感到新奇。在乡土中国,所有的房屋都与自然声息相通,比如九厅十八井,就是客家人结合北方庭院建筑,适应南方多雨潮湿气候及自然地理特征,采用中轴线对称布局,厅与庭院相结合而构建的大型民居建筑。实际上,九和十八,只是一个表多数的词,不一定就只是九个厅十八个天井,往往很多民居,比如赣州上犹县的黄氏祖屋、兴国县的李家祠,格局都超过九厅十八井。但即使只有一个天井,也足不出户就感受到岁月天光。雨香云片，霜迹苔痕，都会在这样的房子里驻足停留，伸手可及；他们在庭院里栽树种花，风拂竹瑟，月映梨白，庭院里的梅兰竹菊对应着门窗上雕饰的四君子，自然与居所，相互成为彼此的一部分。这才是"诗意地栖居"，是看得见、嗅得到的"满庭芳"。

结构主义的出发点，是寻找事物的"基本结构单位"。天井，可以被视为客家民居的"基本结构单位"，在建筑中形成了无数可复制的单元。将三合院、四合院纵向排列，就成了堂横屋；如果组合得再复杂一些，则是九厅十八井；在九厅十八井的周围加上四道高墙或四道房屋，就成了围屋，而围屋勾勒出的，不又是一个放大的"天井"吗？它们组成的，不又是一个超级版的四合院吗？

德国汉学家雷德侯（Lothar Ledderose）先生在《万物》一书中说，中国人发明了以标准化的零件组装物品的生产体系，这使中国的文化有了极强的可复制性。他将这些构件称为"模件"。对汉字、青铜器、兵马俑、漆器、瓷器、建筑、印刷和绘画的研究，为他的理论提供了证据。⑥在我看来，"基本结构单位"也罢，"模件"也罢，单元也罢，实际都是一码事。我曾在《长城记》里把长城视作"我们民族思维模块化的最好证明"。因为"长城的体系无论怎样复杂，都可以划分成一些不同级别的基本模块，然后按照一定的比例，对模块进行排列组合"[⑦]。北京的紫禁城如出一辙，它无论多么宏大，都不过是由无数小四合院反复叠加组成的一个超级四合院。

复制，是符合大自然的法则的，因为生命的繁衍和延续，本身就是通过复制来完成的——人生下的，只能是人，而不可能是独角兽或者三脚猫。在风雨雷电、海啸地震、火箭大炮、毒气原子弹的夹缝里，人类这个物种居然能够延续到今天，就已经足够神奇了，对客家人尤为如此。客家人希望从小的单元同发，生成无比宏大的居住空间，作为族群强大在视觉上的体现，如同根须，越生越多，纵横交错，势力强大。正因围屋可复制性强，所以它们在赣州层出不穷，比如龙汇围，就是按照1∶1的比例仿燕翼围所兴建，是燕翼围的复制品。围屋虽大，却宛如客家人手里的魔方，可以不断地组合复制，鸡生蛋，蛋生鸡，像他们的子子孙孙，无穷尽焉，但所有的变化，都是围绕天井展开的。

五

在乡间，在不同形式的客家民居里，我注意到许多宅院门楣上都刻有匾额。尤其在上犹县的村落里，百分之八十的家庭都有门匾,作为上犹人,简心自豪地说,现在全县有门匾四万多副,遍布于全县十四个乡镇。我们可以透过那些匾额来辨识他们的姓氏,而他们自己,则在匾额上镌刻下整个家族的历史,象征自身的历史和荣誉,犹如欧洲,每个贵族之家都有自己的族徽,有人把这些门匾称为"微型家谱"。

比如:"知音遗范"这家一定姓钟,因为"知音"指的是"高山流水"的钟子期;"清白传家"这家则肯定姓杨,这来自东汉杨震拒贿的典故;"江夏渊源"这家姓黄,据说黄姓人家的祖先起源于古代的江夏郡;"汾阳遗风"这家姓郭,是郭子仪的后代——山西汾阳,正是中唐名将郭子仪的祖籍地;"四杰传芳"这家姓骆,"四杰"指的是初唐"四杰"之一的骆宾王;"青莲遗风"这家姓李,唐代诗人李白号"青莲居士"……

每一张门匾都是一个词条,背后是一段冗长的诠释。姓何的人说,他们原本姓韩,群雄纷起的战国年代,秦国要灭韩,韩姓人纷纷南逃,其中一人被秦兵追到大河边,撑渡人救其上船,问其姓,不敢实说,顺手指大河,撑渡人即以为其姓何。韩姓人逃过此劫,对河水搭救之恩感激涕零,从此改姓何,他的后裔,从此在自家门头写上"水部风高"四个字……⑧

即使同姓之间,门头匾额也照样可以把它们区分开来。

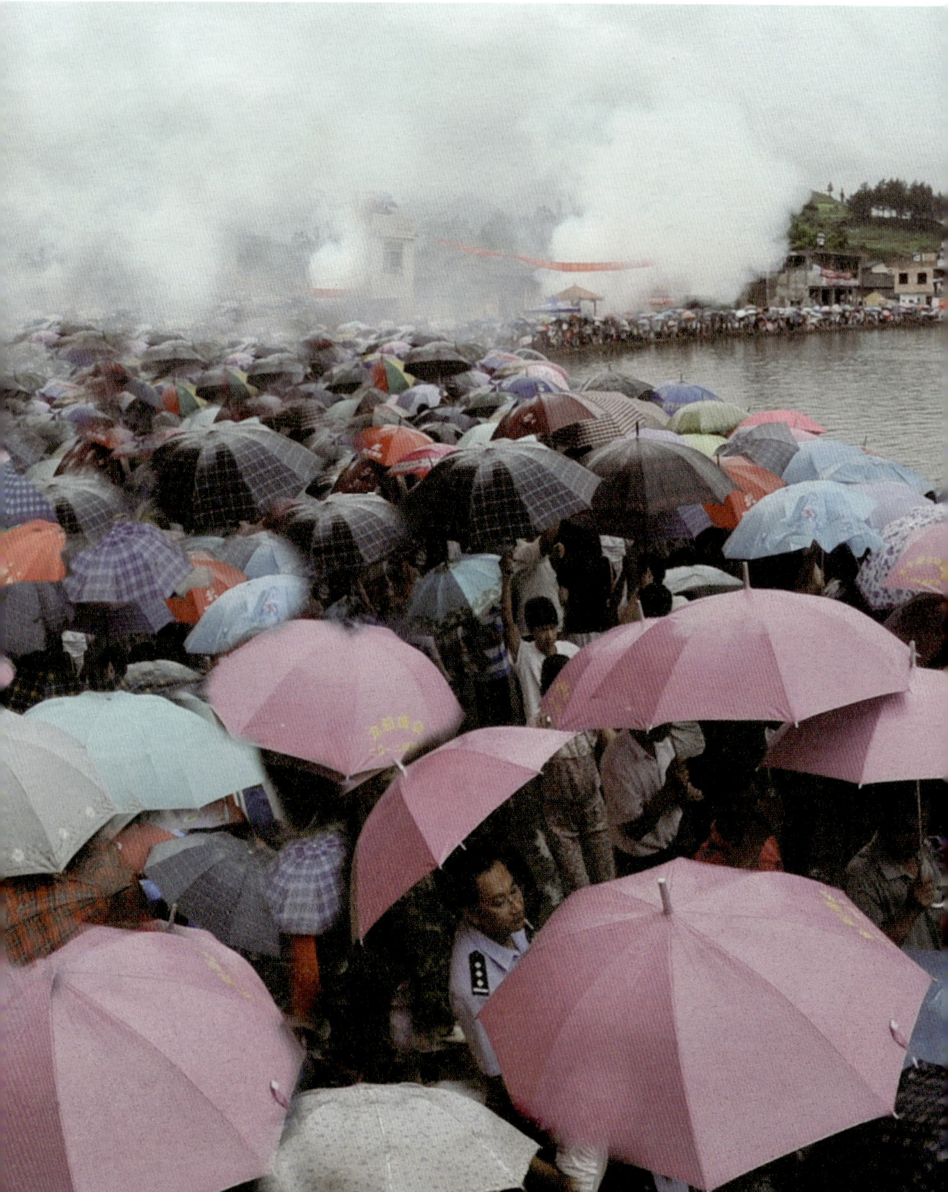

龙南客家池塘竞龙舟五百年历史　赖国柱摄

江西赣州围屋,龙南杨村客家乌石围　赖国柱摄

比如钟姓除了"知音遗范",还有"越国世第""飞鸿舞鹤";张姓除了"金鉴流芳",还有"百忍传家";黄姓除了"江夏渊源",还有"叔度风高""春申遗风";等等。这是因为每个姓氏都有不同的支派,每个支派都有不同的历史典故和人物传说,但这并不妨碍他们相互之间的认同,只要再往前回溯,他们仍然是一家,都有着一样的血脉。

由此我们看到了一种更大的紧张,那就是对记忆消失的恐惧——那记忆里,裹藏着客家人的全部来历。家园、财产可以一代代地继承下来,唯有记忆不能遗传,无论上一代有多么刻骨铭心的记忆,一个新生命的诞生会将所有的记忆归零。再坚固的堡垒也无法阻止记忆的流失,终有一天,即使面对巨大的围屋,后人也恍如被隔在岁月之河的另一岸,对前尘往事一无所知。他们决定将记忆物化,发表在家族最显要的篇幅上。

门头匾额承担了这样的功能。每一副匾额都是回溯性的,把现世的目光牵回到历史深处,仿佛一根万古不灭的长链,把每个人与遥远的先人紧紧地拴在一起。如果说那些巨大的围屋是家族繁衍的纪念碑,那屋门上的匾额就是纪念碑的碑文。张锐锋说:"一个民族痛苦的记忆一般不会超过两代人。如果一个民族能够三代人记住一件事,这个民族就了不起。民族的集体记忆的强度和延伸的时代,是衡度一个民族是否很有出息的一个尺度。"⑤但在经历了几代人，甚至几十代的奋斗之后，客家人依旧在提醒自己不要忘记故乡，忘记自己的来路——在这里，他们是"客"；"客家"这个名字，本身就包含了他们的履历，无论走到哪里，都如影随形。他们曾经流离失所，他们可能丢弃钱财，但唯有一样是他们致死也要坚守的，就是祖宗的牌位。他们抱着牌位辗转、流窜，一旦找到一个新的家园，就会立刻把祖宗的牌位安顿下来，又在宅院的门头刻写下祖上的光荣。

匾额分隔了各自的家族，却又像一个个的词语，组合在一起，就成了我们民族共同的史书。它们就像坐落在大树上的鸟巢，十里、百里、千里、万里，在大地上绵延不绝，组成一个无与伦比的浩大网络，声息相应；也像鸟巢攀附着的大树，无论多高，都有根须在地下相连。匾额直指自己沧桑的身世，同时也指向未来，因为祖上的荣光里，包含着他们对后世的期许。匾额见证着家族的重新崛起，仿佛池塘里的莲花，一片片地展开它的轮廓，在时间中次第盛开。

六

燕翼围前，有一个十五亩的水塘，据说是当年建围时取泥造砖时挖掘的，大得盛得下一场龙舟赛。每逢端午，村人们都要在塘里赛龙舟，赛事结束后，会举行一场千人宴，全村人都参加。简心和赣州文联副主席、摄影家赖国柱带我匆匆赶到这里，就是为了赶上这场乡村盛宴，这一天，刚好是农历端午。

一进围屋，我的脑子里轰地响了一声，我是被眼前浩大的景象震蒙了，需要几秒钟的镇定，才能恢复它原有的机能。围屋的空地上，二百张方桌连接成的一张长桌，所有人坐在它的两侧，杯酒相撞，人声鼎沸。我从来没有见到过这样的阵势，一千人的宴席，犹如一场规模浩大的行为艺术，更像是一部真正的3D大片，需要轨道加摇臂，才能把一切收纳在画面中。我猜，如此强悍的动员力，既来自基因里的血肉亲情，也来自餐桌上美食的召唤，是二者合谋的结果。我在桌边坐下，立刻消失在人浪声浪中。我与他们素不相识，但这不妨碍我们用水酒对谈。长桌上面摆满了田园里收获的绿色食品，五色丰盈。舌尖上的中国，以各种绝佳的味道，犒赏着他们的劳动。它们带着大地赋予食物的原有香味，拒绝着工业化蔬菜生产对味觉的减损。我过肚不忘的，首推客家酿豆腐。它的做法，是在豆腐里面加上馅料，比如葱白、肉，还有香菇，然后放到锅里，用文火慢慢煎，还要一边煎一边撒盐，豆腐要入味才香。等煎得黄莹莹的，就出锅，吃时蘸一点辣椒酱，那味道简直妙不可言。可怜美国总统、英国女王、北约总司令、联合国秘书长，吃不到纯正的客家酿豆腐。所以瞿秋白赴死前的最后告白是："中国的豆腐也是很好吃的东西，世界第一。"客家人的聪明，将朴素的食品做出了"附加值"。我夹菜，一抬头，别人都在夹菜；我端起酒碗，别人也都端起酒碗。笑容在不同的面孔上流动着，清亮如水，笑声是我们通用的语言——笑声里我突然想哭，因为透过它，我听见了爹娘的笑声，看见了自己阔别已久的家乡。

2013年8月30日至9月2日于成都
原载《中国作家》纪实版2015年第1期

绍兴戏台

一

假若绍兴的一切都将在记忆中隐去，我相信最后余下的，定然是一座戏台。

在我看来，绍兴的标志性建筑，不是陆游写《钗头凤》的沈园，不是安昌古镇里的老台门[10]，不是古镇人家嫁女时必定要走的福禄、万安、如意这些古桥，而是那些星星点点的水上戏台。

对于绍兴人来说，没了什么样的建筑都不会影响生活质量，唯独没有戏台不行。中国"四大声腔"，绍兴就占了一个，即"余姚腔"。明朝初年，朱元璋整顿文艺，清除"精神污染"，于是禁演"淫词小说"，违者将处以割舌、断手等酷刑，唯有绍兴人的风月情怀死不改悔，依旧把许多财力都用于建筑戏台，把戏台建成雕梁画栋，建得花团锦簇，尤其是戏台的"鸡笼顶"和四根台柱的"牛腿"，更是精雕细刻，一丝不苟，复杂的技艺，让许多工匠功成名就。绍兴旧府八县，可以说村村有戏台，人人爱看戏。每个村落，都有自己的戏台，几乎每隔一二里，甚至半华里，就有一座戏台。在绍兴，组成一张戏台的网络。所以，从前的乡土绍兴，弹唱之声密集，无论何时，总会有一座戏台在演戏。当大地陷入沉寂，悠扬婉转的唱腔却此起彼伏。人们会从周边的村落向那里汇集，这样的场面，在绍兴人陆游《剑南诗稿》里反复出现，比如《夜投山家》："夜行山步鼓冬冬，小市优场炬火红。""优场"，就是戏场。又如《初夏》："先生醉后骑黄犊，北陌东阡看戏场。"对于戏迷陆游来说，他的诗稿里，埋伏着一部绍兴的戏曲史。我想，假如当年所有的戏台同时开演，定然如无数朵焰火同时在黑夜里绽放，成为一场无比盛大的感官盛宴。精美绝伦的戏台，容纳了绍兴人的梦想和荣耀。对此，他们态度认真，绝不造"豆腐渣工程"。他们把戏台称为"万年台"。他们打算让这些戏在戏台上持续一万年，比朝廷"万岁"活得更久。戏台就这样，在不紧不慢、优然闲适之间，瓦解着宫殿的权威。当铁血帝王们纷纷变成了历史，那些古老的戏台，依旧是

绍兴水上戏台，祝苇杭摄

现实的一部分，戏台上的角色，依旧眉目清晰。

神庙、祠堂里的戏台有些司空见惯，最值得一说的，是那些临河而建的水上戏台。它们将自然生态之美与人的智慧之美结合得那么天衣无缝，如春天骤雨后的茶园，有着贴心贴肺的清雅。烟波浩渺的近水远山，那一座戏台就成了近景，在视线里聚焦。它们是真实中的幻景，是真正的"海市蜃楼"。它们有的正面立于水中，仅有一面傍岸，以减轻水流的冲击，也有的跨河而立，完全凌驾在河面上——四根柱子驾在河的两岸，柱子间铺上台板，供伶人们演戏，观众看不见台板，感觉上面人影摇荡，演绎出无限的风流，更像是一场轻梦。

二

在鉴湖，曾有一座水上戏台，叫作钟宴庙戏台，至今留存。这座戏台的台基均在水中，仅有左方的古柱靠近岸边。远远地，就能看见它伸展的挑角，如一只蝴蝶，在风中张大了翅膀，让人相信它的轻盈，永远不会在水面上沉没。这座古朴绮丽的古戏台，入过《舞台姐妹》的电影镜头，也入过李可染、叶浅予的水墨画。这样的戏台，柯桥也有，后马戏台、宾舍戏台皆如此。宾舍戏台位于湖塘乡宾舍村，三面临水，一面靠向一座古石桥（毓秀桥，俗称"戏文桥"），每逢演戏，戏班的班船可直接停靠在戏台后厢房，观者可以立在岸上看，也可以"隔岸观火"。

无论水上，还是岸边，人们都可以同时欣赏同一出戏。这有点像我小时候看的露天电影，既可以从正面看，又可以从背面看——那时的我，十分乐于在银幕的正反面往返穿梭，痴迷于银幕正反面的对称效果。双面戏台充分迎合了绍兴依山傍河的地域特点，也透露了绍兴人的灵活本性。

除了这些古老的水上戏台，还有许多新建的戏台在水面上耸立。在绍兴柯岩，我就看到了这样一座戏台，歇山顶，龙吻脊，戏台主体皆在水中，通过石桥与河岸连接，虽是新建，却气韵未失，在水上，有着极强的雕塑感。我看到新旧戏台之间的传递关系，像水面上的波纹，在岁月中不断扩散。很多年后，它们也会成为古戏台，有人会在未来的某个时刻，探望今天的一切。

绍兴乌篷船，天下闻名。它既是交通工具，又是打鱼人的家，庞培说"它是典型的中国式梦境的产物"，"达成一种劳动工具、水上生活及家居审美的高度隐喻和统一"。[11]——人们可以在船上劳动，在船上烧水、做饭，也可以在船上做爱、安眠。它们是真正意义上的"不系之舟"。因此，对于行舟者来说，客栈通常是多余的，但他们需要戏台。唯有那些轻灵俊秀的水上戏台，能够成为它们真正的停泊之地。所有的河道，都将通向戏台。这意味着在绍兴的"地面"上不会有陌生人，因为所有的陌生人，都注定在戏台前聚合，所有人的命运，也都将在戏台前交叉。

这些戏台，既是地理上的至高点，也是心理上的停泊地。在弯曲的河道上，戏台有节奏地错落着，与水上生活的节奏相呼应，在行舟者的前方出没，安放在每一个需要它的夜晚。

三

作为北方人，我听不懂《龙虎斗》《火焰山》《芦花记》《香罗带》这些绍剧，听不懂《何文秀》《百花台》《珍珠塔》《后游庵》这些绍兴莲花落，但我懂得它们对水乡人的意义。如果说乌篷船代表现实生活，戏台就是他们平地上缔造的一个梦。只要夜幕降临，戏台就变成了戏。二十平米见方，一桌二椅，三四演员，简朴至极，没有京剧的大行头、大场面，却变化无穷，铺陈出一番清艳排场，点染着情俗的瑰色，不着痕迹，却尽得风流。清代哲学家、数学家和戏曲理论家焦循在《花部农谭》里形容："其事多忠、孝、节、义，足以动人；其词直质，虽妇孺亦能解，其音慷慨，血气为之动荡。"⑫

在鲁迅所有回忆绍兴的文章中，故乡一律成为对中国乡土愚昧落后的负面象征，显现出一副阴冷、灰暗的质感，"仿佛一块均质的岩石，灰暗、滞闷、无法穿透。"⑬，所以在著名的《故乡》里，他断然表明了自己对于"故乡"的态度："老屋离我愈远了；故乡的山水也都渐渐远离了我，但我却并不感到怎样的留恋。"⑭唯有戏台却是为数不多的例外——在风雨如磐的故园，戏台上的灯光，几乎成为他少年记忆里的唯一光源，于是有了这样的文字："最惹眼的是屹立在庄外临河的空地上的一座戏台，模糊在远处的月夜中，和空间几乎分不出界限，我疑心画上见过的仙境，就在这里出现了。这时船走得更快，不多时，在台上显出人物来，红红绿绿的动，近台的河里一望乌黑的是看戏的人家的船篷。"⑮

鲁迅对故乡戏台的描写，为鲁迅的故乡记忆保留了最后的一丝温情，让我们看到这个横眉冷对的战士，心底并没有失去对故土的那脉温情，这脉温情就伴随着清夜里的那场社戏，照亮了鲁迅的记忆，也照亮了一代代中国人的少年记忆。透过鲁迅的目光，无数中国人看见了那座戏台："台上有一个黑的长胡子的背上插着四张旗，捏着长枪，和一群赤膊的人正打仗。双喜说,那就是有名的铁头老生,能连翻八十四个筋斗……"[16]

四

当年和鲁迅一起看过社戏的人们,后来都去了哪里?没有人知道。我们只知道鲁迅从人群里走出,去了日本仙台、北平、广州、上海。他注定是聚光灯下的角色,很多年后,也变成了戏。1960年,上海天马电影制片厂筹拍《鲁迅传》,剧本由陈白尘、叶以群、柯灵、杜宣等集体编剧,陈白尘执笔,于伶担任历史顾问,陈鲤庭执导,赵丹饰鲁迅,于蓝饰许广平,孙道临饰瞿秋白,蓝马饰李大钊,于是之饰范爱农,石羽饰胡适,谢添扮演阿Q。这班阵容,如今再也排不出来。但柯庆施所谓"大写十三年,大演十三年"(指1949年新中国成立以来的"十三年")的政治口号最终让这戏搁浅了,鲁迅的历史地位最终没能撼动"十三年"里的"英雄儿女"。赵丹曾经沉迷于鲁迅这个角色不能自拔,胡髭留了剃,剃了留,终于还是带着遗憾离开人世。新世纪,濮存昕有幸在电影和话剧里先后演了鲁迅,很像,濮存昕称之为"盗天之福"。

从一个更大的角度上看，绍兴同样是一座戏台，在上面演出的，是一部完整的中国文化史。从这里走进走出的，有大禹、勾践、西施、文种、范蠡、王充、贺知章、王羲之、陆游、唐琬、朱买臣、王冕、马臻、虞世南、徐渭、陈洪绶、刘宗周、章学诚、赵之谦、王阳明、曹娥、元稹、章学诚、蔡元培、鲁迅、周作人、邵力子、陶成章、徐锡麟、秋瑾、竺可桢、许寿裳、夏丏尊、马寅初、范文澜、陶行知……当然还有传说中的梁山伯与祝英台。无论任何时代，这狭小的戏台都占据着中国文化的至高点，上面任何一个人，都撑得起一台戏。巴掌大的地盘，有如二十平米见方的戏台，里面藏着十万个为什么。这样变化无穷的戏台，恐怕世上只有绍兴才有。

曲终人散，每个人都像鲁迅那样，走进自己的戏。戏台上的风流俊雅、无限缠绵，收束进岸上的楼窗，河中的船影。狭长的石板路、层出不穷的石桥、悠悠荡荡的乌篷船，他们的戏台无处不在。"夜里挑灯看剑，清晨柴米油盐"[17]，只不过没有人把他们的戏文写下来，我们无从得知而已。无从得知，不等于不存在，像我的朋友徐累所说，它了无声息地出没，就像一场场不起眼的哑剧，在平常中穿插布局，妥协又反抗，委屈又冒险，但对有些人来说，注视它就如同注视世界的私密一样，充满着诱惑和好奇。[18]

如果观看角度还能再大,我会看到那些纵横的河汊在大地上织成一张网,每个人都在这张网上爬行。他们面对着各自的世网、尘网、情网,要么为网所缚,要么随波逐流。千回百转、美轮美奂的唱词,就这样变成真实的肉身体验;戏台上的忠奸争斗、征战杀伐,也慢慢融入了他们的血脉,变成遗传基因,正因如此,在这块土地上,不独有才子佳人,还生长鉴湖女侠和思想叛逆。戏台上下,不仅构成一种对话关系,如明代最后一位儒学大师、绍兴人刘宗周所说:"每演戏时,见有孝子、悌弟、忠臣、义士,虽妇人牧竖,往往涕泗横流。此动人最切,较之老生拥皋比、讲经义,老衲登上座、说佛法,功效百倍。"[19]更构成一种轮回关系,戏台与看客,戏文与生活,反复颠倒。观众和角色可以互换,戏台下的观众一扭身,就融入了一个更大的戏台,变成角色,呐喊或者语丝,都是他们的唱词,一如当年的秋瑾,还有鲁迅。

五

庞培说,乌篷船"和乐器中的琵琶形同姊妹"[20],在我看来,绍兴是一座戏台、一个巨大的发声体,风吹过、雨打过、脚步走过，都会发出奇妙的声响。它收纳了自然的声嚣和历史的烟云，既性感，又有立体感，是真正的"中国好声音"。

绍兴人说话，也像唱腔一样，悠扬清越，缤纷妖娆。作为北方人，我无法辨识其中的音节，但我依旧觉得自己能够听"懂"——我是在想象中听懂的。我想象着越王勾践用古老的绍兴话发出的复仇誓言；想象着西施、范蠡在绍兴话里谈情说爱；五四时代的语言盛宴，假如没有了蔡元培、鲁迅、周作人黄酒般浓郁的绍兴口音，立刻会变得索然无味，活色生香的民国岁月也立即变成了一部默片。黄仁宇说他写《万历十五年》，困难之一是听不到明朝的"声音"，但如果他到了绍兴，发现绍兴的水上戏台，就会发现这样的困难并不存在。因为那戏台，就是一部老式录音机，漫长的河道，就是咿咿哑哑反复播放的旧磁带，它们合作，呈现出有声音的历史。有了这些声音，书本上出现过的人们就不再鞭长莫及，我们会相信自己正和他们生活在一起，水乳交融。

2013年8月24—29日于成都
原载《人民日报》2014年2月4日

婺源笔记

> 你用一把口琴吹出那个词：夏天
> ——庞培：《半山亭》

我们有一个共同的愿望：在婺源租一所老房子，住下。在这里，写作和交谈。有点像合并同类项，两个爱乡村也爱文字的人，被婺源，合并。但最经济的是我们，在这里，可以与诸多向往的事物同在：山水、风月、田野、老屋、廊桥、灯、牛、农具、村民、酒、书、笔墨、乐器、历史、爱情。在婺源，它们松散地混合在一起，像浸满柴火味的空气，被我们习惯，并且，忽略。但很久以后我们便会发现，将它们组合在一起该有多么困难。（就像我们，在离散之后，再也无法相聚。）只有婺源具有这样的能力，仿佛它是上述一切事物的故乡。任何古旧的事物（包括堂上的字画、器皿、窗栏板上的雕刻）在这里出现都不显得唐突，它们就像是在岁月里生长出来的，没有人为的痕迹，生命中所有的谋划都不动声色，雍容、质朴，与土地、河流、树林、目光、梦境，浑然一体。

要在婺源待下来，待住，等到我们最初的激情在安静的生活中逐渐退潮，我们就会发现真正的婺源。婺源是内向的，永远与奇迹保持距离，尽管它孕育过朱熹这样的伟人，并且吸引过李白、黄庭坚、宗泽、岳飞这样声名显赫的访客。婺源不是一个发光体，这一点与宫殿不同。在金碧辉煌的都城，即使是旧宫殿也是明亮的，在遥远的距离之外，我们的双眼也会被它屋顶的反光刺痛；在婺源，几乎所有的事物，诸如田野、青山、石墙、烟囱，都是吸光物，质地粗糙，风从上面溜过，都会感觉到它的摩擦力。婺源不属于那种夺目的事物，这里没有一处是鲜艳的，它的色泽是岁月给的，并因为符合岁月的要求而得以持久。为了表明谦卑，它把自己深隐起来。延村、思溪、长滩、清华、严田、庆源、晓起、江湾、汪口、理坑……反反复复的村庄，在山的皱褶里，散布着，像散落的米粒，晶莹、饱满、含蓄，难以一一捡拾。

不知道婺源的村落里暗藏着多少高堂华屋，从一扇小门进去，不知会遭遇什么。毫无预兆地，我们闯入明代某位尚书（比如南京尚宝卿余懋学、吏部尚书余懋衡）的客厅，被梁枋榼扇排山倒海的雕花所震撼；作为尚书第、上卿府的背

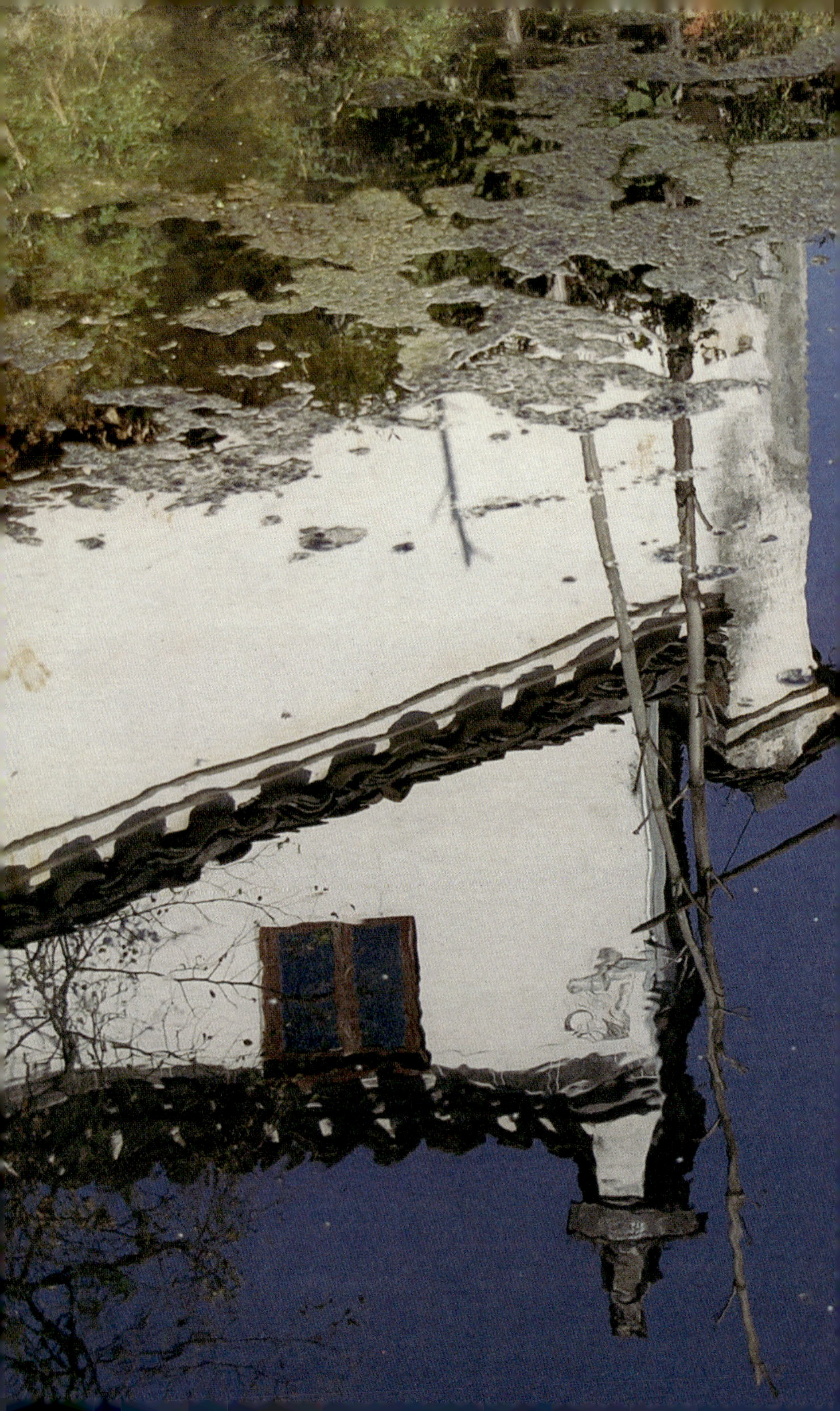

倒影中的婺源古民居　祝苇杭摄

景，层层叠叠的宅院在徽商们手下相继建起，不同时代的房屋，像迷宫一样交织和连接。所有的屋宇，都有一种惊心动魄的美。但它们并不嚣张，那些高大的院墙和华美的雕刻在历经岁月的烟熏火燎之后已不再令人望而生畏，作为对现实的隐喻，这些雕饰——"喜上眉（梅）梢""合（荷）和（鹤）美好""鹿（禄）鸣幽谷"——变得像现实一样朴素。雕梁画栋，与日常生活连接得如此妥帖。儒雅的官厅中，有几只母鸡在散步，戴花镜的祖母，弯在竹椅上打盹。所有的房屋，都有好几个敞开的入口，我们把那些开启的门扉当作公开的邀请函。我们可以任意参观所有的空间——堂屋、轩斋、天井、花园、庭院、回廊、厨房，甚至卧室。这使我们有了接近婺源的机会。到后来，我们干脆住在里面。我们躺在五百年的木床上睡觉，五百年前的事物就这样在梦中汹涌而来，而现世的烦忧，则再也无法扭动梦的机关。

婺源像夜晚一样，饱含着生活的秘密。夜是喑哑的，它从不嚣张，然而它却是许多事物的开始。夜，是我认识婺源的开始。我们在白天里观察婺源，疯跑，迷失，流连忘返。你的快门频繁闪动，我则享受着漫长的发呆。但在夜晚，我们进入了婺源的内部，可以变换观察婺源的方式，比如：倾听、呼吸、梦幻、想象、交融。夜晚呈现了比白天更多的东西。最奇妙的感受在于，我们能够倾听到倾听者——在黑夜

婺源古民居 祝苇杭摄

江西婺源俞氏宗祠　祝苇杭摄

江西婺源俞氏宗祠柱础　祝苇杭摄

江西婺源俞氏宗祠祖宗牌位　祝苇杭摄

俞氏以居

里，埋伏着无数的倾听者，寂静，暴露了它们的存在——不仅包括隐在黑暗中的身影，还有各种各样的物品：桌椅、茶壶、门窗、小巷、树叶、野猫……仿佛事先达成默契，所有的事物都在彼此倾听。倾听成为许多事物交流的方式，很久以来，我们都忽略了这一点，并且因此中断了与许多事物的联系。现在，这种联系正悄无声息地恢复。在夜里，我发现自己和婺源正在相互渗透。我甚至可以看见婺源渗入我皮肤的进度，彼此之间无所顾忌地坦然接纳。

婺源的夜晚是湿润的，像你的身体，令我迷恋。它变成声音、气味和触觉，但它仍可看到。即使在夜晚，婺源依旧保持着它的形象，在黑暗中隐约浮现。我真正看清它，是在所有的灯光熄灭以后。桌案、橱柜、神龛、钟表，在黑暗中，我能感觉到它们的存在——它们具有与黑夜不同的密度，待得久了，我就能看清它们，轮廓鲜明。夜色弥漫，屋檐像船只一样浮现。夜以隆重的形式降临。婺源拥有最厚重的夜晚。在这样的夜里入睡是安详的，你的体温就是夜的温度。

在婺源，我会醒得很早。这一点，与在都市里截然不同。我的身体变得异常敏感，它的反应，与周围的事物完全同步——我醒来的时候，我清晰地看见，屋子里的家具，正井然有序地一一苏醒，先是靠窗的条凳，然后是八仙桌，再后是屋角的箩筐……只有那顶旧蚊帐，在我醒来之后，依然睡眼迷离,耷拉在床架上。我的身体知觉依次恢复,从眼,到耳,到鼻,到手足,与此同时,对婺源的记忆一一恢复。窗外的耕牛像多年以前一样劳作,我想起一句诗:"村落从牛鼻里穿过。"我的朋友庞培写的。关于婺源,他写过很多好的句子,但我最喜欢这一句。我用手摸摸床,你应当在这个时候起身梳妆。但那床是空的,你已消失,我触到的只是床单的褶印。我知道,在你与我之间,已经隔了好几年的时光。

关于婺源的未来,人们即使不说也心知肚明。美的事物总含有某种无端的寂灭,这种悲剧意味使它显得更加动人。我对一些事物总是怀有绝望的爱,婺源是其中之一。我走到田垄上,心里有些酸楚。曾经自以为刀枪不入、百炼成钢,此时我才发现,还是一如既往地脆弱,毫无进步。我劝说自己,要努力习惯世界的变化,尽管很难;就像一只蝴蝶要习惯那死亡的虫蛹空壳。

我们能在婺源住多久?还没有找到答案,我们已经离散多年。但婺源仍在,像五百年前那样,均匀地呼吸。它不会像你那样决绝,带着冰冷的泪滴,不辞而别。

2007年11月24日追记

原载《作家》2008年第3期

婺源古民居的厅堂　祝苇杭摄

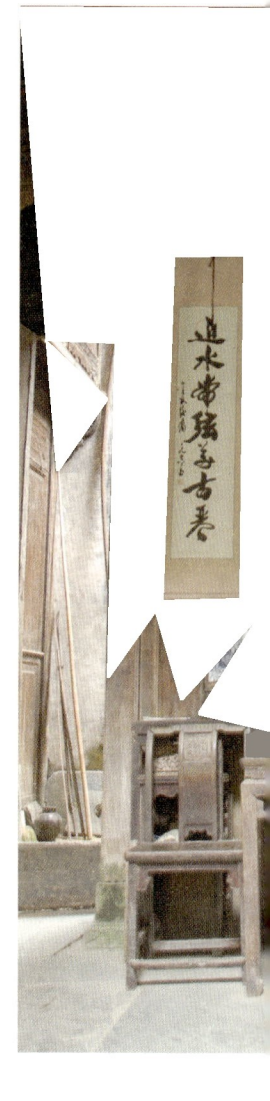

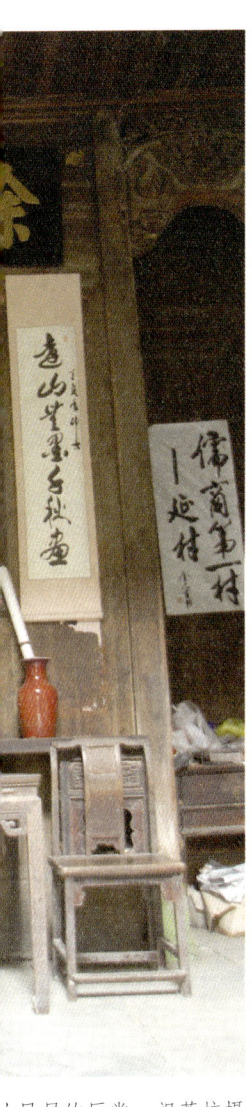

江西婺源俞氏宗祠内部匾额　祝苇杭摄

古民居的厅堂　祝苇杭摄

古道沙溪

一

沙溪是滇西北的一个小镇，在我那本翻烂的《中国地图册》上，我只能找到它的上级行政单位——剑川县。它位于"三江并流"地带，性格暴躁的金沙江和澜沧江分别从它的东西两侧平行流过，西面有海拔四千三百多米的碧罗雪山，它刚好处于丽江、香格里拉和大理的中间，在这三颗明星的照耀下，这显然是一个无比黯淡的名字。但是，从丽江出发，沿茶马古道南下，就必然与它相遇。山川规定了我们的道路，我们无从躲闪。所以，只要我们放弃明早起飞的飞机，踏上一条坎坷不平的土路，我们就有可能，见到马帮的背影。

我没有见过真正的马帮，但在川、滇、藏游历的几年中，我不止一次与马队遭遇。那由人和马共同组成的小小团体一般规模不大，是一家两代，或三代人，一起骑马，去最近的集市采购生活用品。所谓最近的集市，通常也要几十里路，而且全部是山路。我见识了马的登山能力，即使是最陡的斜坡，或者冰雪覆盖的悬崖，马都如履平地。最勇敢的不是马，是马背上的骑手，他们时常在马的指引下进行高空冒险。我骑到马背上，企图试验自己的胆量，结果发现自己的海拔被马提升之后，大脑立刻一片空白。我的双腿不得不接受马的领导，而且在这个时候，拍马屁是最犯忌的事情。紧贴着悬崖的边缘行走似乎是马儿的偏好，它的乐趣无异于我的灾难。我战战兢兢，随时提防被马出卖，尽管我知道，马通常比人更加可靠。马背上的褡裢里，装满了他们生活中不可或缺的事物：盐巴、茶叶、药材、布匹、皮毛，以及各种闪亮的银具。对于一个长期生活在冰雪高原或者山上的人家来说，这只是一次普通的出行，好像我们一大家人一起逛一趟王府井，但在我眼里，这种带有原始色彩的出游无疑使高原上的生活恍如神话。

云南沙溪古桥　祝苇杭摄

江南民居马头墙　祝苇杭摄

二

对于高原民族来说，茶是他们日常生活中无法省略的部分。它不仅在食物结构上补充了牛羊肉的某些不足，起到分解动物性脂肪的作用，而且使他们即使在最恶劣的生存条件下，内心也变得安详。它让植物的细胞渗入那些饱绽肌肉的身体，让那些岩石一样的身体变得透明。在这条古道上，茶与马实现了神奇的遇合。茶是树，是静止，是农业文明的产物；而马是路，是游动，是放纵，是没有终点的旅行。但自从它们相遇以后，农业文明就骑在马背上，开始了它意想不到的历险，茶这个词，也超出原来的词义，而变成某种与血有关的事物。

茶马古道是一个奇迹，当我目睹一棵树的存在时，我就确信了这一点。那是河谷中一棵硕大无比的树，树上挂着许多马的头骨，在风中摇晃着，向我们致敬。后来我知道，它们同属于一支马队，在一次洪水后，变成了树枝的饰物。马帮里的那些马锅头呢？（马锅头不是二锅头，马锅头是马帮的首领）。他们可能被冲到了河的下游，变成幽灵，接着上路。

真正的奇迹是沙溪，茶马古道上的最后一个集镇，居然没有消失。它没有死去，它的居民们动作悠缓地在里面干活

云南沙溪古戏台　祝苇杭摄

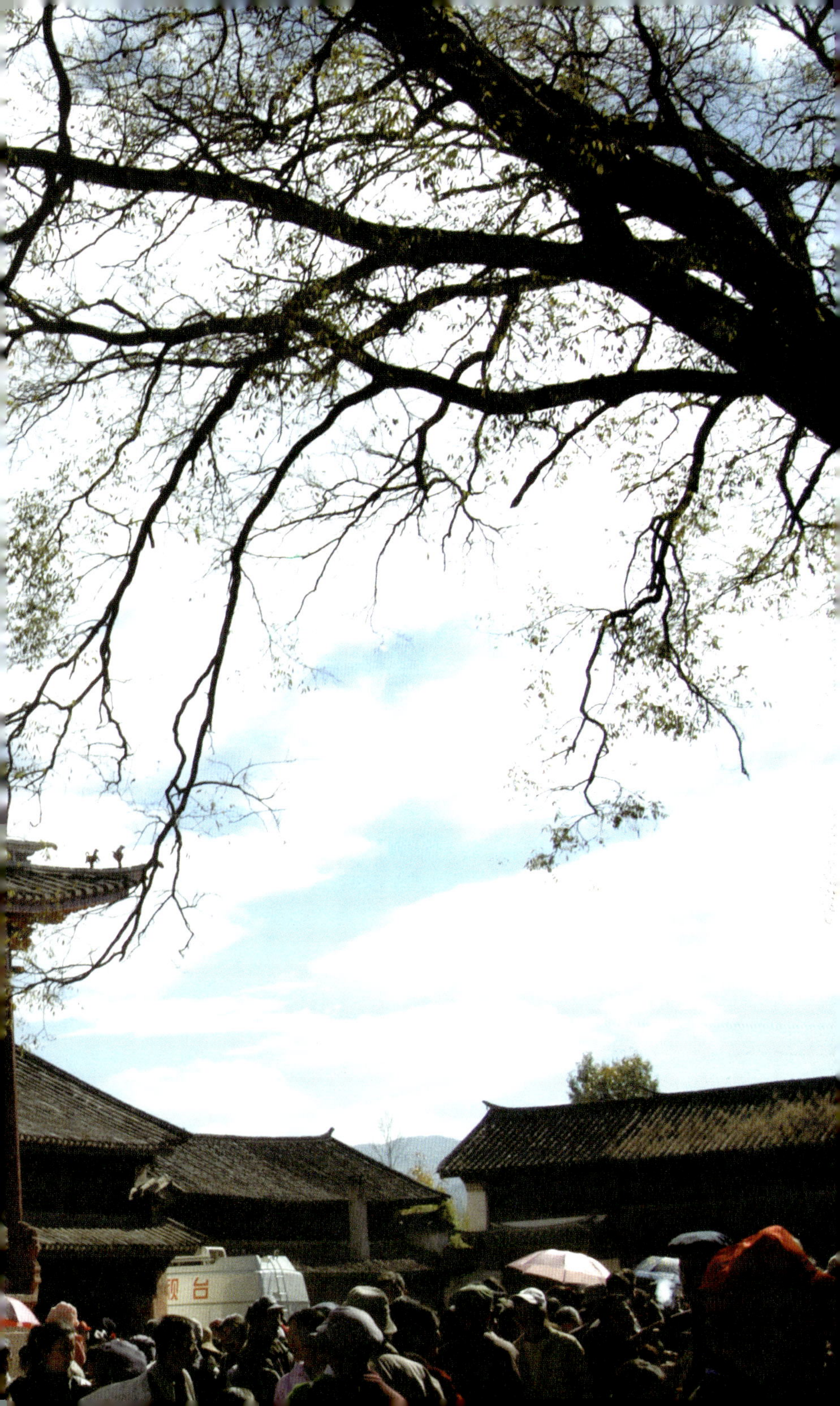

云南沙溪少女　祝苇杭摄

云南沙溪 祝苇杭摄

云南沙溪古民居　祝勇摄

和漫步。

它没有消失的秘密在于，前往沙溪的路途遥远，它不处在任何航线上。沙溪诞生于艰苦的步行，它是为一双双满是血泡的脚板存在的。在沙溪，我闻到了马锅头的味道——它的成分是盐巴、酒、汗。那味道弥漫在沙溪的空气里，我相信年纪大的人们可以用一些真实的姓名来为那些味道命名，比如：赵二狗、钱短腿、孙色鬼、李秃子，每个名字背后都隐藏着一长串的传奇或曰勾当。但那并不重要，重要的是他们曾经到过沙溪，所以沙溪才有了那么多的店铺，沿寺登街密密麻麻地排列，才有了魁星阁，魁星阁上有了戏台，戏台上有了许多漂亮的刀马旦。

魁星阁是一种前台后阁的建筑，有十四个飞角，结构复杂，有一种惊心动魄的美。沙溪过去有二十多个魁星阁（现在只剩四座），差不多每个魁星阁上都有戏台，就可以有二十出戏同时上演——那是一番何等壮观的景象！旧日的沙溪就是今天的丽江，每天都洋溢着欢乐的节日气氛。宾主频频举杯……远方的客人请到这里来……外地人的口音到处可闻，在小商品商店、客栈、戏院、酒吧回荡不已。但资产阶级拜金主义无法在这里长驱直入，原因是人们对各种籍贯的佛祖们心怀敬意。魁星阁的对面，是兴教寺，一座建于明永乐十三年（1415）的寺院，里面的壁画——如《南无降魔释

云南沙溪古桥　祝苇杭摄

迦如来会图》《五方佛图》等，精美绝伦，是全国仅存的白族"阿吒力"佛教寺院。茶马古道上的沙溪是众多宗教的融汇之地，那些寺庙内部暗藏着真正的道路，为古道上的人们指点迷津。这里曾是茶马古道上的华尔街，迄今为止，它仍然保持着天人合一的纯朴本性，从老人到儿童，眼神都清澈透明。他们的眼神，会让所有的谎言都原形毕露。

沙溪是一座洁净的小镇，像鸽子的呼吸。作为一个四方汇聚之地，沙溪有自己的过滤系统。无论多么污浊的马帮、凶猛的汉子，到了这里也会变得彬彬有礼。白族文化在这里显示了它的幽深和神秘，并因其超强的稳定性而在岁月中独占鳌头。它隐匿于白族建筑、歌舞、祭祀、法事、饮食乃至爱情之中，让来者不敢怠慢，那些勇士或者疯子们不敢自以为是，而它的文化又是漫不经心的，在不知不觉中把人"化"掉。马帮的足迹把我引渡到沙溪。我在深夜抵达茶马古道上这个仅存的集市，像幽灵一样飘过幽暗的街衢。月光下的古寺登街，仿佛天堂的布景，恍惚迷离，使我毫无睡意。兴教寺所有的门都虚掩着，我一扇一扇地把它们推开，一步一步地深入庭院。我是第一次在深夜走进寺院，无法预测将要和谁相遇。寺院空寂无人，不知自哪年哪月，僧人们早已离去，但神祇们依然坚守岗位。神驱走了我的不安，让黑夜变得温和、平静、值得信赖。

白天的兴教寺是另一种感觉，它明媚、灿烂、香火旺盛，飞檐翘角就像跳舞时的白族人，充满向上的力量。它的外面是四方街广场，中间恰到好处地生长着两株巨大的古树，人们面对戏台的时候，刚好可以用它们遮挡阳光。各种装扮的人们就簇拥在这两棵大树下面，喧闹不已地观看戏台上的悲欢离合。戏台实际上是一面斑斓的镜子，人们可以从中照到自己。从那些戏里，人们看到了自己的命运。

三

我到来时，戏台早已空空荡荡。这让人们开始关注戏台本身的美。大戏上演时，戏台本身反而被忽略了，即使它以繁复的造型和精细的彩绘来宣示存在感。只有曲终人散，戏台才能恢复它自身的美。

沙溪现在就是这样一个戏台，南来北往的马帮商贾已去向不明，本地人的日常生活却浮现出来。这时我会注意到，寺登街一座木屋门口编簸箕的老婆婆的表情是多么悠闲，在铁匠铺里的打击乐里，坚硬的铁开始弯曲。欧阳大院是一百年前的五星级客栈，作为靠赶马发迹的马锅头建盖的宅院兼马店，欧阳大院保持着三坊一照壁的白族建筑传统，大门、二门、正房、耳房、小花园、小戏台、厨房、马房，每个局部都不敷衍。现在，一户人家住在里面传宗接代，除了雨燕、麻雀、野鸽子之外，别无访客。

四方街是我最愿意驻足的地方，这不仅是因为它的周围环绕着魁星阁、兴教寺这样的"重量级"建筑，更因为在空寂的四方街上，更容易体会时间的变化。太阳每天沿着魁星阁的屋脊爬上来，所以，每当早晨，魁星阁和它两边的木屋，都拖着一个又宽又长的影子。随着太阳的升高，那影子会慢慢地退缩，仿佛戏台上的巨大帷幕，一点一点地收拢。如果戏台前面的广场上站满了人，我就会看到一排排的面孔变得明亮起来，一排排的观众从幽暗中显形，直至阳光公平地洒在每个人的身上。

我顺着梯子走上戏台，戏台斑痕累累的木板地在我脚下吱吱作响。这使我换了一个角度，不是站在四方街上看戏台，而是站在戏台上看四方街。我觉得眼前的四方街是真正的戏台，而我，刚刚在一个雕梁画栋的包厢里落座。所有的房屋、街道、树木、花朵、雪山、云彩，都是戏里的布景。这布景几百年没有动过，所以面对它们，就如同与一个永逝的过去相对视。我看到了那些随马帮一同消逝的面孔，我相信，他们也看到了我。

2005年10月12、13日

原载《钟山》2006年第3期

大地之书

> 我曾经被黑夜遗忘
>
> 然后我在黎明醒来
>
> 我曾经被天空遗忘
>
> 然后在飞鸟翅膀上醒来
>
> 我曾经被自己遗忘
>
> 然后我在爱人的怀里醒来
>
> 我曾经被醒来遗忘
>
> 然后我在梦中醒来
>
> ——节自庞培《爱的记忆》

小引

中国的文化线路,我曾经走过唐蕃古道和茶马古道,徐霞客的旅行线路,是我的第三次成系统的长旅。《徐霞客游记》,早年是读过的,但如同读《山海经》一样,由于对其中所述地名所知甚少，所以它的文字犹如迷宫，令我无所适从。相对于大地，我们只能看到它某个局部而不可能有一视角从整体上对大地进行观察，所谓"一叶障目，不见泰山"，正是对我们处境最准确的表达。

但是，在没有卫星定位，甚至连道路系统还不完备的明代，徐霞客就开始了用脚步丈量大地的事业。从徐霞客的笔下，我们常会看到他对道路这样的评价："路甚荒僻，或隐或现，或岐而东西无定，几成迷津。"[21]但这并不能阻止他的脚步，他一生足迹遍及今天的二十一个省、市、自治区，"达人所之未达，探人所之未知"，在他五十六年的生命中，他花了四十年的时间进行大地考察，完成了二百六十多万字的《徐霞客游记》。这是一部大地之书，重塑了中国人对大地的认知。

2010年，我随上海电视台《霞客行》剧组，重走了徐霞客第四次也是他一生中最重要的一次行旅路线。我们从徐霞客的故乡江阴出发，一路经过江苏、上海、浙江、江西、湖南、广西、云南等省市区，最终抵达徐霞客一生旅行的最远点——云南腾冲。沿途零零散散，写下一些日记。因为拍摄忙碌，行程紧张，有时连睡眠时间都不够，所以这些在摇晃的车上、在旅馆里写下的文字，我一直放在那里，未曾动过。十年之后，因为整理书稿，我才把它们重新翻拣出来。

重读这些文字，想起当年拍摄的艰辛，竟别有一种感动，对徐霞客的敬意也丝毫未泯。虽只是零章断简，中间漏掉了许多行程，即使抽时间记录，有时也言语不全，今日整理时将其补全，但年深日久，记忆难免出现错乱。文中将徐霞客的行记（楷体字部分）与我的日记相对照，更让我对徐霞客感到亲切，宛如一位同行的友人。他所经历的一切，在我的行旅中，都历历在目。沿着徐霞客的道路行走上一遍，哪怕只有一遍，对我，已是生命中难得的际遇，亦是一种无上的荣光。每当想起这次旅程，一种骄傲之情都会油然而生，为徐霞客，更为我们亲历过的大地山河。

丙子（1636）九月十九日

余久拟西游，迁延二载，老病将至，必难再迟。欲候黄石斋先生一晤，而石翁杳无音至；欲与仲昭兄把袂而别，而仲兄又不南来。昨晚趋晤仲昭兄于土渎庄。今日为出门计，适杜若叔至，饮至子夜，乘醉放舟。同行者为静闻师。

2010年4月21日　星期三　江苏江阴市　阵雨

江苏学政衙门，变作了今日江阴的中山公园；学政衙门跟前那些形态各异的生员，变作广场上一组真人大小的铜像。他们以不同的表情面对着昔日的黄榜，从字里行间搜寻着有关他们未来的讯息。对于大多数生员来说，张贴黄榜的那道砖墙无情地阻挡了他们的去路，那是一道黑色的墙，不是他们道路的开始，而是他们道路的终点。对于绝大多数自幼苦读的人而言，这道墙成为他们生命中不可超越的事物，他们命运的极限。他们的梦想，在这里戛然而止。

四百多年前（万历二十九年，公元1601），在那些失望、悲痛、愤懑的面孔中，有一张是徐霞客的。那一年，徐霞客十五岁。像所有殷富人家的年轻人一样，他被裹挟到一场以"科举"命名的赌局中。在徐霞客的家族中，从徐颐开始，已经有五代人，前赴后继地，在那条看不到尽头的道路上，耗尽了自己的生命。他们没有得到任何奖励，朝廷的奖励机制对他们来说毫无意义。

中国的官场，从来没有像明朝中后期那样混乱和无序，大明帝国的皇帝，已经成为一个不可救药的炼丹爱好者，除了刻苦钻研炼丹术，他对朝廷的一切事务均无兴趣。长期见不到皇帝的大臣们莫衷一是，宦党们如鱼得水，迎来了前所未有的发展机遇。在皇帝的默许下，明朝的政治，已经沦为少数人的圈内游戏，闲人免进。它像一个绝缘体，与绝大多数人无关。

即使进入官场，那也是一项高风险行业。据说，当年朱元璋每天上朝的时候，如果把玉带高高地贴在胸前，就表明这一天他会仁慈些，少杀几个人；如果他把玉带压在肚皮下面，就会有许多官员死于非命。帝国的官员们——那些科举制度的幸运儿，在金榜题名的那一天无论如何不会想到，等待他们的将是朝不保夕的生活。据说当时的京官，每日上朝时都要与家人生离死别，因为他们每天都有可能招至杀身之祸。或许这种人生的不确定性，使明朝官员们产生了强烈的幻灭感，于是，贪污受贿、及时行乐，成为当时官场主流。徐霞客站在江苏学政衙门前，表情严峻。他看到了身边一位耄耋之年的老童生，脸上像核桃一样的皱纹里布满泪水，年轻的徐霞客从他的脸上看到了自己的未来。

江阴马镇的徐霞客故居，房子是新修复的，只有庭院里的罗汉松是徐霞客的遗物。徐霞客改变了一棵树的命运，把它从花盆里移栽到大地上。我们的拍摄，就是从这株树开始的。我把它当作徐霞客本人，出发前，向它深鞠一躬。

徐霞客的明代，摆在士人面前的路只有两条：要么科举，走学而优则仕之路，去匡扶天下；要么隐于林野，像徐

南方溪流中的矴步　祝苇杭摄

霞客后来的朋友陈继儒,去独善其身。但徐霞客两条都没有走,在历史地理学远没有成为独立学科的明代,他选择做一名历史地理学家。迈出家门的一刻,他就把自己交给了大地,如清代学者潘耒所说:"不避风雨,不惮虎狼,不计程期,不求伴侣。以性灵游,以躯命游,亘古以来,一人而已!"[22]三十年后,当他回到家园,已是双足俱废。

漫长的路,还给他的是一张沧桑的脸、一双不能行走的脚,当然,还有一部《徐霞客游记》。此前的中国,有过唐代玄奘的《大唐西域记》、宋代范成大的《吴船录》、元代刘郁的《西使记》、明代马欢的《瀛涯胜览》和费信的《星槎胜览》,但仍然缺少一部整体性的大地之书。《徐霞客游记》就是一部大地之书,它的复杂性、它的跌宕和迂回,都与大地的结构相吻合。钱谦益评价它:"此世间真文字、大文字、奇文字,不当令泯灭不传。"[23]

每个人都在谈论"天下",有多少人知道,这个"天下"有多大?"天下"又是什么样?即使在明代,人们对于"天下"的认识,依然没有超出《禹贡》中描述过的"九州"(冀、兖、青、徐、扬、荆、豫、梁、雍),"东渐于海,西被于流沙"[24]。到宋代,中国人对"天下"的认识比起大禹划定的九州也没大出多少,只不过是对外部世界的认识在增加,模模糊糊地知道平常所说的"天下"只是指"中国"而不是"世界"的全部。北宋石介写过一篇《中国论》，称"天处乎上，地处乎下，居天地之中者为中国，居天地之偏者为四夷，四夷外也，中国内也，天地为之乎内外，所以限也"[25]。南宋黄裳绘《地理图》，"天下"收缩为西起岷山，东至新罗，北达阴山，南到琼州的区域。可见当时中国人的空间意识的模糊不清。徐霞客准备用自己的脚去丈量这个"天下"，用自己的笔去描述一个真实的"天下"。

徐霞客选择了一条自己的路。他从功名的道路上逃离，去建立自己认可的"功名"。钱谦益说他"万卷劫灰，一身旅泊，一意抛弃世事，皈心空门；世间声名文句，都如尘沙劫事，不复料理"[26]。那是一条必死之路，也是一条求生之路，是地狱，也是天堂。

万历三十六年（1608），二十三岁的徐霞客终于正式出游。他头戴母亲为他做的远游冠，肩挑简单的行李，离开了家乡。直到万历四十一年（1613）徐霞客二十八岁以前，他游览了太湖、泰山等地，没有留下游记。

自万历四十一年（1613）二十八岁至崇祯六年（1633）四十八岁，历时二十年，徐霞客游览了浙、闽、黄山和北方的嵩山、五台、华山、恒山诸名山，但游记仅写了一卷，约占《徐霞客游记》全书的十分之一。

自崇祯九年（1636）五十一岁至崇祯十二年（1639）五

十四岁，徐霞客历时四年，游览了浙江、江苏、湖广、云贵等大山巨川，写下了九卷游记。

就在徐霞客决定进行生命中最后一次长旅的年头（崇祯九年，公元1636），帝国已陷入一片混乱。李自成已经随闯王高迎祥、八大王张献忠东下，由河南进入安徽，攻下了明朝中都、明太祖朱元璋的老家凤阳，把明皇陵付之一炬，然后，李自成和高迎祥分兵进入陕西，高迎祥遭遇了陕西巡抚孙传庭的埋伏，被俘遇害，李自成从此被拥推为闯王。同一年的四月初五，在更加辽远的北方草原，皇太极得到了元朝的传国玉玺，正式称帝，放弃了努尔哈赤时代的"后金"国号，定国号为"大清"，这次改元，变化是实质性的，因为"大金"或者"后金"的命名，采用的是北方少数民族的政权序列，而"大清"，则如同"大唐""大宋""大明"一样，纳入了中原主流政权的序列，从这一天起，同明朝争夺中国的最高统治权，就成为皇太极唯一的政治目标。动荡的时局，随时可能粉碎徐霞客最后的梦想。

这就是徐霞客生活过的明代——政治上空前酷烈，东厂、西厂、锦衣卫大显身手的明代，从迷恋酷刑的朱元璋，到杀人如麻的张献忠，到处风声鹤唳。这个朝代流行的刑罚包括：墨面、文身、挑筋、挑膝盖、剁指、断手、刖足、刷洗、称竿、抽肠、阉割、枭首、凌迟等，仅看名称，就足以令人毛骨悚然。与身体的惩罚相对应的，是对精神的规训。洪武元年（1368）三月，朝廷下令开科取士，十月定国子学制度，至洪武三年（1370），京师与各行省开始大规模乡试，这使大明王朝的文化建设纳入制度化的轨道，但这只是表象，硬币的另一面是：自洪武年间，天下学校生徒必须背诵《大诰》，明朝的统治者正式下达了思想禁令，这篇《大诰》文理不通，其粗鄙的文词与蛮横的态度一看就知道出自朱元璋的手笔，然而它一句顶一万句，成为人们记诵和膜拜的对象，全国从此掀起轰轰烈烈的学《大诰》运动。永乐二年（1404），诋毁理学的饶州儒士朱友季遭到严厉惩罚，"这一异乎寻常的象征性信息传递了官方严厉的训示和规劝之后，知识与思想已经被权力确立了大体的边界"。[27]天启五年（1625）八月，御史张讷向朝廷提出政策建议，主张拆毁天下所有讲坛，以实现官方意识形态对民间言论空间的全面覆盖。在这一政策主张下，官方意识形态表现出它战无不胜的威力，东林、关中、江右、徽州等一切书院迅速在帝国的版图上消失。[28]士人被赶进一条狭窄的死胡同，那就是科举，而科举考试的"教材"是四书五经，其中所有不利于皇权的内容，比如孟子就曾说过"君之视臣如土芥，则臣视君如寇仇"[29]这样的话，一律被删除，以便选拔对朝廷听话的举子，对皇帝至死效忠。明朝的臣子，已经沦为皇帝的奴仆，抄家凌迟打屁股，皇帝想怎么收拾就怎么收拾，彻底失去了宋代君臣共治天下的地位，中央集权得到了前所未有的加强。

明朝政府打造了一条符合自身要求的知识加工厂，所有的生产车间都受到严密的监控，必须符合严格的规章制度，这条流水线上出品的，都是整齐划一的标准化产品。这就是明代士人的处境。他们只能拥有死知识，而不能拥有活思想。他们的大脑只是用来记忆和存放官方规定的信息，而不能思考，只有皇帝一人，具有法定的思考权。连始终与中央保持一致的高攀龙都承认："学者幼而读之，老而不知一言为可用者。"[30]有意思的是，政府的网撒得越大，它的漏洞就越多。在禁令之外，一个民间文化空间正在形成。如同张讷指出的：

> 南北相距不知几千里，而兴云吐雾，尺泽可以行天；朝野相望不知几十辈，而后劲前矛，登高自为呼应。其人自缙绅外，宗室、武弁、举监、儒吏、星相、山人、商贾、技艺以至于亡命辈徒，无所不收，其事则遥制朝权，掣肘边镇，把持有司，武断乡曲，无所不为；其言凡内而弹章建白，外而举劾条陈，书揭文移，自机密重情以及词讼细事，

无所不关说。

在徐霞客身边，陈继儒、陈老莲、董其昌、陈子龙这些民间士人，慢慢从文化边缘走向那个时代的文化中心，李时珍、徐光启、宋应星等人的"格物"之学也已露出了端倪，如果没有女真人马踏南中国，一场中国的文艺复兴运动有可能在市场经济发达的明代成为现实。

徐霞客用他的脚步，穿越知识的荒蛮地带，它既是现实中的旅程，也是精神上的旅程。是谁改变了徐霞客的命运？这一直是我心中的一个谜。一个人能超越他的时代吗？在三百多年后的雨中，我们从徐霞客出发的地方出发。三百多年前的徐霞客，把今天的我们又牵上了路。我们期待着，我们对历史的迷惑，能够在那条道路上相应而解。

九月二十日

天未明，抵锡邑。比晓，先令人知会王孝先，自往看王孝先，已他出。即过看王忠纫，忠纫留酌至午，而孝先至，已而受时东归……饮至深夜，乃入舟。

4月22日　星期四　苏州市　阴

摄制组一行五人昨日雨中从江阴出发，经无锡，抵达苏州西山时，已是大雨瓢泼，说水天一色并不过分，因为在雨中已看不出哪里是水哪里是天，只看到芦苇成群结队地偎在岸边，在风雨中瑟瑟发抖。

晚饭时喝了一点黄酒，暖暖身，然后各自归房。拍摄纪录片，不同于拍摄电影、电视剧，不可能在棚里集中拍摄，纪录片的拍摄大多在游动中，既然在野外拍摄，就不可能有好的酒店可住，只能"入乡随俗"。我的房间不到十平方米，但还是要店家在床边加了一张小桌，她又拿来一盏简易的塑料台灯，尽管疲累已极，但还是看了几页书，写了几句话。窗外大雨如注，只有这盏孤灯，对抗着无尽的黑暗。风雨飘摇中，唯有青灯黄卷，让人感到温暖。现代人真是越来越娇气，徐霞客的时代，没有越野车，没有高速公路，连台灯都没有，有的只是一颗不知疲倦的心，和永不停止的写作。对徐霞客来说，旅次中的写作，不是辛劳，而是慰藉，是一种不离不弃的陪伴。

旅途的第一个夜晚是最漫长的。窗外深不可测的雨幕，更令人觉得茫然和无助，觉得自己像一片树叶，会被随时卷入大雨中。一个人一旦离开家园，安全感顿会消失。如果回头，一切还来得及。那个夜晚，我心生疑问，孤苦无援时，徐霞客是否会感到后悔？他内心的虚弱将与谁人倾诉？但我知道，徐霞客是一个内心十分强大的人，他真正的强大，在于他能忍受寂寞。

早上起床时，雨停了，远处的山影如淡淡的墨痕，天地为之一新。早饭后，收拾好设备，启程前往苏州和松江。徐霞客在崇祯九年（1636）九月二十一日的暮色中，顺江从虎丘边经过，泊于半塘。三天后，他在松江佘山脚下见到了陈继儒。

九月二十四日

> 眉公远望客至，先趋避；询知余，复出，挽手入林。饮至深夜。余欲别，眉公欲为余作一书寄鸡足二僧，强为少留，遂不发舟。

4月23日　星期五　上海松江区　晴

《游记》里提到的眉公，就是明代艺术、思想界大名鼎鼎的陈继儒。尽管大明王朝一再强化国家的政治权威，但仍有士人把文化视为一种超越政治的力量，尤其明代后期，思想越来越多元，如黄宗羲所说："有明学术，宗旨纷如。"㉛陈继儒就是最有影响的民间士人之一。

北宋时期就出现过政治权力与文化权力相分离的现象，北宋的政治中心汴梁，集中了朝廷主要的政治资源，而在咫尺之遥的洛阳，却是文化精英云集之地，北宋思想史特别是理学史上的几位重量级思想家，除周敦颐和张载之外，邵雍、程颢、程颐、司马光等，都同时居住在这里。在朝廷的权力之外，他们建立了一个自己的王国，一个不受政治左右的文化、思想与信仰的王国。这一王国，一经建立，就遵循着自己的法则，有条不紊地发展着，坚韧，顽强。

陈继儒在东佘山隐居了几十年，我们找到了他隐居的江湾，原来山坡上的房子虽然没有了，但那里的情致还在。那里的水湾、山林，都那么适合文人停泊。我们在博物馆里看到了他的书画，许多都是在这里完成的。

陈继儒对经、史、子、术、释、道等皆研究极深，编订有《宝颜堂秘笈》四百五十七卷。那时的松江县，政治上云淡风清，文化上却波涛汹涌。松江有幸，收纳了许多像陈继儒这样的文化精英。

陈丹青说："巴黎出了雨果与波德莱尔，巴黎所以风流；伦敦住着狄更斯与王尔德，伦敦所以风流；彼得堡给陀思妥耶夫斯基详详细细描述了，所以彼得堡风流；东京有过芥川龙之介与三岛由纪夫，于是东京风流；纽约有过伍迪·艾伦和安迪·沃霍尔，于是纽约风流……我们不能想象这些城市不曾遭遇这样的人物……城市不动声色，包容文化叛徒，持续地给他们想象的空间，给他们创作的灵感。"㉜一个没有出现过文化领袖的城市，无疑是一个没有灵魂的城市，是一堆由石头组成的垃圾。陈丹青说，（二十世纪）三十年代的上海如果没有鲁迅，就寂寞得多、失色得多，三十年代的上海文化因为有鲁迅在，就有了不可取代的分量。㉝

十七世纪，上海还不存在，而松江县，则是大明帝国东部版图上一个优美富庶的小城。陈继儒的存在，令人对十七世纪的松江县刮目相看。这样的大师级人物，如今不会有了，因为当今的知识分子，纵使居江湖之远，脸上仍然挂满谄媚的表情，老百姓不会热爱这样的表情，官场也会嫌弃它们。所以说，当时的松江人民是幸运的，他们也对这份幸运心知肚明，将陈继儒这等文化名人的画像，在茶楼酒肆这类消费场所广泛张贴，有点像今天的拥趸，把他们偶像的照片贴得到处都是。人们称他为"山中宰相"，这一称谓，是对民间士人文化权力的世俗表达，简明而透彻。严嵩的死敌、官至内阁首辅的松江人徐阶曾多次进山探访陈继儒，这位政治王国里的"宰相"与文化王国里的"宰相"会面，是明代历史中十分有趣、动人的一幕。

据《游记》记载，身为布衣的徐霞客受到了同为布衣的陈继儒的厚待，会见在亲切友好的气氛中进行。

在松江拍了一些镜头，然后沿杭新景高速公路，向千岛湖、衢州方向行进。下午抵达杭州，天气晴好，在西湖拍摄，夜宿桐庐。

十月初九日

甫至峰头，适当落日沉渊，其下恰有水光一片承之，滉漾不定，想即衢江西来一曲，正当其处也。夕阳已坠，皓魄继晖，万籁尽收，一碧如洗，真是濯骨玉壶，觉我两人形影俱异，回念下界碌碌，谁复知此清光！即有登楼舒啸，酾酒临江，其视余辈独蹑万山之巅，径穷路绝，迥然尘界之表，不啻霄壤矣。虽山精海怪群而狎我，亦不足为惧，而况寂然不动，与太虚同游也耶！

4月25日　星期六　浙江金华市　阴

昨日黄昏，攀金华北山，看到一枚巨大通红的落日。浙江的西部，万山之上，落日隆重地出场，万般明亮。当它降落到接近山梁的高度时，我才敢直视它。四下无人，只有风声在耳。在这样苍茫的情境下，心里自然会想到徐霞客，想他是否会像我一样，站在这日落的山头。

夜宿农家，在半山，叫鹿田村，睡前翻读《游记》，果然发现，曾有一枚落日，如一盏高悬的灯，照亮他的孤旅。他这样写："夕阳已坠，皓魄继晖，万籁尽收，一碧如洗，真是濯骨玉壶，觉我两人形影俱异，回念下界碌碌，谁复知此清光！"这文字，当代的作家，写不出来。

他几乎一生都没有一个可以对话的人。他给妻子的家书少得可怜。在徐霞客的时代里，他像一个哑巴，把所有的话藏在心底，写在纸页上（据说他写了三千万字，留到今天的，只有六十万字），等待他未来的读者，在很多年后的夜晚，枕着风声，掀动早已苍黄的纸页。

早上汪伟和两位摄影师四点起床，上山顶拍日出。我昨夜读书很晚，早上没有随他们上山，一直睡到七点多钟。下午由浙江常山县抵达江西玉山县，休整半日。

十月初十日

出（冰壶）洞，直下里许，得双龙洞。洞辟两门,瑞峰曰:"此洞初止一门。其南向者,乃万历间水倾崖石而成者。"一南向,一西向,俱为外洞。轩旷宏爽,如广厦高穹,闾阖四启,非复曲房夹室之观。而石筋夭矫,石乳下垂,作种种奇形异状,此"双龙"之名所由起。中有两碑最古,一立者,镌"双龙洞"三字,一仆者,镌"冰壶洞"三字,俱用燥笔作飞白(即书法中之飞白体,笔画枯槁而中多空白)之形,而不著姓名,必非近代物也。流水自洞后穿内门西出,经外洞而去。俯视其所出处,低覆仅余尺五,正如洞庭左袿之墟,须帖地而入,第彼下以土,此下以水为异耳。

4月26日　星期日　金华市　晴

早上起床很早,拍摄晨曦中的富春江。富春江水量充沛,两岸草木葱茏,景色优美,但水面比较脏,像一面被弄脏的镜子,有树枝、杂木,甚至死猪从水面上接踵而至,没有人能把这面镜子擦干净。

下午拍摄金华岩洞。金华有八大岩洞,其中最有名的,是双龙洞和冰壶洞,中学课本中收有叶圣陶的文章《记金华的两个岩洞》,几乎使双龙洞和冰壶洞尽人皆知。如今,为了"整合旅游资源",这两个岩洞已被打通,游人可以从内部穿

楠溪江古民居　祝苇杭摄

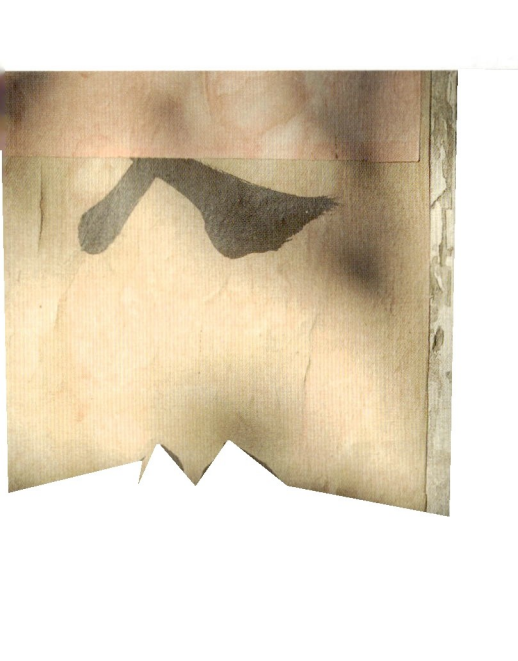

楠溪江古民居门口的对联　祝苇杭摄

越。双龙洞的洞口仿佛一张扁平的嘴，水面距离洞顶只有三四十厘米，站着是走不进去的，我们须平躺在船上，才能逆着水流漂进去。久辛躺在船上，把摄像机紧拢在怀里，镜头向上，洞口的上沿就贴着我们的鼻尖掠过去。可惜的是，剧组没有水下摄影机，不然就会从水底拍摄洞内，甚至可以把船底也拍进去。

进入双龙洞后，空间一下子变大，起承转合，仿佛巨大的地下宫殿。这是大自然的建筑，它的设计方案，时常超出我们的想象。

如果没有这些岩洞，我们几乎无法窥视大山内部的美景，如徐霞客所记："石乳下垂，色润形幻，若琼柱宝幢，横列洞中。"我们仿佛进入大山的身体，在它的内部器官间游走，水流是它曲曲折折的血管，洞壁是它长满黏膜的胃，岩石是它坚实的心脏。在岩洞内我觉得山是世界上最大的怪兽，有呼吸、会咆哮，随时准备起身奔跑。

十月二十一日

龟峰三石攒起，兀立峰头，与双剑并列，而高顶有叠石如龟，三叠为，一山之主名。[峰下裂隙分南北者为一线天，东西者为摩尼洞，其后即为四声谷。从其侧一呼，则声传宛转凡四，盖以峰东水帘谷石崖回环其上故也。峰东最高者即寨顶，西之最近者为含龟峰，其下即寨顶、含龟分脊处，而龟峰、双剑峭插于上，为含龟所掩，故其隙或显或合；合则并成一障，时亦陡露空明，昨遂疑为白云耳。] 山之主名双剑，亦与龟峰并立，龟峰三剖其下而上合，双剑两岐其顶而本连。其南有大书"壁立万仞"者，指寨顶而言也。款已剥落，云是朱晦庵。此 [二峰] 为西南过脊之中，东北与香盒峰为对者也，而旧寺之向因之。

4月27日　星期一　江西弋阳县　晴

进入江西以后，山形开始变幻，苏浙两省山地平缓稳定的线条开始动荡起来，像心电图的电波，起伏凶猛。田野远处的山影呈现出奇异的几何形状，形成一种夸张的美。一个地区的自然地貌，居然与民众性格神奇地对应。江西人的性格，平和的背后潜伏着刚毅、果决和壮烈的成分，不像苏浙人，连吵架都像评弹一样悠扬顿挫、文质彬彬。江西历史上盛产革命家，而苏浙一带江南水乡盛产艺术家，与这里的地理、人文密不可分。地理与命运，似乎存在着一条隐性的连线，我想起黑格尔有关地理环境是"历史的地理基础"的论述,也想起梁启超先生在《中国史叙论》中有关"寒带之民,擅长战争,温带之民,能生文明",此二者乃探寻地理与历史之关联的"公例"的观点[34]。

昨日早上从玉山县出发,在拍摄一段橘园的空镜后,过上饶,傍晚抵达龟峰(亦作"圭峰")。龟峰位于江西省弋阳县城南信江南岸,东距上饶六十公里,西距鹰潭三十五公里,地处三清山、龙虎山和武夷山之间。因其"无山不龟,无石不龟",且整座山体就像一只硕大无朋的昂首巨龟而得名,如今是世界地质公园龙虎山—龟峰地质公园和世界自然遗产"中国丹霞"的组成部分。

龟峰发育于距今一点三五亿年的白垩纪晚期,是雨水侵蚀型老年期丹霞峰林地貌的典型代表。地貌形态以峰林、陡崖、方山、石墙、石柱、石峰为特征。龟峰共有三十六峰,集"奇、险、灵、巧"于一身,有"江上龟峰天下稀"和"天然盆景"之称。江西山脉放纵不羁的线条,在这里得到更加突出的表现。明代地理学家徐霞客感叹它:"盖龟峰峦嶂之奇,雁荡所无。"以发育丹霞洞穴群为特色,奇洞成群,共有大小二十八个岩洞,其中有始建于晋代"中华第一佛洞"南岩石窟、"禅宗古寺"双岩、"飞来禹迹"龙门岩等等。

为抢时间，拍摄分两组进行，我与汪伟、久辛走山脚，在巨大的石壁下拍摄山顶湖泊飞溅的水幕，旅游景点命名它叫"天女散花"，相比之下，徐霞客的描写更加生动："朔风舞泉，游漾乘空，声影俱异。"㉟何方和甲笛上山，拍"好汉坡"。

拍摄完成后，我们经过贵溪，抵鹰潭市，在夜色朦胧中抵达龙虎山脚下。晚上看素材带时，发现好汉坡对面的石壁上，有一段徐霞客攀登过的栈道，那里几乎是九十度的绝壁，何方没有带脚架，所以画面很抖，决定明天拍完龙虎山后，返回龟峰重新拍摄。

十一月十三日

越岭而东，一里，复得坪焉。山溪潆洄，数家倚之，曰章岭。竟坞一里，水东出峡间，下坠深坑，有路随之，想走南丰道也。其水东南去，必出南丰，则章岭一隙，其为南丰属明矣。水口坠坑处，北有一径，亦渐下北坑，则走下村道矣。亦渐有溪北自下村出七里坑，达枫林而下宜黄，则下村以北又俱宜黄之属。是水口北行一径，即板岭东度之脊也，但其脊甚平而狭，过时不觉耳。下脊，北五里，至下村。又北二里，水入山夹中，两山逼束（形容两山相距很近，挤紧收敛，使中间非常狭窄）甚隘，而长水倾底，路潆（盘绕）山半，山有凹凸，路亦随之，名曰十八排，即七里坑也。已而下坑渡涧，复得平坞，始有人居，已明月在中流矣。

5月1日　星期五　南城县　晴

从麻姑山下来的时候，我们先后看到两个隐在半山里的村落。这些村子都建在高山之间的平地上，我们站在高处，可以清晰地看到村子齐整有序的规划，房子一律是白墙红瓦，有炊烟在房顶缭绕。周围是大面积的水梯田，在阳光下泛着耀眼的光。从山梁上到村子里还有很远的山路要走，我们没有时间进村了，否则，我们一定会拍下很好的纪录镜头。生命的痕迹无处不在，谁也不会想到，空寂的高山上，我们竟然能够闻到人间烟火的气息。这里是真正的世外桃源，层层叠叠的大山把村落严严实实地遮挡起来，它们与外部世界的联系完全断绝了，成为一个遗世独立的世界。我相信这一定是一种主动的选择，在这些平静的村庄背后，一定隐藏着不同寻常的历史。

像这样与世隔绝的山中村落，许多都是专制和战乱时代的遗留物。在妙背村我们找到一户刘姓人家，无法断定他们就是当年向徐霞客赠马的那户刘姓人家的后裔，但他们是妙背村唯一的刘姓。据主人说，他们家族，就是因为避乱上山的，已经在山中居住了几百年，只是最近，由于山体滑坡，才不得不迁居到山脚下。眼前的这些村庄，很可能是作为旧时代的遗物存在的。如果他们的先人是在明末乱世迁居于此，那么徐霞客一定会去探访这个村子并在其中停留。不论外界发生什么样的情况，这里都是一个可以安心睡觉的地方。

明代是一个以强化社会控制闻名的朝代，如前所述，它一方面不断强化政治权威，另一方面，它又通过密集的权力网络，将《御制大诰》《明皇祖训》的精神，贯彻到家家户户。明朝确立了最严格的里甲制度，帝国的每一个臣民，都像笼中之鸟，受到严格的约束，"于是，就像传说中的毒蜘蛛，朱元璋盘踞在帝国的中心，放射出无数条又黏又长的蛛丝，把整个帝国缠裹得结结实实"。"（帝国）采用'草格子固沙法'，用一道道诏令来固化社会。""他希望他的蛛丝能缚住帝国的时间之钟，让帝国千秋万代，永远处于停滞状态。然后，他又要在民众的脑子里注射从历代思想库中精炼出来的毒汁，使整个中国的神经被麻痹成植物状态，换句话

说，就是从根本上扼杀每个人的个性、主动性、创造性，把他们驯化成专门提供粮食的顺民。"㊱

在这样的高压政策下，大明帝国的臣民似乎只有一种选择，就是成为顺民。这换来了大明王朝三百年至少在表面上的稳定（它的负面效应是：所有被掩盖的社会矛盾，会积累成强大的势能，在某一个瞬间喷薄而出，势不可当），因而这一制度三百多年没有动摇，到清代，顺治帝仍然对朱元璋给予极高评价："朕以为历代贤君莫如洪武。"㊲

我无法确认村民们迁徙至此的准确时间，在历史中的某一天，他们迁徙到这里，住下来休养生息，自给自足，家族气若游丝的血脉，因山的呵护而稳定和延续下来。

从高处看，那只是一些火柴盒似的民居，如果深入进去，我相信里面一定有一个完整的宗族社会，每一个生命，都有着清晰的来路，牵动着一个家族的浩瀚历史。所以，那不是一些单纯的房子，也不仅是旅途中的风景，它可能是一个真实的历史样本、中国底层人民无言的史诗。

丁丑年（1637）正月初三日

武功山东西横若屏列。正南为香炉峰，香炉西即门家坊尖峰，东即箕峰。三峰俱峭削。而香炉高悬独耸，并开武功南，若棂门然。其顶有路四达：由正南者，自风洞石柱，下至棋盘、集云，经相公岭出平田十八都为大道，余所从入山者也；由东南者，自观音崖下至江口，达安福；由东北者，二里出雷打石，又一里即为萍乡界，下至山口达萍乡；由西北者，自九龙抵攸县；由西南者，自九龙下钱山，抵茶陵州，为四境云。

5月3日　星期三　安福县　晴

昨天傍晚抵安吉市安福县。今天上罗霄山脉北支的武功山拍摄。

公元1637年正月初一，徐霞客从安福集云（今三天门龙潭瀑布、白马瀑布一带）上界。徐霞客第一次看到了南方瀑布被冰冻的壮观景象："时见崖上白幌如拖瀑布，怪其无飞动之势，细玩之，俱僵冻成冰也。"徐霞客"躞蹀雨中"，不愿离去。初三夜宿金顶白鹤峰，次日一大早，白鹤峰雨停雾起，徐霞客一觉醒来，推门一看，但见大雪覆盖着的千山碧玉如簪，一轮红日喷薄而出，"如金在冶"，此情此景，徐霞客忍不住吟诗一首：

千峰嵯峨碧玉簪,

五岭堪比武功山。

观日景如金在冶,

游人履步彩云间。

  武功山人文历史悠久,《水经注》说:"昔禹治洪水,至此刻石纪功。"东汉葛玄、东晋葛洪曾来此炼丹,道教自三国时期在此开设道场至今已一千七百余年,武功山佛教开山则始于唐代。尤自南宋文天祥书赠"葛仙观"巨匾后,武功山更是名震千里,香火不断,古迹频增。延至明朝,由于明太祖朱元璋提倡信教,使武功山香火旺盛达到鼎盛。山南山北建起宫、观、寺、庙、庵、堂近百座,出家僧道数千人,形成了白法、集云、三天门、明月、九龙等道教、佛教系统,为当时湘赣著名道教、佛教圣地,吸引无数善男信女到此顶礼膜拜。2009年,《中国国家地理》评武功山为中国十大"非著名"山峰之一。

  我没有想到,攀登这座"非著名"山峰是如此艰难。我没有武功,武功山令我深感绝望。我们被望不到头的阔叶林包围着,根本无法知道山的顶部在哪里。在武功山上,我觉得自己就像一只蚂蚁,随着我的攀爬,山顶不是越来越近,而是越来越远。翻卷的山脊,令我仿佛置身巨大的旋涡,觉得自己随时可能被吸进去。我看到了徐霞客的危险，他随时可能变成一粒尘埃，消失在群山之中。

但我们没有放弃，因为有徐霞客在前面引路，我们看得见他的影子，但我们永远无法超越他。我们先后穿越了茂密的阔叶林和针叶林，脚踏着松软的高山草甸，山的形状终于显露出来——它的曲线在天空下像水纹一样漫开，我的眼前无比空旷，只有远方的天际线，被层层叠叠的山影剪成波浪形的花边。那些遥远的群山，只有飞鸟可以抵达。

我站在风里，视野的辽阔令我感到激动。久辛要拍我登山的镜头，我于是向另一座山梁走去。那些山有着胞胀的腹部，从侧面看，它们的倾斜度大约为四十五度，但站在上面向下看，上千米的山坡却从脚下消失了，我可以直接看到脚下的深渊。如果我脚下一滑，或者踩空一块石头，我就会顺着坡道一路滑下去，变成自由落体，消失在大山深处。我们小心翼翼地完成了拍摄，然后继续向山顶攀登。终于，绵软的草甸褪成远景，岩石大面积地裸露出来，一条很陡的石路，仿佛天梯，直通山顶。

然而，当我们终于登上金顶，我发现远方还有更高的山顶。山是无穷的，如梦境般接踵而至。我们就这样走向那道悬崖。九十度的悬崖，在中午的阳光下发出恐怖的白光，面目狰狞。我想起美国摄影家阿丹姆斯拍摄过的大峡谷，我最爱的一组地理照片，就在科罗拉多的悬崖上诞生。山路是徐霞客所说的"近尺"——山梁上一条一尺宽的小路，两边都是向下倾斜的光滑山崖，山崖的下面，是万丈深渊，一阵强风就可以把我吹成一片落叶，吹入深谷。从上面走过的时候，我觉得两边的山同时在走。我感到一阵晕眩，但我不能停，因为只有保持行走速度，人才能掌握平衡。"近尺"通向远处的绝壁，它的名字叫洲字崖。久辛停留在刚才经过的一座悬崖的边上，已经与我拉开了一段距离。他架好了摄影机，准备拍我攀登洲字崖的镜头。镜头犹如咒语，把我推向绝境，但除了向前，没有别的选择。我的手和腿都在颤抖，城市生活的稳定感和安全感消失了，命运突然变得不可预测。我就这样被推到悬崖边上，变成攀援而上的一株植物。有十米——抵达崖顶之前的关键十米，我几乎上不去，因为上面是光秃的石壁，没有植物，石窝浅而且滑，我无法上去，也无法下去，甚至连往下看一眼的勇气都没有，只能攒足力气，死气白赖往上爬。我第一次知道，十米是一段多么漫长的距离，此时，它是一个临界点，一个极限，徐霞客是在超越了这样的极限之后抵达终点的，他有过无数次后退的机会，只要其中有一次止步不前，所有关于他的传奇都会荡然无存。

很多年后，我对我的朋友全勇先说到了他编剧的电视剧《悬崖》，我说你用这片片名真好，我曾经站在悬崖上，我知

江西古民居 祝苇杭摄

道站在悬崖上是什么感觉。

　　此时，在山顶上，我感到了前所未有的自由。我没有翅膀，但我可以有近乎于鸟的视野，这得益于山的帮助，是山，使我们能够站在一个高度上观看我们的世界。山像一个严格的教练，不留情面地训导我们，让我们的身体趋于雄健，让我们的心走向勇敢。当我们的道路与山背道而驰，我们身体里的能量就会一点点地消泯，一点点地虚弱下去。

　　对徐霞客来说，山就是诱惑，他从来没有厌倦过，也从来没有绝望过，用今天的话说，徐霞客绝对是一个感动中国的人，但在当时，他仅仅感动了妙背村一户刘姓人家。他们不仅留徐霞客在自己家中过夜，而且在第二天，徐霞客再度出发的时候，他们把家中仅有的一匹马送给徐霞客。

　　我们在黄昏时分从武功山上下来，在一望无际的山林里迷了路，误打误撞地与树林中一块长达三米的矩形巨石遭遇。我轻轻抚去上面的树枝，让那段镌刻于明代的文字一点一点地显露出来。这段文字是：

　　　古磐上人

　　身如磐石

　　心似月圆

> 元元起初
>
> 玄之又玄
>
> 天启甲子千山贺安国为留愚上人题

当地的史学专家刘宗彬说,他们正在进行全市文物普查,这一天启年间的石碑,无疑是重大发现。我们的镜头记录了发现它的全过程,我相信汪伟一定会把这段镜头编进我们的片子里。我们的拍摄,居然为当地的文物普查做出了贡献(当地电视台对此进行了报道)。

在妙背村——这个现在称为"塘黎十四组"的村庄里,没有一个人知道徐霞客曾经到访过这里,并得到了刘姓人家的帮助。在当时,一匹马是一大笔资产,不亚于今天的一辆车。我们在《徐霞客游记》里看到了那匹马,但三百多年的岁月,已经抹去了往事的痕迹,那匹马早已不在原处,杳无音信了。我们开着越野车追到了妙背村,但我们永远追不上那匹逝去的马。

正月二十一日

四鼓,月明,舟人即促下舟。二十里,至雷家埠，出湘江，鸡始鸣。又东北顺流十五里，抵衡山县。江流在县东城下。自南门入，过县前，出西门。

5月5日　星期三　湖南衡阳市　阴

今天下午奔赴衡山脚下的衡阳。为了拍摄方便，我们放弃了高速公路而沿村路行驶。湘江就是这样在颠簸的村路上突然出现。那条宽阔的大江，穿越了《楚辞》与《史记》流到我们面前，仿佛一条悠长的磁带，收藏了历史的声音。湘江的声音中，包含着水的声音、石头的声音、树枝的声音、水生物的声音，一个熟悉湘江的人会对它们明察秋毫，把它们一一分辨出来，但在我的耳中，它们已经浑然一体，在两岸山壁的加工下成为立体声，充满磁性地播放。

水是徐霞客真正的向导，江河能够抵达哪里，他的足迹就会延伸到哪里。在陆路交通不发达的古代，江河是一条穿越群山的天然道路，尤其在水网密布的中国南方，江河把大地切成若干局部，让混沌的大地有了精细的刻度，同时，平缓的南方水道也为他的行旅提供了便利，满足他对于效率和安全的双重需求。所以，当我们搜寻徐霞客的行踪的时候，我们会发现它与江河的走向基本吻合。只有在江河的怀抱里他才觉得妥帖和安全。徐霞客没有前往遥远荒凉的中国西北，抵达昆仑山这样重要的山系，原因或许正在这里。

二月十一日

追暮，月色颇明。余念入春以来尚未见月，及入舟前晚，则潇湘夜雨，此夕则湘浦月明，两夕之间，各擅一胜，为之跃然。已而忽闻岸上涯边有啼号声，若幼童，又若妇女，更余不止。众舟寂然，皆不敢问。余闻之不能寐，枕上方作诗怜之，有"箫管孤舟悲赤壁，琵琶两袖湿青衫"之句，又有"滩惊回雁天方一，月叫杜鹃更已三"等句。

5月6日　星期四　永州市　阴雨

公元1636年的徐霞客不会想到，八年后，皇帝崇祯将吊死在北京景山一棵大树下，1636年的大明王朝虽然还没有粉身碎骨，但我想帝国臣民们已经有了跌落时的失重感。这年正月，张献忠攻下淮、扬地区，杀死明朝军官四十余人，朝廷派来近万人，试图堵住张献忠这股洪水，张献忠的大军，向徐霞客正在游走的湖广地区蔓延而来。在徐霞客背后，无数黎民在奔跑，在呼喊，在死亡。徐霞客的旅途没有遭受到战乱的直接袭扰，但湘江两岸的匪患，还是给了他致命一击，以至于很久以后，徐霞客还没有从这次创痛中完全复原。

农历二月十一日夜，有很好的月光。徐霞客夜宿船上。从《游记》可以看出，徐霞客在沿途中很少投宿客栈，除了投宿寺庙，那条船，在白天是他的车马，在夜晚就是他的客栈。前一天的晚上一直下着雨，而这天晚上，则是一个清明之夜。徐霞客坐在船上，写下了几行诗，其中有这样一句：

箫管孤舟悲赤壁，
琵琶两袖湿青衫。

一股土匪不期而至，还是败坏了徐霞客的诗兴。徐霞客在《游记》中对那群土匪的描述只有寥寥几笔："群盗喊杀入舟，火炬刀剑交丛而下。"那是一群被饥饿折磨得失去理智的人，他们的刀刃不认识徐霞客，在船上胡乱地挥砍，木制的小舟不堪一击，很快倾覆，徐霞客也跌进了江水。对徐霞客来说，危机随时都可能降临，自从徐霞客迈出他的江阴家门，趁醉放舟的那一刻起，一切都是不确定的，而最大的不确定性，不是来自自然界，而是来自人群。自然界往往比人类更加理性，它有着自己的规律和法度，徐霞客是科学家，有能力认识和掌握它们，而在人的世界面前，徐霞客无能为力。那天还是江水帮助了徐霞客，他躲在冬日寒冷的江水里躲过了一劫，等他爬上来时，那群土匪早已去向不明。

经此一劫，徐霞客沦为彻底的无产者，不仅身无分文，而且"身无寸丝"，连衣服都没有了。他很快意识到一个更加残酷的事实：他随身携带的所有书籍资料全部丢失了，这份遗失清单包括：《大明一统志》《名胜志》《云南志》等资料典籍，尤其那部已被张宗琏的后裔珍藏二百余年的张氏著作《南程续记》，是徐霞客向张氏后裔苦苦哀求才借到的，同时丢失的还有钱牧斋、黄石斋、文湛持等人给徐霞客的手札，陈继儒为徐霞客而写给丽江木公的介绍信，以及此次出行以来徐霞客写下的所有手稿，等等。

黑暗中，徐霞客不知该把视线投向哪里。

二月十二日

邻舟客戴姓者，甚怜余，从身分里衣、单裤各一以畀余。余周身无一物，摸髻中犹存银耳挖一事，余素不用髻簪，此行至吴门，念二十年前从闽返钱塘江浒，腰缠已尽，得髻中簪一枝，夹其半酬饭，以其半觅舆，乃达昭庆金心月房。此行因换耳挖一事，一以绾发，一以备不时之需。及此堕江，幸有此物，发得不散。艾行可披发而行，遂至不救。一物虽微，亦天也。遂以酬之，匆匆问其姓名而别。时顾仆赤身无裤，余乃以所畀裤与之，而自著其里衣，然仅及腰而止。旁舟子又以衲（破衣）一幅畀予，用蔽其前，乃登涯。涯犹在湘之北东岸，乃循岸北行。

5月9日　星期日　永州市白水镇　晴

黑暗中，有一只手向徐霞客伸来。他把徐霞客从水里拉上来，把一件里衣和一条单裤递到他的面前，对当时已"身无寸丝"、在江水中战栗的徐霞客来说，那身衣服成为他所拥有的全部。徐霞客看不清那个人的脸，但他握住了那只手，对那只手的温暖记忆，他在以后的旅程中不停地反刍。

他只知道他姓戴，几天后，徐霞客前往一个名叫白水的古码头，去寻找那个姓戴的好心人。但是当他赶到白水，那个姓戴的陌生人已去向不明。

三百多年后，我们来到白水的时候，这里几乎已经找不到一户姓戴的人家。这个因水上贸易而红火过的小城，如今只剩下一些斑驳的石码头，在荒草中时隐时现。

闰四月二十日

饭后，由桥北溯灵渠北岸东行，已折而稍北渡大溪，则湘水之本流也，上流已堰不通舟。即渡，又东[有]小溪，疏流若带，舟道从之。盖堰湘分水，既西注为漓，又东浚湘支以通舟楫，稍下复与江身合矣。

5月12日　星期三　广西兴安县　晴

我们到达灵渠的时候，天下着小雨，许多人坐在水边长廊里躲雨，神态安详。灵渠从兴安县城穿过，我相信他们很多人都是在灵渠的边上长大的，他们个人记忆的许多片断都与灵渠有关。

我们从湖南进入广西，从湘江流域进入漓江流域，湘江和漓江这两条大河，分属于长江水系和珠江水系。它们像枝丫纵横的老树，盘绕在大地上，我想起张锐锋的话："河流之所以选择了弯曲，尽可能多的弯曲，乃是因为这样的方法能够更好地展开自己优雅的长度，把自己的力量放置于最大的面积上。作为附带的意义，人类的生存在最大的面积上得

到恩惠，也许这里有着至高者的慈悲用意。"㉙

我查了很多史料，无法知道是谁最先向秦始皇提出用一条运河沟通两大水系的设想，我们只知道，在秦始皇的时代，一条名叫灵渠的运河将这两大水系历史性地联结在一起，再也没有分开过。帝国的力量，于是通过灵渠，从长江流域向两广地区渗透，灵渠如一根导线，将帝国的意志传向最遥远的神经末梢，使帝国日益扩大的版图不致偏瘫。

如前所述，在陆路交通不发达的古代，江河是一条穿越群山的天然道路，尤其在水网密布的中国南方。两广地区的崇山峻岭所形成的天然迷阵，被一条灵渠轻松地化解了，对于秦代统治者来说，这无疑是神来的一笔，它的意义绝不逊于同时兴建的长城。北方的长城阻挡了草原部落汹涌的马蹄，而南方的灵渠则帮助秦始皇实现了权力的扩张。

宫殿仿佛山峰，耸立在黄土高原上。秦始皇站在上面，目光越过重峦叠嶂，看到了他遥远的南方边陲。他看到他国土的尽头，却看不到自己生命的尽头。他的生命和他的王朝都没有像他希望的那样万寿无疆，到他儿子的手里就被断送了，但他留下的制度却历久弥新，历经汉唐宋元，一直到徐霞客生活的明代，被朱元璋全部笑纳，严刑峻法，变本加厉。有明一代，专制政权发展到最强大时期，"皇帝牢牢地掌握住了国家机器，不管文臣武将，都没人可以从皇帝手上夺下权力"[40]。许倬云先生说："皇权本身是不容挑战的，于是，依附在皇权四周的权贵——包括宦官和宠臣，代表皇权统治整个庞大的国家。这个团体延续日久，吸收新生力量的可能性也越小，固然中国有长期存在的科举制度，理论上可以选拔全国最好的人才进入政府，不过，上面向下选拔人才，一定是挑最听话的人。于是，虽然有新人进入这个小圈子，两三代以后，这小圈子的新生力量也只是陈旧力量的复制品。他们不会有新的观念，也没有勇气做新的尝试。一个掌握绝对权力的小圈子，如果两三代以后，只是同样形态人物的复制，而两三代之后随着内外环境的改变，必定出现新的挑战，这些领导者就不能应付了。"[41]这是一个悖论——帝国越是要集权，帝国就越是危险，就像人们经常把爱情形容为沙子，在手里攥得越紧，沙子就流失得越多。

徐霞客目睹了帝国衰落的过程，他1636年开始的最后一次长旅，固然如他所说，有年龄的原因——那时他已年过天命之年，所谓"老病将至，必难再迟"，但是在我看来，除此之外，还有一个无法明说的原因，那就是"老病将至"的不仅仅是他自己，还有这个国度，所以，他急匆匆地上路，"必难再迟"。他通过他的西南之旅，向这个行将土崩瓦解的帝国行最后一次注目礼。在灵渠，他的心绪一定无比复杂。

我惊异于古人的空间感，尤其在测绘技术还不发达的秦代，他们竟然能够在湘江水域和漓江水域之间，准确地寻找到一条最佳路线，即使卫星遥感技术发达的今天，若在两大流域之间开通一条运河，灵渠的位置仍然是不二之选。

5月15日　星期三　广西兴安县　晴

徐霞客从江阴出发，他孤瘦的身影在穿越群山的围困之后，一路到达帝国版图的最南方——广西钦州，再往南，就是一望无际的南中国海了。如此巨大的帝国版图，普通人想一下就会吓破了胆，它会让任何一个旅行者感到绝望，唯有徐霞客义无反顾。

几十年前（万历十二年，公元1584），意大利传教士利玛窦抵达广东肇庆，向肇庆知府王泮展示了他绘制的世界地图，并在王泮的帮助下，在中国刻印了第一幅依照西洋方法绘制的世界地图，中国人第一次真正地"睁眼看世界"。利玛窦等西洋传教士带来的西方科学知识（包括地理知识），刺激了明代学术超出四书五经的限制，向"经世致用"的有"用"之学发展，尽管在当时，"有用"和"无用"，完全是颠倒的，对大多数士人而言，四书五经中的僵死教条才有"用"（对科举有用），科学知识才无用。科举与科学，就这样成了对立面。但在明朝，还是不乏有先见之明的先行者。明末清初思想家、颜李学派创始人颜元就主张"习动""实学""习行""致用"几方面并重,反对自汉代以后重文轻实的教育传统,也不赞成学习者重气节轻本领,重道德轻实用的学习观。"无事袖手谈心性,临危一死报君王",就是他对宋、元以后读书人德行的概括。意思是说,这些读书人在国家安定的时候,就把手抄在袖子里谈谈心性之学,在国家危亡之时就用死也不做贰臣的方式,来报答君王的知遇之恩,还被称为是上品的臣子。他说这还不如学点实用之学,成为经邦济世之才,使国家长治久安为好。在利玛窦的影响下,徐光启与其合作翻译《几何原本》,其艰难过程,我以王阳明"岩中花树"的典故作比,在《盛世的疼痛——中国历史中的蝴蝶效应》一书里曾详细讲述。对徐霞客来说,或许正是世界眼界的拓展,刺激了他向内探索的决心,让他重新审视"中国",让"中国""天下"的面貌,在实事求是、科学探索精神的指引下,更清晰地展现出来。

徐霞客通过亲身的考察(今天叫"田野调查"),以无可辩驳的史实材料,否定了被人们奉为经典的《禹贡》中一些地理概念的错误,证明了岷江不是长江的源头(所谓"岷山导江"),金沙江才是长江的正确的源头:

第见《禹贡》"岷山导江"之文,遂以江源归之，而不知禹之导，乃其为害于中国之始，非其滥觞发脉之始也。[42]

同时，他还辨明了左江、右江、大盈江、澜沧江等许多水道的源流，纠正了《大明一统志》中有关这些水道记载的混乱和错误。

他认真地观察河水流经地带的地形情况，看到了水流对所经地带的侵蚀作用，并认识到在河岸凹处的侵蚀作用特别厉害。他还注意到植物与环境的关系，观察在不同的地形、气温、风速条件下，植物生态和种属的不同情况，认识到地面高度和地球纬度对气候和生态的影响。对温泉、地下水等，徐霞客也都有一定的科学认识。在徐霞客对地理学的一系列贡献中，最突出的是他对石灰岩地貌的考察。他是中国，也是世界上最早对石灰岩地貌进行系统考察的地理学家。欧洲最早对石灰岩地貌进行广泛考察和描述的是爱士培尔，时间是1774年；最早对石灰岩地貌进行系统分类的是罗曼，时间是1858年，都晚于徐霞客。

崇祯九年（1636），徐霞客远游至云南丽江。长期行走毁坏了他的双脚，他已无法行走，仍在坚持编写《游记》和《山志》。崇祯十三年（1640），他病况更加严重，云南地方官用车船送徐霞客回到江阴。

崇祯十四年（1641）正月，距离大明王朝彻底覆灭还剩下三年，五十六岁的徐霞客病逝于家中。他的遗作经季会明等整理成书。英国剑桥大学教授李约瑟说："《徐霞客游记》读来并不像十七世纪的学者所写的东西，倒像是一位二十世纪的野外勘探家所写的考察记录。"

　　徐霞客临终之际说："张骞凿空，未睹昆仑；唐玄奘、元耶律楚材，衔人主之命，乃得西游。吾以老布衣，孤筇双屦，穷河沙，上昆仑，历西域，题名绝国（域），与三人而为四，死不恨矣。"①

　　意思是，汉代的张骞、唐代的玄奘、元代的耶律楚材，他们都曾游历天下，然而，他们都是接受了皇帝的命令，受命前往四方。我只是个平民，没有受命，只是穿着布衣，拿着拐杖，穿着草鞋，凭借自己，游历天下，故虽死，无憾。

　　他还是有憾的——二百六十多万字的《徐霞客游记》，已有二百多万字遗失，目前我们能够看到的，只有六十多万字。

2010年记

卷三 木质京都

木质京都

一

京都依旧是川端康成描述过的那个古都，保留着几个世纪以前的样子。我并不知道几个世纪以前的京都是什么样子，但它至少是我想象里的古都。

早晨乘坐新干线从东京赶往京都。我在文章里不愿意使用"新干线"这样的词，这个包裹着速度和金属质感的词像利器一样具有伤害性，为了减少阻力，它的头部甚至被设计成刀的形状，但是京都消解了它的力量，京都是一座柔软的城市，梦幻一般，舒展缓慢，古旧斑斓。

所有尖硬的事物都将在这里消失，比如时间、暴力或者呼喊。有一点像死亡，安详、寂静、唯美，具有销蚀一切的力量。从某种意义上说，京都可以被称得上一座死城，它并非被时间所毁灭，相反，是它毁灭了时间。时间的利刃在这里变得迟钝、无从下手，最后，时间变成了石头，罗列在路上，被这座城市里的人们轻轻踩过。

新世纪开始了，我看到的却是一个旧得发黄的京都。满眼是矮矮的房子，狭窄的小巷，鲜有立交桥、混凝土、玻璃幕墙。小巷的路标也一律是木制的，还有各家小屋前的门牌，简洁内向。不经意间，会经过一座寺庙，在小巷深处，寂静无人。到处都在大兴土木，而京都却一点也不日新月异，这似乎不合逻辑。京都给人一种恍惚感，它坚守着古老的美，它的固执里带着一股邪气。

二

我光着脚，跟在那名老僧的身后，沿着光洁的木板楼梯，登上了"三门"的顶层。"三门"是进入东福寺时见到的第一座建筑，有点像中国寺院里的"山门"，但它是一座巨大的木构建筑，面阔七间，重檐歇山。日本的木构建筑大多具有鲜明的宋式风格，从外表看去，粗犷质朴，几乎不见雕饰，但它的结构本身就带有一种几何的美感，那些苍老的梁木，在穿越了迷宫般的图纸之后，才找到彼此的榫卯穿插在一起，相互之间的力量，想必是经过了严格的运算，否则，一个人的贸然攀临，就可能打破力学平衡而使整座建筑如积木般倒塌。一座纯木构建筑的存在，首先要取决于一堆密密麻麻的数字和一张无比复杂的图纸，但是这些复杂的关系被建筑本身掩盖了，我们不必去计算每一只斗拱需要分担屋顶的多少重量，而只需体会它们简洁而复杂的美。"三门"的顶层很高，楼梯如折尺一般，不停地转弯，最后出现的是一圈回廊，倚着圆木围成的栏杆，能俯瞰京都的大半个城区。

老僧摸索出钥匙——那是木楼上唯一的铁器，把它塞进匙孔。在我看来，钥匙与匙孔的关系也是一种榫卯关系，可以彼此咬合，也可以彼此解脱。"三门"的顶楼平常显然不开放，所以当那扇木门缓慢开启的时候，我首先闻到的是一种积郁已久的木料的芬芳。僧人打开的是侧门，光线无法进入阁楼的深处，这使顶楼的内部显得幽深诡秘。

老僧的剪影消失在黑暗中。不久，室内突然一截一截地亮起来。原来老僧在依次拆掉正面的门板。这时，我惊呆了，形貌各异的罗汉，一个接一个地出场了。光影爬上了须弥坛，并且随着老僧拆门的节奏，自东向西移动，那些躲在黑暗中的身躯，逐个显露出来。最后浮现出来的，竟是一张无比熟悉的面孔，那是释迦牟尼开阔圆润的脸。

一个巨大的木雕群出现在眼前，它们身边是绚烂的天井彩绘，各种花朵、祥云、仙人、神鸟在里面出没。我知道自己已经置身于这座外形单纯的木构建筑的内部，这里藏龙卧虎，美轮美奂，但我找不出适当的词语来描述它们，我不知道是我的词语太过贫乏，还是词语本身就是有限的，在眼前这些亦奇亦幻、似梦似真的事物面前，我无以言表。

三

枯山水由石头和沙粒组成。我们可以把沙粒也看成一种石头，一种微小的石头，白沙如浪，环绕着桀骜的巨石，简洁、寂寥，有宋元古画的意境。枯山水是田园小景，却有宇宙感，它既是宇宙的，也是人间的。

枯山水的魅力恰在于它没有水，在于它的"枯"、它的"无"。"无"是东方艺术里特有的概念，中国的绘画，也是从隋唐的五光十色，走向宋元的单纯与无色。我想起张若虚的诗句："江天一色无纤尘，皎皎空中孤月轮……"[①]在中国人的观念里，"无"比"有"更丰富，更生动，更盛大。

"无"是"无限""无穷""无极","有"则是"有限""有尽""有极"。中国的画家画"有",更画"无",画"有"容易画"无"难。中国画是讲留白的。留下的不是"无",而是无以言喻的丰富,在"无"中包含着可能性。

中国人也喜欢"枯","枯"象征衰朽、死亡,但枯是那么美,所以中国诗人反反复复地写"枯",王维写"草枯鹰眼疾,雪尽马蹄轻"②;白居易写"离离原上草,一岁一枯荣"③;曹松写"凭君莫话封侯事,一将功成万骨枯"④;李商隐写"秋阴不散霜飞晚,留得枯荷听雨声"⑤……中国画家也反反复复地画"枯"——枯石、枯叶、枯荷、枯木、枯骨,都成为中国绘画的永恒主题。苏东坡留下的唯一一幅画作,是《枯木怪石图》卷,把中国人的"枯之美"表现得淋漓尽致。中国人的哲学观里,有一种神奇的"相对论",可以把无化为有,把枯化为荣,把死化为生。老子说:"有无相生,难易相成,长短相形,高下相倾,音声相和,前后相随。"⑥任何对立的两极,都可以转动、转接、转化。枯山水是从禅学中生成的,禅学是哲学,但我想"枯山水"一定是得到了中国人的哲学与美学的双重启发(苏东坡《枯木怪石图》卷,也一直秘藏在日本),日本人实行"拿来主义",从而形成独特的"枯山水"。

"沙"字以水为偏旁,这表明沙与水具有某些共同的属

卷三 木质京都 | 317

性,比如,洁净。沙粒是干净的物质,一尘不染——尘是更小的沙粒,因而即使它们落在沙粒上,沙粒依旧是干净的、"不染"的。沙子上呈现的是最简略的几何图形——直线、方格、同心圆,这是沙子的语言,却让我想起了东福寺,想起日本木建筑的几何美。在东福寺方丈北庭,从平田小姐口中得知,那种棋盘式图案是歌舞伎演员佐野川市松创制的。其实不论每一处枯山水的作者是谁,他们都恪守着同样的原则——几何图形是世界上最完美的图案,简单到极致,就是复杂到极致。白沙铺展在地上,怪石昂然独立,一切看上去都是简单的、凝固的、寂静的,我们看到的,却是山川平远,水流花开……

四

我下榻的宾馆是京都饭店,它的北面是京都御所——日本天皇使用了一千年的故宫,南面是京都火车站,东面是鸭川——纵贯城区的一条河流,与它大致对称的是西面的桂川。市中心的位置使我无论到哪里都几乎是相等的距离。我每天早晨和晚上都要出来散步,每次都朝不同的方向走。京都如同中国古代城市一样,有规整的布局,这使我无须向

金閣寺

导，就可以抵达预定目标并且顺利返回。

京都的建筑变化有致，富于节奏感，有石砌的城堡、绚烂的宫殿、素朴的寺庙、宽广的街道，也有无数狭长的小巷，并不像我所居住的城市那样笨拙和单调。京都从不单纯地追求气派，它整洁而体面，含蓄而谦恭。许多株式会社，都在老式木屋里办公。一个穿西服打领带的员工一转身就消失在狭窄的小巷里。由京都御所或者二条城转入寻常巷陌，我一点也不会感到突兀，整座城市像音乐一样和谐。

京都火车站几乎是城里唯一一座现代建筑。它是钢架结构，有玻璃幕墙，有一路通向最高层的直通扶梯，它还可以充作演出场地，大厅里环绕的台阶可以当作观众座位。我第一次去京都是在二十一世纪之初，那时中国还没有大悦城、万达中心，只有傻大粗笨的大型商场，因而京都站的设计让我倍感新奇。但即使如此，它的韵味还是不能匹敌京都的木构建筑。这座建筑也因此在京都遭到了猛烈的抨击。京都人不愿意接纳这座怪模怪样的建筑，更不愿把它展示在京都最显要的位置上。

从东福寺"三门"楼顶向西北眺望，我看到大片的木屋，仿佛从大地上长出的森林，蓬蓬勃勃，一望无际，寂静如太古。京都是由树变的，所以整座城市都弥漫着树的清香。树变成了房屋、木屐、碗筷，变成了木碗里大米的芳香、草席上睡眠的安闲、行走时的端庄……

  京都像一件苍老的木器，连裂纹都是它魅力的一部分。金属最多只能成为这件木器的饰物，而不可能取而代之。

      2004年8月23日写于北京
      2020年3月13日改于成都
      原载《十月》2005年第1期

电报大街

一

电报大街（Telegraph Avenue）的起点是加州伯克利大学的南门（美国的大学没有院墙，也无所谓门），向南延伸数千米。我的住处，在电报大街和凯勒顿街（Carleton Street）的交界处。两串漫长的店铺，沿电报大街的两侧罗列，每天接受我的检阅。这些店铺分别是：两家超市，两家理发店，一家花店，一家音像店，一个加油站，一个印度古董店，一家名曰莎士比亚的二手书店，一家Moe's书店，原来还有一家著名的柯笛书店，可惜关掉了，一家Holloween（万圣节）服装店及时挤了进来，专营复活节用的各种面具、奇装异服，还有韩国餐馆、法国餐馆、墨西哥餐馆和阿拉伯餐馆。每天早上我从街上走过时,阿伯拉餐馆门口永远坐着一个围着黑头巾的女人,招呼我进去,喝一杯咖啡。

我并不喜欢这条街,但我习惯了它。在通常情况下,这条街对我的意义只是一段距离,从我的住处到办公室,我必须穿越它。它是我每天必须面对的一个事物。对此电报大街了如指掌,所以,对于我喜欢还是不喜欢,它毫不在意。我必须接受它,这不公平,但我无可奈何。

各种迹象显示,这是一条拒绝奇遇的道路。生活中的道路大抵如此,简单、枯燥、重复,既知道起点也知道终点,前面的每一步都可以预期,按既定方针办,不会有意外发生,像一份公文,我们必须完成。伯克利小城建筑在山坡上,但这条道路异常平缓,没有坡度,所以从这条街上走过时,我的心跳速度也是异常平缓,没有起伏。

街边的店铺尽可能装饰得引人注目,但我没有走进去的愿望。这条路对我而言仅仅是住所到办公室之间的一条路。店铺的名称及其营业范围,与我的心情无关。

唯一有变化的是树,同样的枫树,呈现出由深绿、浅黄到深红的颜色变化。同一时空中的同一植物,对季节表现出截然不同的态度,对此,我无法解释。伯克利的晨风很凉,但很舒服。有时会注意路面上的落叶,深红的五角枫叶,它茎脉里的汁液或许是俄罗斯河(Russian River,奇怪的名字）最小的支流。

街边的店铺一般临近中午才会开门，所以，早晨的街道空寂无人，没有人出来遛鸟，打太极拳，引车卖浆。我的生物钟与这座城市不同，为此，我需要忍受寂寞。

我可以把道路换算成时间——自我走出家门，到迈进办公楼的电梯，刚好是十五分钟，分毫不差。我想也可以换算成脚步，我猜想它依然是恒定的，不会多，也不会少。

道路像时间一样无法回避。我可以把自己的手表拨快十五分钟，但那道路依然存在。无论在时间中还是在空间中，身体都是被动的。为了赋予身体一定的主动权，我试图摆脱这条街道。我可以向南，转入与电报大街平行的丹纳街（Dana Street）、爱丽丝华斯街（Elisworth Street）或者富尔顿街（Fulton Street）——我的办公室就是富尔顿街2223号。但是，我的选择显然是有限的，而且，那几条街也并不会给我提供更多的东西——它们甚至比电报大街更加枯燥和无聊。

伯克利与我想象中的美国截然不同。我最初的美国印象出现在电视剧《北京人在纽约》的片头镜头中，高大、威猛、庄严、激昂，刘欢谱写的那段著名乐曲，有着一种泰山压顶的气势，让人无法抵挡。"千万里我追寻着你"，充满了"下定决心，不怕牺牲，排除万难，去争取胜利"的悲壮。

但伯克利并不提供这样的经验。在伯克利，甚至很难看到高楼大厦，街道并不宽阔，建筑并不雄伟，大多是一些平房，前面是草坪，或者大片的花朵，在阳光中卖弄姿色。新大陆，旧金山，激情燃烧的岁月，只能从故纸中寻找。现在的伯克利只提供日常生活，平和、安逸、冬暖夏凉。即使在downtown（市中心），晚上也十分安静，许多店铺早早关门，只有若干酒吧，固执地亮着灯光。从各方面看，伯克利都更像一座大县城。

或许我对伯克利过于苛求。这毫无必要，它只是我的临时住所，不久之后，我将离开这里。电报大街将连同它的所有气息从我的生命中消失，甚至，永不复现，况且，我从没指望从这里索取什么，所以，也就无须为它感到失望。

二

每天深夜，我都会在流浪汉的注视下往回走。时间久了，我们彼此脸熟，相遇时，会彼此点个头。有时，他们还会向我问好，我不知他们是不是在对我说话，四下张望，没有别人，便知道是对我。据说电报大街的主角是学生，中午和晚上，他们会充斥每一家餐馆和咖啡屋。喧哗、大笑、调情、唱歌。整个街道充满年轻的动感。道路像一条船，颠簸起来。电报大街的喧闹自午后延续到天黑，店铺打烊之后，人潮退去，流浪汉才开始浮出海面。在洁净的街景上，我看到他们肮脏的脸。男人大多不去修剪胡须，所以，我无法根据胡须来分辨他们的年龄，但我根据胡须的形状辨识他们——有一个托尔斯泰、一个马克·吐温，一个斯皮尔伯格。他们大多是白人，是一支老中青三结合的队伍，每个人都有自己的固定地点。他们通常跪坐在那里，衣衫破烂，一言不发。偶尔有烂醉的学生从小酒馆里出来，从他们身边大吼而过，无暇瞥他们一眼。他们一无所有，并将在冰凉的人行道上度过长夜。他们身后是商店的橱窗，里面的商品琳琅满目，炫耀般，被灯光照亮，成为夜街上最重要的风景。但是，有冰凉的窗，将它们与流浪汉们隔开。在那些炫目的样品之下，流浪汉们度过自己的饥寒之夜。那是他们与商品的极限距离，不可能再缩短。

他们像士兵一样忠诚，把守着各个重要的街口，从不缺席。研究中心的同事加斯汀（Justin Zackey）曾经忠告，这条街不安全，不要回去太晚。这样的忠告适得其反。我经常在夜深人静的时候走在这条街上，并且从未感到恐慌。他们是我的朋友。我有时会在他们面前的纸杯里放一点零钱，不多，因为我自己的荷包并不富裕。有一次，马克·吐温在我屁股后面追了许久,大骂:"Shit! 这是上等咖啡!"

他们中有恋人,或者夫妻。他们的情感能够接受赤贫的考验,我为此感到好奇,也感到敬佩。我有时会看到他们倒在路边,相拥而眠,睡得很投入,就像在自家的软床上。我的目光会在他们身上停留许久。我试图猜测他们的身份——破产者、农民工,还是清教徒?还想揣摩他们的内心世界。但我什么也揣摩不出来。他们一律表情安详,深不可测。他们将面孔深隐在黑影里,像鬼魂,成为夜的一部分。

北加州的明媚天空消失了。阴晦的天空滴着淅淅沥沥的雨,刚好可以不用打伞。雨会剥夺他们的温床吗?这是雨季给我带来的第一个问题。加斯汀告诉我,他们都有家。政府会给他们安排住处,但他们自己选择流浪的生活。

为了给北京打一个电话(那时还没有手机),我曾经在凌晨四点穿越这条街道。我认为自己是街道里唯一的清醒者。走过一个街角的时候,我突然被一团黑影叫住。我心里一惊,朝黑影走过去。是一个胖妇人,衣衫邋遢,坐在公共汽车站的座位上。我看到她脸上的善意笑容,以及被街灯照亮的牙齿。她说:"Have a nice day!"是向我祝福。我长吁口气,也同样祝福她。

望着夜空中的乌云,我意识到天快亮了,因为她说的,不是"Have a good night!"。我在想,那个妇人就这样坐了一夜。如果把道路换算成时间，电报大街对他们而言，将与一生等长吗？整个城市都在沉睡。没有人在意他们的存在。像好莱坞的鬼片，他们的身影将在黎明前消失。在他们离开之后的清晨，电报大街将沦为一条彻底寂寞的道路。

我通常就在这个时候，一个人走过这条街，对夜里的事情一无所知。

三

学生们面对的是一个完全不同的电报大街。那里与他们阳光灿烂的日子密切相关。这条 Sather Gate 之外的街道，是作为校园的延长线存在的。所以，每到下课以后，他们就会拥到街上来，在街边小店里吃冰淇淋、点心，喝咖啡、啤酒，读书，打工，交谈，笑闹，谈情说爱，或者塞着耳机，从街道上匆匆闪过，在宿舍和校园之间穿梭。与美国其他大学一样，伯克利大学没有围墙，学生们可以从任意角度进入学校，也可以从任意角度进入城市街区。在校园与街区之间，不需要过渡带，它们是一个整体，互相敞开。这是与中国校园的重要区别。中国的大学完全是封闭式的，被围墙所封堵，门口的保安虎视眈眈，准备随时歼灭敢于来犯之敌。

作为一个热衷于围墙的国度，中国小到家院，大到国界，都将围墙作为安全的屏障，尽管那些不同规格的围墙并不总是忠实于它们对于安全的承诺。然而，一个显而易见的事实是，围墙营造了幽秘空间，使它至少看上去显得神秘、诡异和深不可测。半遮半掩之间，制造了无数悬念。大学的围墙把闲杂人等隔绝于校园以外，同时把学生分隔于城市之外，使城市显得遥远、模糊和陌生。

热闹喧哗的电报大街属于学生，尤其在周六的下午，这是因为每至周六，伯克利都会发生一件大事，那就是橄榄球赛。所以，它是伯克利的周期性节日。不需邀约，人们会在任何一家酒馆看见自己熟悉的脸。球赛是在伯克利大学东面山上的加利福尼亚纪念球场（California Memorial Stadium）举行，每次我去International House，或者上山，都会看见它庞大的轮廓。开球时间通常是傍晚五点。这个时间对于性急的球迷来说显然太晚。从中午开始，电报大街就动荡起来。比赛被放大，从时间和空间两个维度上。整条街人车喧哗，酒吧里音乐震耳欲聋，所有的电视开着，播放着同样的画面，塞车、摔酒瓶，至夜晚才渐渐结束。说球赛是大事并不过分，因为在伯克利，似乎找不出比球赛更重要的公共事件，选举除外，但选举无法成为日常生活的一部分。我面无表情地从人群中穿过，我认识到，即使自己在这条街再住五十年，我也不是美国人。

但我喜欢那些年轻的脸，特别当他们激动的时候。他们穿着伯克利的运动服，表情瞬息万变。通过他们的身体，我看到另外一些身体，在快速奔跑，他们又高又瘦，身体内部的火焰旺盛炽热，仿佛随时会溢出肌肤。每个人都戴着头盔，像古希腊的战士，划开灰色都市晦暗乏味的外部。他们调动了整个城市的情绪，把整个城市的各个角度串联成一体。撞线的一刻，整个城市齐声爆出火山喷发一样的尖叫。

人潮退去了，只剩下流浪汉，各就各位。

四

卡特曾经来过电报大街。那时他已不是总统，而是一本书的作者，那本书的名字叫《关键的错误》(*A Critical Mistake*)，柯笛书店关门以后，我看到它移居到旁边的Moe's书店。他到柯笛书店是为推销他的这本新书。那是柯笛书店的显赫时代，许多名人都曾来过这里，从诗人金斯堡、引起伊斯兰世界公愤的作家拉什迪（Salman Rushdie）到拳王阿里。这些名人中，享受最高待遇的是拳王阿里，他是以反战英雄的身份出现的，书店里人满为患，伯克利的人民群众不断用欢呼、掌声和尖叫，来表示对英雄的敬意；比较而言，卡特最多只算一个政客，这一身份并不比他的木匠身份更加体面。这样的政客，在美国多如牛毛（民主制度的一个坏处是，它让美国人民同时养着一群前总统），而阿里这样的英雄却并不多见。阿里的到来证明了一个事实，即电报大街是一条极容易被煽动的街道，一个拳击手轻而易举地征服了这条街上以及附近地区的广大居民。

那时候柯笛书店的门口有悬空的玻璃回廊，里面有高高的天花板，窗明几净，喻丽清在文章中称它"像一座透明的图书馆"⑦。遗憾的是，这透明的图书馆，永远消失在那家由柯笛书店改造而成的Holloween服装店中，再也看不出任何一点痕迹。

拉什迪的到来有些神秘，那时，伊朗宗教领袖霍梅尼已经发出了对他的追杀令，并拿《撒旦的诗篇》的英文译者开刀祭旗。柯笛书店坚持出售这一小说，作为奖赏，它得到了一枚炸弹。这一意外礼物惊动了警察，他们很快封锁了电报大街。然后是解除封锁，他们的任务就完成了。

比较而言，二十世纪六十年代的民兵比他们敬业得多。作为社会主义思潮的大本营以及全国的反战中心，伯克利大学的反战事业风起云涌，著名影星兼州长里根派民兵前来镇压,那时的民兵,忠实地贯彻了里根制定的路线,对伯克利的一小撮反对资本主义的不法之徒进行坚决镇压,导致轰动全国的暴力事件。柯笛于是成为救护站,对示威大学生进行救死扶伤。这显然大大超出了它的营业范围。

那应该是电报大街最辉煌的时期,各种思潮正在这条街上招摇而过,无孔不入,它们产地不同,型号和用途有异。那时电报大街就有了"革命书店",有许多毛泽东和江青的拥戴者集结在革命书店的周围。现在,流浪人占据了理想主义者们演讲的位置,俗众取代了精英。喻丽清说:"柯笛的关门不只象征资本主义的胜利,从历史意义衡量,也是对社会主义冷漠的开始。伯克利的大学生一向以关心社会、放眼世界为己任,柯笛书店几乎就是这种精神的旗手。如今连它也不敌市场经济,怎不令人唏嘘?"⑧我想,她的"资本主义"与"社会主义",分别可以用"实用主义"与"理想主义"来替换。这里曾经是生产英雄的流水线,但现在,英雄只能从电影中寻找。有人可能认为历史在退化,有人则认为这是历史的进步,但无论怎样,电报大街不再接受传奇。由于没有革命作为呼应,革命书店也已经寥落,我走进去的时候,里面几乎没有一个顾客,只有一个年轻的店员,对书店的历史一无所知。告别革命以后,电报大街只是一条街,它的热闹与冷寂，只是日常生活的一部分。

拉什迪的到来或许与爆炸有关。那段日子，他正在躲避追杀，惶惶不可终日。他可能是在杀手打瞌睡时溜到了书店。他在楼上楼下转了一圈，然后走到店员面前，告诉他："我就是拉什迪。"

店主安迪（Andy Ross）向拉什迪展示柜台被炸后留下的大洞。拉什迪说了一句名言：

"有人得到的是塑像，有人得到的是弹孔。"（Some people get statues, others get holes.）

五

很久以后，我认识到一个事实：存在着好几条不同的电报大街，它们形态各异，品质有别，每个人都根据个人的喜好认领属于自己的那一条。电报大街上的行人，即使擦肩而过，也有可能不在同一时空里相遇。在电报大街上相见，身份不同的人们最多彼此礼貌地笑笑。他们生活在各自的种族和文化里，彼此的经验很难互换。但他们各自的电报大街都重叠在同一条电报大街上，和平共处，互不干扰。

电报大街四处敞开，平稳，洁净，便利，但它无法打动我。我从大街走过去，又走过来，日复一日，像必须完成的任务。

我妄图摆脱它。但有一天，当我离开它，我会想它。

2006年10月——11月17日

原载《散文选刊》2008年第4期

小镇莱恩

一

莱恩（Rye）是纽约郊区一座不起眼的小镇，它的性质与我在北京郊区房山住过的那个名为窦店的小镇是一样的。

如同中国的县城，小镇莱恩只有一条主街，叫波士顿邮路（Poston Post Road）。就像县城的主街要经过县衙、寺庙和集市，莱恩的市政厅、公共图书馆、教堂、时装店、面包店、咖啡店等，都排列在这条街的两边。每次我步行去火车站，准备搭上去纽约的火车的时候，几乎会将莱恩的主要建筑检阅一遍。我记住了每座房子的样子。即使在很多年后，我仍然能够说出它们的确切位置。只要我闭上眼睛，小镇的一切就会浮现出来，包括店铺里的摆设，以及咖啡店的玻璃窗后面闪动的笑脸。

这是一座宁静的小城，这里的冬季并不显得沉闷、冗长和乏味，而是幽静和松弛。小镇莱恩，让我第一次对冬季产生好感，甚至有一点眷恋。我喜欢嗅吸从树林里弥漫过来的空气，让混合着河流的湿气和枯草芳香的空气穿透我的肺腑。这里距纽约只有半小时的车程，但这里的气氛与纽约截然不同。这里没有纽约的压迫感，它仿佛遗落于岁月的洪荒中，被世界所遗忘。成片的树林将通往纽约的高速公路隐藏起来。在莱恩，纽约显得并不重要。莱恩有它自己的生活，有它自己的快乐与伤痛。每当我看到在庭院里玩耍的孩子，内心都会格外感动，尽管这并非我的生活，但我仍为一种确凿的、真实的、可以触摸的生活而感动。我所想的是，即使这个世界被各种主义、制度、理念所分割，但人类生活的本质是一样的，具体、平实、生动、永恒。这个世界只有一种东西是放之四海皆准的，那就是生活。人们生存的背景有异，而本质相同，不论什么人，都躲避不了柴米油盐，躲避不了锅碗瓢盆交响曲，这就是生命的本色，甚至是生命中最核心、最重要的部分。一个人在世界上飘荡，最令我感动的，莫过于当地人的日常生活。它让我越过了地理与文化上的隔阂，越过形形色色的语言、宗教、风俗、历史，而直接降落在当地的生活中。孩子在院落里玩球，在捡球的一刹向我一笑。他们会在小镇上长大，然后去纽约，到更深远的世界中去，但他们还是会回到莱恩，因为莱恩是家，是他们生命中至为生动、永不沉沦的那一部分。

二

这座方圆不过几英里的小镇里有十几座古老的教堂，所有的教堂，在建筑风格上都不一致。也就是说，小镇是被形态各异的教堂包围的，走不出多远，就可以与一座教堂相遇。我们试图躲开一座教堂，却又与另一座教堂不期而遇。在黄昏，金色的光芒涂抹在教堂的立面上，所有深隐的花纹此刻都凸显出来，使教堂穿上盛装，共同参与一场隆重的仪式。那些深藏不露的教堂，会在某一个约定的时刻，一起敲响钟声。钟声回荡，把整个小镇变成一座巨大的教堂，使它显得无比庄重、洁净和神圣。我最青睐莱恩的黄昏，许多座教堂钟楼上铜绿斑驳的古铜同时鸣响，遥相呼应，像神，越过天宇，发出隐秘的指令。

小镇里有许多老房子，已经经历了几代人的出生与死亡。在莱恩，我住在我的朋友、美国MTV频道主持人石村（schütze）家里，与他的名字相配，他的家就是一座年深日久的石头房子——这座小镇的许多房子都是用粗糙的石头建造的,有着造型不同的天窗和斜顶。整座小镇似乎是根据安徒生的设计完成的,几乎跟童话里的描写一模一样。所以,这里的孩子,比如石村的儿子泰伦和菲利普,每天都很开心,每天都笑到抽筋(孩子们的笑点太低了)。实际上,它适合于所有天真、质朴和富于幻想的人。我时常沿着石村家门口的切斯特纳特街(Chestnut St.)向西走,走上几十米,会见到那座古堡式的宅邸,迎面是一个山坡,坡上有密集的树林,山坡上的草地一直蔓延到宅子的前面。房子全部是由青色的岩石砌成的,石头上的青苔证实了房子历史的悠久。黄昏时分,房子的剪影是美丽的,像古典小说里的插图,有曲折锐利的轮廓。那幢房子即使在夜晚也不会掌灯,不知主人是外出度假,还是里面根本就没有人,使它略显荒芜,而这份荒芜,又恰到好处地增加了它的意境。

三

莱恩的山坡上有一处废墟,像一个秘密,被山林所隐藏。那是我最喜欢的去处,我时常会在那里坐上许久。通往废墟的道路令人心旷神怡。首先要跨过一条小河。那是一条与街道平行的河，贴在道路的边上，或者说，那条路是沿着这条河修建的。那条河不宽，看上去也不深，但是很美，两岸是枯黄松软的草坡，草坡上面生长着高大的树，河水清澈湛蓝，与天空对应。透过水面，我看到里面映照的层层叠叠的枯枝。森林里的空气令我迷醉，我站在石桥上，向林中望，感到这片森林漫无边际，我把小镇抛到了身后，也抛到了脑后，尽管我刚刚走过一座石桥。

我穿过树林的空隙向深处走，除了偶尔能够听到教堂的钟声以外，小镇已经退出很远。有一条上山的路，在高大密集的树林中，很长。在其中漫步，会给人一种安全感。植物，包括树木，让我信赖，摆脱焦虑与慌张，内心变得从容和安妥。在人群中，我反而容易紧张和慌乱。所幸，这样的森林，在美国东部整个新英格兰地区随处可见。

废墟在山坡的高处，周围是平地，还有几把木椅。我会在椅子里坐上很久都不愿意离开。脑子里想了很多事，又好像什么都没有想。良久，才站起身，走向那处废墟。我顺着山坡走，直到自己完全被树林淹没。

走不了多久，废墟就到了。那原是一座古堡、一座很大的石头房子，在一场大火之后，只剩下了粗糙的骨架。我最先看到的是烟囱，有三个高大的烟囱，在房倒屋塌之后，仍然倔强地耸立。房子的主体是用蛮石垒砌的，墙面由无数不规则的石头叠压而成，很像中国南方的民居，比如，浙江楣溪江上游的村落民居，还有四川甘孜州的藏族民居，都是用蛮石砌成的，只是这座房子的建筑风格是西式的，有着拱形的窗楣和门圈。房子的墙体基本上还是完好的，结构完整，壁炉、烟道的位置清晰可见，只是屋顶没有了。屋顶没有了，房屋的意义就不存在了。这很有意思。我想起中文的"家"字，就是屋顶覆盖着牲畜，在这个汉字中，只强调了屋顶的重要性，而房屋的其他部分则被忽略了。人们常用"在同一屋檐下"来表达亲密关系，也表明了屋顶、屋檐，除了实用以外，还承担着某种精神性的功能。有顶而无墙的建筑，如亭、廊，人们尚可以居留，反之，有墙而无顶，就只能是废墟了，不论墙体有多么结实和华美。

眼前的废墟占据了山坡最好的位置，站在门口可以隐约望见教堂的尖顶，悬挂在树梢上，但它不是栖息之处，不是家。无论它昔日多么荣耀，现在已经百无一用了。如果在中国，一定有一幢新的房子迫不及待地取而代之。日新月异的中国，对待旧的事物从来都不留情面，比如北京蒜市口的曹雪芹故居，即使面对一片反对的声浪，推土机依然昂首挺进，凯歌高奏，但在莱恩（乃至整个美国），老房子的处境则完全不同，这座宅邸虽已坍毁，但当地政府并没有拆除它，没有破旧立新，也没有把它变成所谓的旅游景点，而是保留下来，整座废墟原封不动地定格在那里。它标明了小镇的资历，使小镇有了时间上的纵深感。我觉得废墟的破败，反而使小镇显得完整。

　　我对小镇莱恩一往情深，很大程度上是因为它的朴素感。当我在圣诞节抵达纽约肯尼迪机场，朋友石村又把我接到小镇莱恩，我看到的，却是一派冬季景象：光秃的树林、枯黄的草坡、老旧的房子，有点像宋元绘画透出来的那种朴素与寂寥。它既不像纽约那样楼厦林立、盛气凌人，也不像加利福尼亚湾区那样四季如春，繁花似锦，恍如梦境。莱恩的历史与现实，在朴素中浑然一体。我在小镇里漫步，感到它发出一种平静柔和的光，就像教堂尖顶上的最后一抹斜阳，又如深夜路边的窗灯，它并不炫目，然而，这是生活的光泽，让我们信赖，并安心投靠。

2007年2月于沈阳

原载《百花洲》2009年第6期

纳帕溪谷

一

在美国，如果要选择一个地方长住下来，我想那会是纳帕。

一次精心策划的旅程，或者，无意中的经过，都将在一个名叫纳帕的小镇上停顿下来。纳帕是让人无法潦草面对的地方，起码也要认真地打量几眼，至于能够停留多久，则完全看认真的程度而定。我相信一定有人第一次经过纳帕就被它拴住了，再也迈不开自己的步伐。

纳帕让人驻足，主要原因是酒，而且是葡萄酒，男女老少咸宜。纳帕到处都是葡萄酒庄园，没有葡萄酒就没有纳帕。在纳帕，最普遍的植物就是葡萄树，而这种葡萄树，只认识纳帕的土地，有时只差一个庄园的位置，葡萄树就拒绝生长了。这表明了它们是一种很任性的葡萄树。它们不是我记忆中的那种葡萄树，会长成高高的葡萄藤，葡萄成熟的时候，会成串成串地从藤上倒悬下来，摘葡萄的时候，需要踩在凳子上。纳帕的葡萄树都是矮树，被固定在树栓上，一排一排，望不到头，但是很亲切，在收获季节，随手就可以碰到圆熟饱满的果粒，像无数的风铃，在风中晃动。

纳帕的收获季节是在七八月份，所以，七八月份是纳帕最肥硕的季节，庄园主人的笑容，被阳光照得很亮。收获过后，遍地的葡萄树只剩下干枯的枝蔓，仿佛满身珠宝被打劫一空，令人同情。所有的葡萄都出现在酒厂里，变成液体，流进木制的酒桶。酒厂的工人把酒桶横在地上，翻滚，一个人可以同时运送一排酒桶。那些酒桶被放置在酒窖里，整齐排列，每个木桶上都有一个龙头，拧开来，酒香就会喷薄而出。每次到酒窖里，看到那些肥胖的酒桶，我的舌下就会分泌若干液体，而脑子里的所有想象，都与酒密切相关。

根据葡萄酒的科学饮法，饮酒的最佳时间，是打开瓶盖后几个小时，使酒液与空气进行融合。饮酒的时候，手指要捏在高脚杯的杯柱上，不要用手指托住杯肚下缘，以免增加酒液温度；然后，轻轻摇动酒杯，将酒液旋转成小小的旋涡。那时候，空气会成为酒的一部分，酒当然也会成为空气的一部分。酒的味道不是固定的，而是变化的，变化的条件之一，是酒与空气共存的时间。所以，一个敏感的人，可以从一瓶酒中品出许多种酒来，因为，无论一瓶酒的消耗是快是慢，饮酒终归是一个时间过程，这使酒的芳香呈现出多种复杂的变幻，青春期的酒，与中老年的酒，绝不会一样，而每次变幻，都将准确记录在品酒者的味蕾上。

纳帕葡萄的品质也是每年不同。即使相同的种子，在不同的时间中，也会有不同的经历。所以，在葡萄生长过程中，必须面对一次次偶然事件，这些事件之间的差别是细微的、不易察觉的，但它们存在，并且，影响着葡萄的成长。我们忽略它们，是因为我们的尺度过大，而葡萄的经历，对我们而言过于微观了，但它们对于葡萄而言（比如光照的长短、风的速度与流向、寒露的入侵等等）却都是大事，它们对葡萄命运的影响是真实的。这种影响一点点累积起来，就会形成全然不同的结局。对于庄园主人而言，每年出现在庄园里的，都是一些不同的葡萄。就像森林里不会有两片相同的树叶，葡萄园里，也绝不会生长出完全相同的葡萄。

主人在酒桶上写下入藏的时间，所以在酒窖里，我会见到一排排的数字，密码般排列，我相信这些数字对酿酒者而言有着特别的含义，数字代表着不同感觉的酒，而酒的味道，并不像中国酒那样，越久越好。所以，这些数字与酒的关系是复杂的，只有少数的人能够掌握。

二

从伯克利出发，上101（公路），一条纵贯加利福尼亚州的主要通道，向北，再向北，公路边的散乱的枯草就会慢慢变成大片的葡萄树，千篇一律的房屋也被一些样式别致的木屋取代，这时，我就知道，纳帕到了。

纳帕好比我想象中的法国南方，中央山脉以南，比如波尔多，或者，图卢兹。阳光丰沛，泥土是红的，用手可以攥出形状；葡萄叶繁密地卷曲，交织着，从远处看，像厚厚的、带着卷曲花纹的地毯。纳帕不像戛纳那样精致，用林立的老教堂来炫耀它的历史；纳帕的魅力在于它的辽阔，在这里，我们的视线不受管束，在这里，我想到的第一个词就是：自由。自由首先从眼睛开始。对自由的贪婪使我的视觉兴奋起来，在大地上快速地飞奔，越跑越远，越跑越快。大地上没有障碍物阻挡它。远方有两条灰蓝的山脉，但离得很远，中间的峡谷像平原一样宽阔。平原上到处是葡萄树，像海，海上面有木头房子，像帆船一样漂浮。

很久以来，远方对我而言只在想象中，或者在诗里存在，在现实世界里并不存在。高楼大厦限制了远方的存在，我所能看见的远方只在五十米开外，最多二百米吧，更远的远方被大楼挡住了，或者钻进了地铁的隧道里，我看不见。我只能看到近处，比如我家窗子对面的阳台，我看得清清楚楚，包括阳台上晾晒的裤衩、胸罩，我都明察秋毫。每当我站在窗前想起远方，我的目光都会与裤衩或者胸罩相遇。我想，那不应该是我的视线的真正去处。城市的建筑为我的视线规定了路径，规定了哪些地方该去，哪些地方不该去，哪些地方能去，哪些地方只能想象，望梅止渴。我的视线必须遵从城市的管束，所以，眼睛的自由是理论上的，从未在现实中落实。

楼房的密集改变了"看"的性质，因为近，"看"就变成了"窥"。没有"偷窥"也是"偷窥"，无论有意还是无意，我们的目光侵犯了别人的"隐秘角落"。想到我生活中的一切，也都在别人的偷窥之列，我有点不寒而栗。我们必须谨言慎行，谨小慎微，时时处处严格要求自己，绝不能麻痹大意。

想象中的远方，只有在电视上才能出现。但电视上的远方只是虚拟远方，它只能满足眼睛的欲望，而无法满足身体的欲望。我们的视线可以抵达天涯海角，屁股却只能停留在沙发上。所以，从根本上说，电视挑拨了眼睛与屁股之间的关系，制造了身体内部矛盾，让我们的身体趋于分裂。

在纳帕，电视的意义消失了。电视退场之后，我们的视线才真正得到解放。我们不需要虚拟的远方，而需要给眼睛以真实的自由。所以，纳帕的功能有点像藏地的美人谷，像我去过的许多地方，不同之处在于，这里是美国，世界上唯一的超级大国，被小布什、拉姆斯菲尔德、比尔·盖茨所掌控的美国，网络、软件、电影和电视的王国，而就在这样一个王国里，竟然存在着这样一个自然的、质朴的、原始的世界，与二百年前的美国几乎没有区别，没有噪音、污染、拥挤的人潮，只有土地、植物、阳光、酒、微笑。连汽车都是老式的，十八世纪的老爷车，还有马车，上面有闪亮的铜铃，我想象赶马车的人应该是一位白胡子的老头儿，有通红的酒糟鼻和善良的笑容，重要的是，他永不死去。

在纳帕，我有了一种奔跑的冲动。我是一个懒人，在城市里很少运动，只有贪食的肚子处于周而复始的运动之中。我想跑步，但马路上车水马龙，我的身体无从躲闪，密集的红灯，也时常为我叫停。躲避汽车的最佳办法，是逃到汽车中去。只有在汽车中，我们的心才能安定下来。汽车是我们摆脱不掉的囚室，我们走到哪里，它跟到哪里。我们的出发、游走，全部以囚徒的方式进行。汽车是世界上最小的囚室，小得无法伸腿挺腰，有人因在汽车中睡觉窒息而死。工业社会通过汽车来管控和虐待我们的身体，我们无路可逃。

在纳帕溪谷，我觉得我自己正在变成一棵植物，从土地中直接汲取能量，我的身体可以肆意伸展。阳光照在我的胸膛和臂膀上，光合作用每分每秒都在我的身体里发生，为此我应该脱掉上衣，袒露身体。在纳帕，一切都是健康的，我想像猎狗一样奔跑，我的速度也是土地赋予的。

三

在纳帕，我找到了自己最钟爱的房子。那些房子样式、质地、来历各有不同，但它们都有相同的品性，它们都是土地孕育出来的，是大地上最美的果实。为此，它们充满感恩，对土地显示出谦卑的态度。它们不像城市的房子那样盛气凌人，高高在上，君临万物，俯视一切，而眼下中国乡村的民居，也正改变自己的原生品质，用拙劣的马赛克和铝合金装扮自己，纳帕的房子深谙土地的哲学，因此，它们与土地是一体的，拒绝从土地中分离。我们可以把它们也视为一种植物，与所有植物属于同一谱系，因土地而获得生命，与土地朝夕相处，并不断生长。

琼妮打开那扇木门的时候，我注意到她的视线被阳光刺了一下。她眯眼的神情十分迷人。她是一个瘦削而且精干的中年女人，有古希腊雕塑般精致的面部结构，我注意到她的唇边有一道笑纹，是一条美丽的弧线，为漂亮的中年女性所专有。她经营这家葡萄酒园已经二十年。她还是少女的时候，就从爷爷手里接过这笔遗产，而她的父亲，是纽约一所大学的教授。第一次来时，我是一个漫无目的的浪游者，她热情地接待了我，教会我品尝各种不同的葡萄酒，使我在写文章的时候有了卖弄知识的资本。她说话的声音十分轻盈，与酒的轻柔相匹配。我感受得到她的耐心。她希望每个人都能真正体会酒的意韵，那是她的作品，为了杯子里的酒，她耗费了自己的整个青春。

她带我参观了她的房子，木制的房子，在经过了无数个雨季之后，颜色已经老旧，变成了深棕色，与土地相近，这使它显得十分稳重。房子的造型十分简洁，横平竖直，上面有巨大的斜坡，所以，这所房子是由几个简单的几何图形构成的，这样的房子充满天真的孩子气，但房子的细节是考究的，有落地的木格子门，阳光可以大面积地涌进来，桌椅刚好摆在阳光的势力范围内，桌布是粗糙的麻布，却有着一丝不苟的花纹。阳光照亮了杯子里的酒，使杯子变成了一盏灯，一盏红色、透明的灯。如果在晚上，我相信这盏灯能够照亮我们的脸。我们一边晒太阳一边饮酒。阳光透过杯盏，落在桌布上，我看见酒的幻影在桌布上晃动着。我一边盯着那红色的影子,一边与琼妮说话。啜饮的时候,我注意到墙上有许多木制的相框,里面镶着老照片,是她的先辈。我逆光无法看清他们,所有的面孔都隐在黑暗里,仿佛不存在了,但他们存在着,我感觉得到他们的目光。

我最终住在琼妮家里。在一间阁楼上,整个房间都洋溢着木质的芳香。琼妮换上了新洗的床单,躺在床上,我能够看到远方的山影在随暮色一点点加深。真的像梦,我不知在梦中,我是否还能继续做梦?

晚餐以后,琼妮带我参观周围的酒园。我注意到这里的房子没有相同的,有的有繁复的尖顶,有的像幽深的古堡,有的带着漫长的廊棚。纳帕河边,有建于1884年的古老作坊,现在被列入世界历史遗产名录。1884年,我下意识地在中国历史中寻找着这个年份,那时的中国是清朝,正在大兴洋务,距离甲午战争还有整整十年。格丽森仓房(Gleason Barn)是在更早的1770年建造的——那还是乾隆盛世,后来它虽然被拆毁,但重建时,仍使用原有的木板。夜色抹去了这些房子的轮廓,星星点点的灯光亮起来,让人觉得温暖。一个人无论生在哪里,都会有自己的房子,自己的家,自己的灯光,自己的梦。

四

  辽阔的纳帕溪谷，寂然无声。除了风车转动，我几乎听不见任何声音。葡萄园里的风车是为避免葡萄结霜设置的，我对它的原理一窍不通，我感兴趣的是它们的视觉效果。这世界万物首先不是为了"好看"而存在的，它们要服从于自然的法则，但正因为它们合乎"自然"，所以显得"好看"，就像这山谷里的葡萄园，是被山河的走向、土壤的质地、空气的温度所决定的，而这一切，又刚好合乎了美的要求。"天地有大美而不言"，纳帕是最好的证明。

  纳帕的早晨是安静的。这安静里包括琼妮的工作。她会在天亮以前，查看庄园里的果实，然后回到厨房准备早餐。那时候我可能刚刚醒来，透过窗子，看到青山在晨曦中一点点地显形。纳帕使我的身体获得了某种机敏的本能，我会在早晨被天色（而不是声音）唤醒。那时，我会想起《所罗门之歌》中的句子："让我们早早起来，到葡萄园中；让我们见证藤蔓是否茂盛，葡萄是否温柔生长。"⑨

  只有酒厂里那二十个小伙子到来的时候，庄园才会热闹一些。实际上庄园永远是热闹的，花朵、果实、肥草、藤蔓,一拨一拨地降生、成长,植物的狂欢,交头接耳,大吵大闹,只不过我们听不到它们的喧闹而已,我们以为它们是安静的,其实不是,它们全都不是安分的,喧嚣着,躁动着,拥挤着,膨胀着。当葡萄变成冰凉的液体,当液体的葡萄进入我们温暖的身体,就会发生某种化学变化,使身体发热、膨胀、躁动、喧嚣,对阳光、风和土地的能量格外敏感,像所有的植物一样。酒是人与大地联系的一个纽带,玛格丽特·富勒(Margaret Fuller)说:"酒是大地对于阳光的回答。"⑩

我知道琼妮过的是一种有节律的生活。我只要看到太阳的方位,就能知道琼妮的位置,是在田园、马棚,还是在酒窖里?从某种意义上说,空间只是时间的赋形而已。她的节律是由自然的节律规定的,这与大地上的万物相一致。像钟表,所有的零件都存在着隐秘的联系。我目睹了琼妮是怎样在大地的系统中生活的,但在我们的城市生活里,土地正被改造为非土地。城市的主语,是水泥、水泥以及水泥。花朵、草地、树都成了珍稀物种,连芳香都是人造的,弥漫在酒店和厕所里。城市里的人们也服从节律,朝八晚五,挤公共汽车,去食堂吃饭,睡午觉,接孩子,"五一""十一"长假旅游,在自古华山一条路上寸步难行,以不同的方言温习国骂,但这节律也是人造的,与自然无关。

想到这些，我颇感扫兴。在纳帕，实在不应该想到这些，因为纳帕的一切景象都与此无关。我想琼妮不会想到这些，她脑子里没有这些乱七八糟的事物，她的所有情感都与大地上的事物有关，这体现在她的性格中，单纯、热情、明亮，就像杯子里的酒，或者说，她自己就是醇厚甘甜的葡萄酒。

在酒的感召下，我决定重返纳帕，这一次，我要在这里写作，至少在那里度过一个漫长的夏天。至于以后的命运，就交给上帝吧——它是否真的那么重要？我特别喜欢米盖尔·金奇（Michael Grgich）的一句话。他是这样说的："当我到达纳帕山谷的时候，我认识到自己并不会因死而升入天堂。我本来就是在天堂里工作。"⑪

2006年12月21日至24日于美国加州伯克利
原载《十月》2008年第4期

附录：祝勇式特质

糖果与秋千

时下散文杂志越来越多，好散文却越来越少，今读到祝勇的散文《纳帕溪谷》(《十月》2008年第4期)，又重新找回了读好文章的愉悦。祝勇的散文，有一种特质，我把它叫作"祝勇式特质"，概括起来说，便是真实、思想与语言的有机结合。所谓真实，就是时下鼓噪的"在场"，本来在场是不需要当作一面旗帜扛出来的，写出事物的本真，还原事物的本来面目，应该是自然而然的选择。有真实感受，真情实感，就有了散文的基础，否则便是建造空中楼阁，词语再华丽也是枉然。中国古代的文人，都有坚实的生活基础，所以一些好文章能够历尽乱世而流传下来（古代文章的印刷量远不及现今），举一个简单的例子，《浮生六记》语言朴素，作者是个落魄文人，也没有作文传世的意图，但《浮生六记》一样被今人看作是很好的叙事散文。就是因为它写得真实。

　　令人遗憾的是，如今的散文作者，丢弃了这个基础，只热衷于语言的技巧、词语的堆砌，把本来该有的真实成分压缩到最小，而把虚构和想象放大到极端，这样"做"出来的散文，绝对不会是好散文。我之所以用"做"字，是因为这样的散文，如同流水线上的产品，是可以批量生产的。为什么会出现这种情况？归根到底还是现代人的生活方式所决定的，没有机会去体会，去感受，没有可以打动心灵的东西，没有直接经验，只能依靠阅读与想象去弥补，历史散文大行其道，是这个原因，乡村散文千文一面，似曾相识，也是这个原因，而制造了很多学生写手的新概念作文，就不用说了，更是如此。

　　祝勇的散文则不同，无论是江西婺源的古村落、崎岖的茶马古道，还是美国西部寂静的纳帕溪谷，他写的都是真实感受，他的文章是用眼睛看出来的，用脚步走出来的，用大脑思考出来的。这一点，与很多作者不同，也许有人是没有看，还有一些人是看了没有想，虚构的东西再精致，也会露出破绽来，就如同一个艺术赝品，可能临摹得很逼真，但细节之处，终究缺少了气韵。潘军说：不过五十岁，难写老文章。他的本意是自我解嘲，散文难写，但这简短的话也有两分道理，好散文是需要生活积累的，没有生活，何来散文？

再说思想，好散文应该有思想，人是一棵会思想的芦苇，如果没有思想，人的存在就毫无意义，文章也是这样。没有思想就没有启迪，当然散文并不肩负着思想这个使命，散文里的思想是含蓄的，低分量的，散文不能写成杂文，不能说教——那样就令人生厌了，散文更多的是对人灵魂的观照，对生命的观照。但我依然喜欢有些思想的散文，哪怕是一点点也好，能反映出作者的睿智与博学——不是掉书袋的那种。

最后，我想说到语言，有些人喜欢用文本来代指。散文本身就是语言的艺术，没有语言的散文是大白话，是唠嗑，对读者毫无吸引力。散文的语言，应该让读者回味，即使无法余音绕梁，三日不绝，也应该空谷留香。祝勇的文字，我想不必赘言，他是早期"新散文"的代表人物之一，"新散文"是讲究语言的。祝勇的散文沉稳、大气、不做作，看着舒服。他的字里行间有某种温和——轻微的，绝不是刻意伪装出来的轻松，所以能让读者感到放松，而不觉得为文者有任何做作。

选自"糖果与秋千"博客，http：//sweetswing.blog.sohu.com/100854650.html

注　释

卷一　烟雨故宫

① ［清］沈德潜：《唐诗别裁集》，第84页，北京：中华书局，1975版。

② ［唐］李白：《静夜思》，见《李太白全集》上册，第300页，北京：中华书局，2011年版。

③ ［唐］李白：《对酒忆贺监二首》，见《李太白全集》，下册，第923页，北京：中华书局，2011年版。

④ ［唐］李白：《月下独酌》，见《李太白全集》，下册，第904页，北京：中华书局，2011年版。

⑤ ［唐］李白：《把酒问月》，见《李太白全集》，下册，第802页，北京：中华书局，2011年版。

⑥ ［唐］张若虚：《春江花月夜》，见《唐诗选》，上册，第49页，北京：人民文学出版社，1978年版。

⑦ 李长之：《道教徒诗人李白及其痛苦》，第13页，北京：生活·读书·新知三联书店，2013年版。

⑧ 王蒙：《王蒙自传》，第一部，第262页，北京：人民文学出版社，2000年版。

⑨ ［唐］崔宗之：《赠李十二》，见郁贤皓选注：《李白选集》，第61页，上海：上海古籍出版社，2013年版。

⑩ ［唐］李白：《塞下曲六首》，见《李太白全集》，上册，第248页，北京：中华书局，2011年版。

⑪ ［唐］李白：《关山月》，见《李太白全集》，上册，第193页，北京：中华书局，2011年版。

⑫ ［唐］李白：《少年行》，见《李太白全集》，上册，第297页，北京：中华书局，2011年版。

⑬ 王瑶：《李白》，第16页，北京：生活·读书·新知三联书店，2013年版。

⑭ 据《旧唐书》与《册府元龟》记载，唐朝永徽二年（651），伊斯兰教第三任哈里发奥斯曼派使节到唐朝首都长安，晋见了唐高宗并介绍了伊斯兰教义和阿拉伯国家统一的经过。阿拉伯帝国第一次正式派使节来华，对后来中阿两国在政治、经济和文化上的广泛交流，以及穆斯林商人的东来都产生了重大影响，故历史学家一般将这一年作为伊斯兰教传入中国的开始。另外，关于伊斯兰教传入中国的时间，中国史料中还有"隋开皇中""唐武德中""唐贞观初年""八世纪初年"等诸种说法。

⑮ ［唐］张若虚：《春江花月夜》，见《唐诗选》，上册，第49页，北京：人民文学出版社，1978年版。

⑯ ［唐］李白：《古朗月行》，见《李太白全集》，上册，第193页，北京：中华书局，2011年版。

⑰ ［唐］李白：《访戴天山道士不遇》，见《李太白全集》，下册，第918页，北京：中华书局，2011年版。

⑱ ［唐］李白：《登锦城散花楼》，见《李太白全集》，上册，第384页，北京：中华书局，2011年版。

⑲ ［唐］李白：《峨眉山月歌》，见《李太白全集》，上册，第227页，北京：中华书局，2011年版。

⑳ ［唐］杜甫：《春望》，见《杜甫诗选注》，第76页，北京：人民文学出版社，2017年版。

㉑ 喻守真编注：《唐诗三百首详析》，第298页，北京：中华书局，1957年版。

㉒ ［唐］李白：《峨眉山月歌送蜀僧晏入中京》，见《李太白全集》，上册，第386页，北京：中华书局，2011年版。

㉓ ［唐］李白：《独酌》，见《李太白全集》，下册，第906页，北京：中华书局，2011年版。

㉔ ［唐］李白：《秋夜板桥浦泛月独酌怀谢朓》，见《李太白全集》，下册，第885页，北京：中华书局，2011年版。

㉕ ［唐］李白：《忆秦娥》，见《李太白全集》，上册，第281页，北京：中华书局，2011年版。

㉖ ［唐］李白：《子夜吴歌四首》，见《李太白全集》，上册，第306页，北京：中华书局，2011年版。

㉗ ［后晋］刘昫等撰：《旧唐书》，第2195页，北京：中华书局，2000年版。

㉘ ［唐］李白：《北风行》，见《李太白全集》，上册，第189页，北京：中华书局，2011年版。

㉙ ［唐］李白：《菩萨蛮》，见《李太白全集》，上册，第280页，北京：中华书局，2011年版。

㉚ [唐]李白：《自遣》，见《李太白全集》，下册，第917页，北京：中华书局，2011年版。

㉛ [唐]李白：《月下独酌四首》，见《李太白全集》，上下册，第904页，北京：中华书局，2011年版。

㉜ [唐]李白：《下终南山过斛斯山人宿置酒》，见《李太白全集》，下册，第794页，北京：中华书局，2011年版。

㉝ [唐]李白：《长相思》，见《李太白全集》，上册，第171页，北京：中华书局，2011年版。

㉞ [唐]李白：《书怀赠南陵常赞府》，见《李太白全集》，上册，第551页，北京：中华书局，2011年版。

㉟ 葛兆光：《中国思想史》，第一卷，第407页，上海：复旦大学出版社，2001年版。

㊱ [唐]杜牧：《江南春绝句》，见《杜牧选集》，第173页，上海：上海古籍出版社，2016年版。

㊲ [唐]杜甫：《绝句四首》，见《杜甫诗选注》，第229页，北京：人民文学出版社，2017年版。

㊳ [唐]李白：《黄鹤楼送孟浩然之广陵》，见《李太白全集》，上册，第627页，北京：中华书局，2011年版。

㊴ [唐]李白：《代寿山答孟少府移文书》，见《李太白全集》，下册，第1038页，北京：中华书局，2011年版。

㊵ 文河：《小满》，见庞培、赵荔红主编：《书写中国：二十四节气》，第126页，上海：上海文艺出版社，2018年版。

㊶ 韦羲：《照夜白——山水、折叠、循环、拼贴、时空的诗学》，第346页，北京：台海出版社，2017年版。

㊷ ［唐］李白：《宣城见杜鹃花》，见《李太白全集》，下册，第991页，北京：中华书局，2011年版。

㊸ ［唐］李白：《临路歌》，见《李太白全集》，上册，第393页，北京：中华书局，2011年版。

㊹ 《庄子》，第2页，北京：中华书局，2014年版。

㊺ 王瑶：《李白》，第120页，北京：生活·读书·新知三联书店，2013年版。

㊻ ［后晋］刘昫等撰：《旧唐书》，第3439页，北京：中华书局，2000年版。

㊼ ［唐］李白：《自金陵溯流过白壁山，玩月达天门，寄句容王主簿》，见《李太白全集》，上册，第597页，北京：中华书局，2011年版。

㊽ ［唐］杜甫《八仙歌》，见《杜甫诗选注》，第14页，北京：人民文学出版社，2017年版。

㊾ ［唐］李白：《宣州谢朓楼饯别校书叔云》，见《李太白全集》，下册，第737页，北京：中华书局，2011年版。

㊿ 李长之：《道教徒诗人李白及其痛苦》，第58页，北京：生活·读书·新知三联书店，2013年版。

㈤ ［元］脱脱等：《宋史》，第908页，北京：中华书局，2000年版。

㈥ ［宋］孟元老撰，邓之诚注：《东京梦华录注》，第4页，北京：中华书局，1982年版。

㈦ ［南宋］姜夔：《踏莎行》，见《全宋词》，第2174页，北京：中华书局，1965年版。

㈧ ［唐］曹邺：《梅妃传》，见《说郛》，卷三十八。

⑤⑤ ［唐］段成式撰、许逸民校笺：《酉阳杂俎校笺》，第三册，第1287页，北京：中华书局，2015年版。

⑤⑥ 参见竺可桢：《中国近五千年来气候变迁的初步研究》，原载《考古学报》，1972年第1期。

⑤⑦ 李敬泽：《会饮记》，第63页，北京：北京十月文艺出版社，2018年版。

⑤⑧ 许倬云：《万古江河——中国历史文化的转折与开展》，第252页，长沙：湖南人民出版社，2017年版。

⑤⑨ 韦羲：《照夜白——山水、折叠、循环、拼帖、时空的诗学》，第346页，北京：台海出版社，2017年版。

⑥⓪ 祝勇：《在故宫寻找苏东坡》，第117页，长沙：湖南美术出版社，2017年版。

⑥① ［唐］张彦远：《历代名画记》，第28页，杭州：浙江人民美术出版社，2011年版。

⑥② 余辉：《故宫藏画的故事》，第78页，北京：故宫出版社，2014年版。

⑥③ 参见徐邦达：《徐邦达集》，第十卷，第350页，北京：故宫出版社，2015年版。

⑥④ 陈忠实：《白鹿原》，第30页，北京：人民文学出版社，1997年版。

⑥⑤ 韦羲：《照夜白——山水、折叠、循环、拼贴、时空的诗学》，第34页，北京：台海出版社，2017年版。

⑥⑥ ［明］施耐庵、罗贯中：《水浒传》，上册，第136—137页，北京：人民文学出版社，1997年版。

㊿ 徐累：《褶折》，见祝勇主编：《中国好文章——你不能错过的白话文》，第313页，北京：现代出版社，2016年版。

㊽ 王世襄：《明式家具研究》，第46页，北京：生活·读书·新知三联书店，2007年版。

㊾ 王世襄：《明式家具研究》，第46页，北京：生活·读书·新知三联书店，2007年版。

⑳ 王世襄：《明式家具研究》，第46页，北京：生活·读书·新知三联书店，2007年版。

㉑ 《老子》，第98页，郑州：中州古籍出版社，2008年版。

㉒ 《论语》，见《论语·大学·中庸》，第15页，北京：中华书局，2011年版。

㉓ ［明］文震亨：《长物志》，见《长物志考槃余事》，第22页，杭州：浙江人民美术出版社，2011年版。

㉔ ［明］文震亨：《长物志》，见《长物志考槃余事》，第21页，杭州：浙江人民美术出版社，2011年版。

㉕ 应该是故宫御花园东北角的浮碧亭，亭前有一水池，池壁雕有石蟠首出水口。

㉖ 金易、沈义羚：《宫女谈往录》，下册，第324页，北京：紫禁城出版社，2004年版。

㉗ "故宫"，意思是"过去的宫殿"，即明清两代皇宫，也叫紫禁城。今天我们说"故宫"，通常是"故宫博物院"的简称。

㉘ 《明太祖宝训》，卷二。

㉙ 《圣祖仁皇帝实录》，见《清实录》，第四册，第950页，北京：中华书局，1985年版。

注释 363

⑧ 《圣祖仁皇帝实录》，见《清实录》，第四册，第950页，北京：中华书局，1985年版。

⑧ [清]曹雪芹著、无名氏续：《红楼梦》，下册，第609页，北京：人民文学出版社，2008年版。

⑧ [清]吴昌硕：《缶庐别存》，见《吴昌硕诗集》，第337页，桂林：漓江出版社，2012年版。

⑧ 林徽因：《蛛丝和梅花》，见《林徽因集》，诗歌散文卷，第139页，北京：人民文学出版社，2014年版。

⑧ 见潘富俊：《草木缘情——中国古典文学中的植物世界》，第5页，北京：商务印书馆，2015年版。

⑧ 王开岭：《每个故乡都在消逝》，第243、246页，太原：山西教育出版社，2013年版。

⑧ 韦羲：《照夜白——山水、折叠、循环、拼贴、时空的诗学》，第233页，北京：台海出版社，2017年版。

⑧ 十字花科白芥属植物，全国各地皆产，以河南、安徽产量最大。

⑧ [元]汤垕：《画鉴论画花鸟》，见《中国古代画论类编》，下册，第1072页，北京：人民美术出版社，2014年版。

⑧ 朱良志：《生命清供》，第152页，北京：中华书局，2016年版。

⑨ [明]祝允明：《枝山题画花果》，见《中国古代画论类编》，下册，第1078页，北京：人民美术出版社，2014年版。

⑨ 郑思肖，字忆翁，号所南，南宋画家。

⑨ 韦羲：《照夜白——山水、折叠、循环、拼贴、时空的诗学》，第399页，北京：台海出版社，2017年版。

㉓ 祝勇：《在故宫寻找苏东坡》，第120、122页，长沙：湖南美术出版社，2017年版。

㉔ 蒋勋：《美的沉思》，第200页，长沙：湖南美术出版社，2014年版。

㉕ 〔清〕阮元：《石渠随笔》，第83页，杭州：浙江人民美术出版社，2012年版。

㉖ 〔清〕郑燮：《板桥题画兰竹》，见《中国古代画论类编》，下册，第1183页，北京：人民美术出版社，2014年版。

㉗ 郑板桥，清代有代表性的文人画家，"扬州八怪"之一。原名郑燮，字克柔，号理庵，又号板桥，人称板桥先生。

㉘ 〔德〕雷德侯：《万物——中国艺术中的模件和规模化生产》，第276页，北京：生活·读书·新知三联书店，2005年版。

㉙ 〔德〕雷德侯：《万物——中国艺术中的模件和规模化生产》，第276页，北京：生活·读书·新知三联书店，2005年版。

⑩⓪ 蒋勋：《美的沉思》，第266页，长沙：湖南美术出版社，2014年版。

⑩① 〔元〕赵孟頫：《鄮南山中》，见《赵孟頫集》，第141页，杭州：浙江古籍出版社，2016年版。

⑩② 〔清〕吴昌硕：《鄮南》，见《吴昌硕诗集》，第34页，桂林：漓江出版社，2012年版。

⑩③ 朱传荣：《兰开二月》，见《宫·帝王的花园——国人的设计美学》，第1册，第64页，北京：故宫出版社，2017年版。

⑩④ 郑逸梅：《香国附庸》，见《花果小品》，第298页，北京：中华书局，2016年版。

⑩⑤ ［魏］曹植：《杂诗》，见朱东润主编：《中国历代文学作品选》，上编第二册，第261页，上海：上海古籍出版社，1979年版。

⑩⑥ ［唐］崔护：《题都城南庄》，见《唐宋绝句选注析》，第255页，太原：山西人民出版社，1980年版。

⑩⑦ 参见潘富俊：《草木缘情——中国古典文学中的植物世界》，第1页，北京：商务印书馆，2015年版。

⑩⑧ 参见潘富俊：《草木缘情——中国古典文学中的植物世界》，第42、44、70页，北京：商务印书馆，2015年版。

⑩⑨ ［先秦］屈原：《思美人》，见《楚辞》，第143页，北京：中华书局，2010年版。

⑩ 参见胡晓明：《万川之月——中国山水诗的心灵境界》，第175页，北京：北京大学出版社，2005年版。

⑪ 胡兰成：《今生今世》，第7页，北京：中国社会科学出版社，2003年版。

⑫ 参见潘富俊：《草木缘情——中国古典文学中的植物世界》，第154页，北京：商务印书馆，2015年版。

⑬ 《宣和画谱》，231—232页，杭州：浙江人民美术出版社，2012年版。

⑭ 潘天寿：《回忆吴昌硕先生》，见《美术》1957年第1期。

⑮ 张毅清：《从"与古为徒"到"与古为新"——吴昌硕的绘画艺术》，见《与古为徒——吴昌硕书画篆刻学术研讨会论文集》，第47页，北京：故宫出版社，2015年版。

⑯ 李泽厚：《美的历程》，第197页，合肥：安徽文艺出版社，1994年版。

⑰　李泽厚：《美的历程》，第200页，合肥：安徽文艺出版社，1994年版。

⑱　蒋勋：《美的沉思》，第284页，长沙：湖南美术出版社，2014年版。

⑲　郑逸梅：《花果小品》，第92页，北京：中华书局，2016年版。

⑳　郑逸梅：《花果小品》，第247页，北京：中华书局，2016年版。

㉑　[清]吴昌硕：《缶庐诗》，见《吴昌硕诗集》，第60页，桂林：漓江出版社，2012年版。

㉒　日本学者称其为"花卉杂画"，米泽嘉圃曾发表《花卉杂画的演变》等文论及。参见[日]荒井雄三：《徐渭与吴昌硕，其花卉杂画》，见《与古为徒——吴昌硕书画篆刻学术研讨会论文集》，第75页，北京：故宫出版社，2015年版。

㉓　蒋勋：《美的沉思》，第285—286页，长沙：湖南美术出版社，2014年版。

㉔　[明]陆绍珩：《小窗幽记》，第211页，天津：天津人民出版社，2017年版。

㉕　王开岭：《每个故乡都在消逝》，第76页，太原：山西教育出版社，2013年版。

㉖　参见韦羲：《照夜白——山水、折叠、循环、拼贴、时空的诗学》，第189页，北京：台海出版社，2017年版。

㉗　[清]吴昌硕：《缶庐诗》，见《吴昌硕诗集》，第175页，桂林：漓江出版社，2012年版。

㉘　《吴昌硕谈艺录》，第99页，杭州：浙江人民美术出版社，2017年版。

㉙ 《吴昌硕谈艺录》，第99页，杭州：浙江人民美术出版社，2017年版。

㉚ ［清］曹雪芹著、无名氏续：《红楼梦》，下册，第1108页，北京：人民文学出版社，2008年版。

㉛ ［清］吴昌硕：《缶庐别存》，见《吴昌硕诗集》，第340页，桂林：漓江出版社，2012年版。

㉜ ［清］吴昌硕：《缶庐别存》，见《吴昌硕诗集》，第335页，桂林：漓江出版社，2012年版。

㉝ ［清］吴昌硕：《缶庐别存》，见《吴昌硕诗集》，第335页，桂林：漓江出版社，2012年版。

㉞ ［唐］王维：《鸟鸣涧》，见《唐诗选》，上册，第118页，北京：人民文学出版社，1978年版。

㉟ ［清］吴昌硕：《缶庐别存》，见《吴昌硕诗集》，第348页，桂林：漓江出版社，2012年版。

㊱ 见《淮南子》外八篇。

㊲ ［宋］杨万里：《丛桂》，见《杨万里集笺校》，第1511页，北京：中华书局，2007年版。

㊳ 潘富俊：《草木情缘——中国古典文学中的植物世界》，第171—172页，北京：商务印书馆，2015年版。

㊴ 郑逸梅：《桂花》，见《花果小品》，第121页，北京：中华书局，2016年版。

㊵ 关于吴昌硕考秀才事，此为一说。参见王小红：《从吴昌硕〈朱子家训〉观照吴氏早期生平及隶书风貌》，见《与古为徒——吴昌硕书画篆刻学术研讨会文集》，第116页，北京：故宫出版社，2015年

版。另有一说，吴昌硕去孝丰县城报名参加府试，后来却未能如期赴试。

⑪ ［清］许瑶光、雪门甫：《谈浙》，见中国史学会主编：《中国近代史资料丛刊——太平天国》，第六册，第561页，上海：上海人民出版社，1957年版。

⑫ 吴昌硕：《缶庐集》，见《吴昌硕诗集》，第8页，桂林：漓江出版社，2012年版。

⑬ ［清］陈学绳：《两浙庚辛纪略》，见中国史学会主编：《中国近代史资料丛刊——太平天国》，第六册，第623—624页，上海：上海人民出版社，1957年版。标点为引者所加。

⑭ 余华：《活着》，见《余华作品集》，第369页，北京：中国社会科学出版社，1995年版。

⑮ 王森然：《近代二十家评传》，转引自：《吴昌硕谈艺录》，第279页，杭州：浙江人民美术出版社，2017年版。

⑯ 单国强：《吴昌硕绘画艺术的金石味》，原载《紫禁城》杂志，2008年第4期。

⑰ 蒋勋：《美的沉思》，第128页，长沙：湖南美术出版社，2014年版。

⑱ 吴昌硕：《缶庐别存》，见《吴昌硕诗集》，第340页，桂林：漓江出版社，2012年版。

⑲ 转引自郑逸梅：《花果小品》，第307页，北京：中华书局，2016年版。

⑳ ［宋］陆游：《临安春雨初霁》，见钱锺书：《宋诗选注》，184页，北京：人民文学出版社，1989年版。

⑤ 参见吴昌硕:《缶庐别存》,见《吴昌硕谈艺录》,第82页,杭州:浙江人民美术出版社,2017年版。

⑤ 吴昌硕:《缶庐别存》,见《吴昌硕谈艺录》,第85页,杭州:浙江人民美术出版社,2017年版。

⑤ 参见边平恕:《吴昌硕》,第47页,北京:中国人民大学出版社,2003年版。

⑤ 徐复观:《中国艺术精神》,第1页,北京:商务印书馆,2010年版。

⑤ 七等生:《席慕蓉的世界——一位蒙古女性的画与诗》,原载《联合报》,1979年12月18—19日。

⑤ 题识写明此画作于"丁亥花朝后一日"。丁亥为公元1887年,花朝(即百花生日)为二月十二日,故"花朝后一日"应为二月十三日。

⑤ 葛兆光:《中国思想史》,第二卷,第480页,上海:复旦大学出版社,2014年版。

⑤ 祝勇:《隔岸的甲午——日本遗迹里的甲午战争》,第334—335页,北京:东方出版社,2014年版。

⑤ 参见魏丽莎:《吴昌硕与白石六三郎》,原载《浙江工商大学学报》,2009年第1期。

⑥ 吴昌硕:《六三园记》,见《吴昌硕谈艺录》,第226页,杭州:浙江人民美术出版社,2017年版。

⑥ [日]西岛慎一:《河井荃庐1》,原载《大东书道》,2010年5月号。

⑥ 郭同庆:《试论吴昌硕日本弟子河井荃庐》,原载《东方早报》,2015年7月15日。

⑯ 陈丹青：《仲夏夜之梦——读冷冰川版画》，见冷冰川：《纵情之痛》，第5页，石家庄：河北教育出版社，2003年版。

⑯ 《老子》，第4页，上海：上海古籍出版社，2013年版。

卷二　大地之书

① 今江西省吉安市。

② 熊育群：《路上的祖先》，原载《收获》，2008年第6期。

③ "中国"一词，最早指天下的"中心"，即黄河流域黄河中下游的中原河洛地带，中国以外称为四夷。

④ 李敬泽：《小春秋》，第72页，北京：新星出版社，2010年版。

⑤ 蒋韵：《炊烟升起的地方让我心动》，原载《文艺报》，2013年8月30日。

⑥ 参见［德］雷德侯：《万物——中国艺术中的模件化和规模化生产》，第4页，北京：生活·读书·新知三联书店，2005年版。

⑦ 祝勇：《长城记》，第41页，北京：紫禁城出版社，2009年版。

⑧ 参见李坊洪：《上犹客家民居门匾文化》，原载《赣南日报》，2010年7月9日。

⑨ 张锐锋：《札记簿》，见《蝴蝶的翅膀》，第260页，北京：解放军文艺出版社，1999年版。

⑩ 旧时绍兴的水乡大宅，俗称"老台门"。台门前有石板平铺的晒谷场，台门有两扇宽阔的大门，头道门至二道门间为门斗。跨过高高的门槛后，为一天井，然后为正厅，左右两侧为偏厅。正厅后还有中厅、后厅。厅与厅之间有天井相隔，中厅、后厅各有东西厢房，三个厅的两侧为住房，有楼上楼下，形成东、西两条弄堂。老台门是绍兴文化

的图腾和符号。

⑪ 庞培：《乡村肖像》，第19页，昆明：云南人民出版社，1999年版。

⑫ ［清］焦循：《花部农谭》，见《焦循论曲三种》，第173页，南京：广陵书社，2008年版。

⑬ 祝勇：《大师的伤口》，第40页，北京：海豚出版社，2012年版。

⑭ 鲁迅：《故乡》，见《鲁迅全集》，第一卷，第485页，北京：人民文学出版社，1981年版。

⑮ 鲁迅：《社戏》，见《鲁迅全集》，第一卷，第563—564页，北京：人民文学出版社，1981年版。

⑯ 鲁迅：《社戏》，见《鲁迅全集》，第一卷，第564页，北京：人民文学出版社，1981年版。

⑰ 李敬泽：《小春秋》，第3页，北京：新星出版社，2010年版。

⑱ 参见徐累：《皱褶》，原载《东方艺术》，2006年第1期。

⑲ ［明］刘宗周：《人谱类记》，见《景印文渊阁四库全书》，总第七一七册，子部，台北：台湾商务印书馆，1983版。

⑳ 庞培：《乡村肖像》，第19页，昆明：云南人民出版社，1999年版。

㉑ ［明］徐霞客：《徐霞客游记》，第76页，北京：中华书局，2009年版。

㉒ 潘耒：《徐霞客游记序》，见《徐霞客游记》，第1268页，上海：上海古籍出版社，1987年版。

㉓ ［明］钱谦益：《嘱徐仲昭刻游记书》，见《徐霞客游记》，第1186页，上海：上海古籍出版社，1987年版。

㉔ 《尚书》，见《十三经注疏》（影印本），第153页，北京：中

华书局，1979年版。

㉕ 见《徂徕石先生文集》，卷十，第116页，北京：中华书局，1984年版。

㉖ ［明］钱谦益：《嘱徐仲昭刻游记书》，见《徐霞客游记》，第1186页，上海：上海古籍出版社，1987年版。

㉗ 葛兆光：《中国思想史》，第二卷，第291页，上海：复旦大学出版社，2009年版。

㉘ 《明熹宗实录》卷六十二，天启一年八月壬午，《明实录》缩印本，13838页，中文出版社，1990年版。

㉙ 《孟子》，第107页，上海：上海古籍出版社，2013年版。

㉚ 《高子遗书》卷七《崇正学辟异说疏》，文渊阁四库全书本。

㉛ ［明］黄宗羲：《陈先生确墓志铭》，见钱仪吉：《碑传集》（影印本），第5999页，台北：文海出版社。

㉜ 陈丹青：《荒废集》，第78页，桂林：广西师范大学出版社，2009年版。

㉝ 参见陈丹青：《荒废集》，第77页，桂林：广西师范大学出版社，2009年版。

㉞ 参见梁启超：《中国史叙论》，见《饮冰室合集》，文集之六，第4页，北京：中华书局，1989年版。

㉟ ［明］徐霞客：《徐霞客游记》，第74页，上海：上海古籍出版社，1987年版。

㊱ 张宏杰：《大明王朝的七张面孔》，第56、57页，桂林：广西师范大学出版社，2006年版。

㊲ 《清世祖实录》，卷七十一。

㊳ 张锐锋：《船头》，原载《十月》，2004年第4期。

㊴ 许倬云：《大国霸业的兴废》，第51页，杭州：浙江人民出版社，2016年版。

㊵ 许倬云：《大国霸业的兴废》，第10页，杭州：浙江人民出版社，2016年版。

㊶ ［明］徐霞客：《徐霞客游记》，溯江纪源/江源考，第1128页，上海：上海古籍出版社，1987年版。

㊷ ［清］钱谦益：《徐霞客传》，见《徐霞客游记》，第1201页，上海：上海古籍出版社，1987年版。

卷三　木质京都

① ［唐］张若虚：《春江花月夜》，见《中国历代文学作品选》，中编第一册，第18页，上海：上海古籍出版社，1980年版。

② ［唐］王维：《观猎》，见《王维诗选》，第189页，北京：人民文学出版社，2002年版。

③ ［唐］白居易：《赋得古原草送别》，见《白居易诗选》，第3页，北京：人民文学出版社，2005年版。

④ ［唐］曹松：《己亥岁二首·僖宗广明元年》，见《唐诗精华》，第883页，成都：巴蜀书社，1995年版。

⑤ ［唐］李商隐：《宿骆氏亭寄怀崔雍崔衮》，见《李商隐诗选》，第11页，北京：人民文学出版社，1993年版。

⑥ 《老子》，第4页，上海：上海古籍出版社，2013年版。

⑦ 喻丽清：《柯笛书店吹熄灯号》，原载台湾《联合报》，2006年8月20日。

⑧　喻丽清：《柯笛书店吹熄灯号》，原载台湾《联合报》，2006年8月20日。

⑨　"Let us get up early to the vineyards;Let us see if the vine floursh, Whether the tender grape appear." Song of Solomon 7:12.

⑩　Wine is earth's answer to the sun.

⑪　When I came to the Napa Valley I realized I wouldn't have to die to go to paradise.I could work in paradise.

图书在版编目（CIP）数据

纸上繁花 / 祝勇著. -- 北京：作家出版社，2021.8
ISBN 978-7-5212-1214-3

Ⅰ.①纸… Ⅱ.①祝… Ⅲ.①散文集－中国－当代 Ⅳ.①I267

中国版本图书馆CIP数据核字（2020）第250828号

纸上繁花

作　　者：祝　勇
内文摄影：李少白　赖国柱　祝苇杭
责任编辑：兴　安
装帧设计：简　枫
出版发行：作家出版社有限公司
社　　址：北京农展馆南里10号　　邮　　编：100125
电话传真：86-10-65067186（发行中心及邮购部）
　　　　　86-10-65004079（总编室）
E-mail:zuojia@zuojia.net.cn
http://www.zuojiachubanshe.com
印　　刷：北京盛通印刷股份有限公司
成品尺寸：142×210
字　　数：200千
印　　张：12
版　　次：2021年8月第1版
印　　次：2021年8月第1次印刷
ISBN 978-7-5212-1214-3
定　　价：98.00元

作家版图书，版权所有，侵权必究。
作家版图书，印装错误可随时退换。